编者简介　贾立元，笔名飞氘。科幻作家，文学博士。清华
大学中文系副教授。著有短篇小说集《中国科
幻大片》《去死的漫漫旅途》等，作品被译成
英文、意大利文、日文等文字，荣获"全球华语科
幻星云奖""中国科幻银河奖"。学术专著《"现
代"与"未知"——晚清科幻小说研究》荣获
"北京市第十七届哲学社会科学优秀成果奖"。

内容简介　本书是对清华大学"科幻文学创作"本科生选修
课部分作业的选编，其中大多数作品都是同学们
首次科幻创作尝试的结果，不免有些稚嫩，但其
中也有动人的闪光，蕴藏着未来的可能性。

贾立元————————主编

长生法

清华学生
科幻
创作选

CCTP
中央编译出版社
Central Compilation & Translation Press

图书在版编目（CIP）数据

长生法：清华学生科幻创作选／贾立元主编. ——
北京：中央编译出版社，2025.1
ISBN 978-7-5117-4632-0

Ⅰ.①长… Ⅱ.①贾… Ⅲ.①儿童小说-幻想小说-
中国-当代 Ⅳ.①I287.45

中国国家版本馆 CIP 数据核字（2024）第 045576 号

长生法：清华学生科幻创作选

责任编辑	周雪凝	
责任印制	李 颖	
出版发行	中央编译出版社	
网 址	www. cctpcm. com	
地 址	北京市海淀区北四环西路 69 号（100080）	
电 话	（010）55627391（总编室） （010）55627311（编辑室）	
	（010）55627320（发行部） （010）55627377（新技术部）	
经 销	全国新华书店	
印 刷	北京文昌阁彩色印刷有限责任公司	
开 本	880 毫米×1230 毫米 1/32	
字 数	251 千字	
印 张	13. 125	
版 次	2025 年 1 月第 1 版	
印 次	2025 年 1 月第 1 次印刷	
定 价	78. 00 元	

新浪微博：@中央编译出版社 微 信：中央编译出版社（ID: cctphome）
淘宝店铺：中央编译出版社直销店（http://shop108367160. taobao. com）
（010）55627331

感谢清华大学教育基金会和清华大学学生学习与发展指导中心对"清华大学学生原创作品支持计划"的大力支持！

序

　　2017 年秋，我在清华大学开设了《科幻文学创作》选修课。课程旨在提高学生对科幻经典的鉴赏力和理解力，鼓励创新思维和创作热情。除了教师讲授、习作讲评之外，我还会邀请作家、学者到课堂交流。每位同学需要在结课前完成一篇科幻作品。过去的六年里，有大约两百名同学选修过这门课，其中绝大多数在创作科幻方面都是零经验。收入本书的 19 篇小说，就从这些作业中选出。关于"科幻创作"到底能不能教，应该教些什么，我在为清华学生科幻协会自己编选《$E = mc^3$：边角料科研奇思录》（中央编译出版社）所写的序言《我也是科幻作家》一文中已经谈过，这里不再重复，只简单说说我第一次读到这 19 篇小说时的印象。

蔡烨怡的《关于一个夏天的回忆》是所有作业里第一稿完成度最高的，最近已在《科幻世界》上发表。这篇纯正的科幻故事，将抽丝剥茧版的探索过程写得引人入胜，将核心技术设定阐述得非常清晰。作者后来说，到课上交流的科普作家张雨晨关于心理与认知科学的讲座给了她不少启发。作为教师，我听到这样的反馈非常高兴。

潘浩良的《长生法》有一个很平淡的开头，在一些细节上显得笔力僵硬，但故事慢慢地推进，不断出现意料之外的发展。前面一度像是技术失控类型的故事，后面却走向光明。在今天，这种温暖的基调和光明的气象尤为可贵，令人惊喜。陈昕悦的《Paguridae》则刚好相反，是一个黑暗寓言。开头同样普普通通，读到中间，忽然感觉作者的力道上来了。故事中的人们对系统的信赖以及由此导致的行动能力的丧失，颇显悲凉，既切入当下社会议题，又带有现代主义文学的荒谬感。在一些关键地方，作者能写出很有力量的句子，颇有"文学的质感"。

莫家楠的《失去名字的人》把"靠脸吃饭"科幻化了，进而从新闻专业的视角，道出了科技全面侵入日常生活后小人物灰色生命中的心酸和无奈，有点《黑镜》的味道。王婉听的《绿野仙踪》大胆触及机器伴侣的题材，画风清奇、语言流畅，叙事节奏把握得不错，体现了超短篇写作的能力。罗洛的《夏娃的肋骨》同样具有题材大胆、短小精悍、完成度高的优点，笔触相当有力。罗度的《真实》则颇为残酷，无助的小人物连梦的安慰都丧失了。我在读的时候不禁想：如果不幸的人们能在一场现实中永远不可能得到的盛大美梦的最高潮时死去，这倒不失为令人宽慰的人生结局。如果真有这一天，我们为什么还要苦苦地执着于"真"与"幻"呢？

接下来的几篇抒情色彩比较浓厚。陈昱弘的《陌生的世界》叙事流畅，落笔从容，是一篇儿童视角的近未来亲情故事，提出了人和人能否感同身受的问题。王凝新的《考古学家》则把视角拉远到星系层面，在插科打诨的语言中流露着真挚而可贵的友情。许倍宁的《无尽游走》同样聚焦友情，在对浮游生物的描绘中思索人生的聚散离合。长孙依蓬的《生长》情感更为浓郁，有一种历经苦痛后的通达。这几篇故事的"科幻"色彩略淡一些，不过我觉得，对于一场写作之旅而言，情真意切、诚实地面对自己，也就够了。

最后几个故事，或搭建未来场景，揭示人类整体的处境，或从根本上触及某些哲学、伦理问题，探索情感与智力的极限。《光化雪》从工业污染、环境恶化及现代文明的罪孽中催化出奇妙的文学形象，在惊悚和忧郁之间取得了一种气质的平衡。盛哲瑾的《旁观者·发现蝴蝶之旅》设定令人毛骨悚然，读起来既黑暗又悲凉，但又不是恐怖故事，而是带有一种生命进化后的必然宿命感。祖旋的《三句话的时间》笔调冷峻，用短小精悍的篇幅写出了人造人的悲剧。聂开霁的《望远镜》开篇格局宏大，意象奇特，语言流畅，虽然后面的发展让我期待落空，但作者对于大灾难时代的人类命运有着自己的看法，他关心的是危机降临后的普通人而非英雄人物能够改变些什么、又当如何自处。王子婷的《The Choice》其实不太像科幻小说，但笔调朴实，篇幅不长，人物却很鲜活，主人公那种返乡之后的两难与无力让我联想到鲁迅的《故乡》和《祝福》。王鹏程的《奥里斯姆》围绕人类有限的寿命与无尽的探索之间的矛盾，为人物构想了一个带有终极色彩的命运时刻，读来不知是应该为我们这个物种感到悲哀还是解脱。周梦珂的《制造特鲁斯》有点模仿波兰作家莱姆的《机器人大师》的感觉，对于社交媒体发达时代何为真相的问题提出了批判。胥职体的《其实就是写论文的故事》用一个奇异的世界观作为承载，用两个人物的成长作为线索，发散出了一个松散的架构，容纳了不少非常有趣的思考和观点，结尾部分饱含激情，尤其是结尾的几段话，令人动容，那里有新一代年轻人的真诚与锐利。我一直认为，初学者能在一篇作品里写出哪怕一句令人印象深刻的句子，就相当成功了。

　　以上对各篇的优点做了简要概括。由于同学们有着学业和工作上的各种压力，因此在本书付印前，有的作业修改较多，有的则基本保持了初稿状态。显而易见的是，它们中的大多数都存在这样那样的不足。不过我更看重的是其中那些闪光的、动人的、充满了未来可能性的地方。在批改作业时，我常常会被一篇充满缺陷和毛刺的初稿中的一个句子、一个意象打动。因此，当学校的学习与发展指导中心的老师们找

　　　　　　　　长生法：清华学生科幻创作选

我商议"校园原创作品支持计划"的选题时，我便提议将这些校园科幻作品结集成册，希望这样一本书的出版，能给热爱创作的同学们一点鼓励，也留下一份纪念。当然，在两百余篇作业中，还有不少同样具有潜力的故事因为各种原因这次未能选入。不过我相信，有创作梦想的人，即便没有任何外力推动，也终会破土而出。因为写作本就是一种内生的、不可阻遏的创造冲动。而对于那些只想体验一下新鲜事物，将来别有抱负的同学，我也希望写作科幻小说的经历会成为他们校园时代的一段美好回忆。

2023 年 12 月 5 日　贾立元

目录

关于一个夏天的回忆/蔡烨怡

1

长生法/潘浩良

29

Paguridae/陈昕悦

69

失去名字的人/莫家楠

99

绿野仙踪/王婉听

123

夏娃的肋骨/罗　洛

135

真　实/罗　度

145

陌生的世界/陈昱弘

169

考古学家/王凝新

181

无尽游走/许倍宁

197

生　长/长孙依蓬

213

光化雪/王　芷

231

旁观者·发现蝴蝶之旅/盛哲瑾

257

三句话的时间/祖　旋

279

望远镜/聂开霁

289

The Choice/王子婷

325

奥里斯姆/王鹏程

341

制造特鲁斯/周梦珂

367

其实就是写论文的故事/骨职体

383

蔡烨怡

关于一个夏天的回忆

昨天清晨，窗外响起了一道惊雷，我的整个房间的玻璃都随之嗡嗡作响。我从睡梦当中醒来，感受到一片无声的嘈杂。闭上眼睛，我看到一片揉碎的白纸上写满了无意义的符号，很多种颜色的水笔相互重叠起来。我沉浸在这片混乱中，知道我的身体正在走向不可避免的衰败。

　　我想我应该为我的人生旅途留下一些印迹，也为我的惨淡的独居生活寻找一些消磨时间的填充物，以避免我将时间全部花费在和自己的纠缠不清的对话当中。因此动笔写了这份关于那个夏天的奇妙旅途的回忆录。

　　我曾试图为理解人类的意识做出刻骨铭心的努力，但是这是一种几乎陷入绝境的徒劳。因为人这个物种在理解自己，特别是自己的意识这一本质的问题上表现出了一种畏畏缩缩、踟蹰不前的怯懦。当我认识到这一点之后，像所有平庸的人一样停下了脚步。但我并不为此感到羞耻，毕竟我曾经离真相如此接近。

　　我曾经在一些零星的场合与人分享过这些经历，但是都只得到了听众的隐匿的叹息或安慰性的附和。我将之归结于我们对事件的前因后果的描述还不够充分，而让听众只见皮毛不见血肉。我将在这份回忆录中努力将我的思想历程描述出来，尽量避免再犯这种错误。

25 岁以前，我的主要精力在攻读通信科学的学士和硕士学位。我的硕士课题是通讯电路的码分复用技术。这是一项极老的概念，我所做出的微小贡献在于采用了两种新的正交编码基，勉强完成了毕业论文。我的导师对我的评价是："踏实肯干，不求捷径。"

阔别校园以后，我在一家路由器公司工作，负责大规模路由器的通信协议的统一和规范化。这份工作充满了枯燥和无趣，机器的对话只求快速准确，而毫无情趣可言。支持我在公司工作的唯一动力是部门中的另一个年轻人王哲。王哲负责检修公司卖出的路由器，常有出差的机会。他会在办公室里拿通信协议的梗和我开玩笑，比如把一些日常的句子"去食堂吃饭吗"说成"径堂，饭否"，这种带有一点古汉语意味和机器语言外壳的句子。我往往接不上他的跳跃而敏捷的思路，只是咧嘴笑着称赞他的幽默。

我和王哲合租在距离公司两站地铁的公寓。他比起我来是一个更为明媚、多言的人，每次房东来检查水电安全和房屋设备，他都以极高的热情与之寒暄，在房间里转来转去。我则坐在沙发或饭桌前赔笑，直到他们完成整个房间的检查。

　　　　　　　　长生法：清华学生科幻创作选

房东常被王哲逗得前俯后仰，心满意足地离开我们的房间。

"难怪你哲哥有女朋友，你没有"，房东说。

王哲的女朋友叫李琴，在我的母校攻读神经科学的博士学位。王哲不喜欢神经科学，但这不影响他将李琴视为生命中最重要的人。

在我们合租的日子里，王哲认为我应该多接触些人，不要整天和机器对话。他督促我关心科技，那几年流行的全息影院、VR游戏等都是他领着我第一次去体验的。他也不止一次敦促我丢掉我的第一代降噪耳机，换成最新的贴片式微型耳机。但我却因为害怕改变始终使用着我中学时买的降噪蓝牙耳机。

我对王哲的态度很矛盾，一方面，我不喜欢他用同等的热情对待房东和我，这让我怀疑他的善意和热情只是处事的一种惯性。另一方满，我也从心底里感谢王哲，如果没有他，我的生活会闭塞太多。

工作的第三年，因为持续地远离人事，我经常在恍惚中感觉自己的身体不再受自己控制了。我敲击键盘、浏览代码似乎都成了无意识状态下的行为。那些闪动的数字似乎不用经过我的思考，就能导出我的下一步行为。

那年入夏时，王哲说他的女朋友在研究神经问题时需要一些信号处理的帮助。"他们提取了一些奇怪的神经信号，但是搞不明白，我瞬间就想到你了，或许你可以帮他们去看看？"

我很迷惑王哲这种舍近求远的行为。

"你自己去帮他们处理如何呢？"我问。

"你知道我讨厌神经科学的概念。他们把人视为一种计算模式，神经元全是逻辑单元，这简直是玷污人类思维的神圣性。"王哲说。

"可是我以为他们研究的是生物问题。"

"是这样的，但她说他们提取到了一些信号，需要更好的手段来解析它。"

我想继续追问下去，但是王哲语焉不详。我看出他既想帮助李琴，又不想接触任何神经科学的心态。王哲的最后一条理由打动了我，他说："而且她的老师提供了给你的补助，我也可以跟公司的领导打一声招呼让你外派，你该出去换换心情了。"

就仿佛是被另一股力量控制了，我脱口而出："好。"

几天后，李琴带着我走进他们的实验室。她是一位高挑的北方女孩，说话很果断、开朗。这里的人都穿着防护服和口罩，行色匆匆。我的蓝牙耳机中播放着一首轻摇滚，未开降噪模式的音乐和身边的仪器轰鸣的声音混杂在一起，让眼前的一切都有一种低成本电影中的不确定感。

"王哲可能没有跟你说清楚，我们采集的并不是动物或人类的神经信号活动。而是体外培养的类器官的群体电位活动。"

"类器官?"

"是的，每一种干细胞都可以在特定环境下被诱导成为类器官。这些细胞在功能上出现分化，在空间上体现出规律性的排布，可以实现一些体内器官的功能。这都是一些很老的技术了，我觉得你应该在生物学课本里见过。再不济……个人媒体的科普文章很喜欢这类的概念。"李琴带着我走进了一个细胞间的入口，递给我一套防护服和一双橡胶手套。"我们最近在类脑器官的组织分化上实现了一些突破，这些细胞看起来能够产生一些自发的协调信号了。这种协调的活动波被认为是意识的一种重要特征。"

"所以我们在讨论一个可能具有了意识的器官吗?"我不禁惊愕地皱了皱眉头。

"您不用紧张，因为这种协调的电信号虽然代表着意识，但代表着一种低级的、混沌的意识。就像人在昏迷中的状态。人在清醒状态下的脑电波表现出更高的复杂性和不可预测性。"

"即使我在昏迷，我也不希望成为一个缸中大脑。"我喃喃自语道。

我这时看到了我们谈论的类器官组织。它并没有想象中的如此具象而有科幻性。而是一个几厘米见方的小细胞团，聚集在培养皿的底部，没有律动，也没有发光，看不出生命的迹象。一些电极贴在这些组织的表面，输出的信号显示在显示屏上。

李琴给我看了她们在几天前采集到的神经信号。这是一个 32 通道的电位信号。据李琴的描述，是通过一个微电极阵列植入到均匀分布的 32 个位点进行的采集。如李琴所说，32 个通道之间表现出一种协调性。

"如您所见，它们显然有了某种'集体规范'。"李琴说，"但是当你关注单个通道的行为，却无法发现任何启发。就像是时间域上的随机徘徊。"

"您说得很对。"我注视着屏幕上的 32 条电位信号，表示赞同。

"这样的信号似乎是无法编码信息的。"李琴说，"至少就我们单薄的信息学知识来看。"

"就一个没有输入的系统来说，确实很难解析。"我说，"你们或许想过用外加的信号诱导它产生输出吗？"

"这是被禁止的。因为这时这个系统接收了外界输入，就仿佛被从睡梦中唤醒了。很难预料在这种意识当中，它会面临何种体验。毕竟人类的五感本质上也只是外部信号转换为神经电位信号的输入而已。"

"没想到你们也是关心伦理的。"

"神经科学家内部有比你想象的更严格的伦理审查。"李琴有些不悦地说，"但这仅仅是奇怪之处之一而已。我们发现这种神经信号在时间上是非均一的。比如，这是再早一周我们采到的信号。"李琴将数据往前翻了翻。"您应该能感受到这种信号上的区别，我指它似乎是更密集、更不稳定了。"

"是的，频率更高了。"我总结道。

"但同样的，我们也无法从这些信号当中获取任何信息。"

"如果你拒绝输入信号的话，当然是无法获得有意义的输出的。这就像是一个字典，你随机翻到了一页，当然无法知道这本字典的规范。如果你能够循着顺序一页一页地往后翻，我指比如输入一些有代表性的信号的话，你对这个语言的语法规范就更加熟悉了。"

"这是不被允许的。"李琴的声音轻下去，"在神经科学的这个研究群体当中，向类脑器官输入感知信号是不被允许的。"

这之后的交流中，我向他们了解了类器官培养的规范和基本方法。这种新奇的操作生命体（或有生命体潜质的组织）的想法让我觉得很新奇，尤其是处理类脑器官的方法。而让我感到惊讶的是，李琴告诉我一旦类器官出现了突破现在的均一单调的信号电位的复杂信号，比如在空间上出现了明确的异质性，即出现了高级智能的可能性，就必须将之麻醉，并通知伦理审查委员会审查。"但至今还没有一个实验室做到了这一点，伦理学家和哲学家对此很紧张，他们相信这会发生，并做好了各类预案和规划。"

"那岂不是封闭了自己向前探索的大门。"我问。

"也不能这么说，只能说这扇门有重重枷锁。"

交谈结束后，李琴同意让我将数据带回家去处理。她同时递给我一塑料袋中药，要我带给王哲。"我们之间最近有些矛盾，"她说，"但请您提醒他还是要吃药。"

那天之后，我着手研究李琴采到的脑电信号。这就像是一头栽入了一个外语者的聚集区，在没有任何向导的提示的情况下试图理解这种语言。

我把李琴给我的中药给了王哲。王哲把他们放在电视柜里就不再取用。我虽然关心他的身体，但对中药一无所知。从包装袋上窥出病症的线索就此中断。我不知道如何礼貌地向他开口询问他的身体情况，便一直保持沉默。

我起初用一些统计手段研究这些神经信号。这就像无师自通一门外语，虽然对这门语言的词汇和句法一无所知，但是通过观察在这个语言当中出现频率比较高的单位，就大概能够猜测出这种语言的功能性虚词，等等。

但是这段脑电信号在周期性上表现很差，如果比喻成一种语言的话，它很少说一样的词组。如果一个词组从不重复出现，那就失去了总结规律的可能性。这个问题让我困扰了很久，让我在那段时间经常头疼。我的蓝牙耳机恰巧在那时出现了故障，屡屡出现杂音。我因此没法用轻音乐来排解烦恼。

我向王哲抱怨了我的困境，开玩笑地指责他让我陷入了这种难题当中。

"毕竟这些神经信号有没有意义本身就是一个值得怀疑的

问题，我觉得你也不必跟李琴较真。"王哲说，"蓝牙耳机的问题，我倒是可以给你看看。你知道这种老旧的东西已经没有官方店铺维修了。谁让你的室友是专门修东西的呢。"

我确实想过体外培养的神经信号是否真的有意义的问题。但我始终觉得混沌状态下的意识也是一种意识，它必然在"想"着些什么，即使是毫无意义的东西。

一周之后，我在这个问题上获得了一些突破。虽然这段信号在时间上不知疲惫地徘徊着，但它在高维的特征空间中表现出一种中心特性，当我提取出它的三种主成分的时候，我看到了单个主成分表现出的良好的规律性。这个想法很像我在硕士阶段曾经研究的码分复用问题。简单而言，这就是研究如何在一根光纤上，同时让两种或者三种不同的信息进行流动而不让它们之间发生串扰。一种非常直接的想法就是让这些信息说不同的语言。举个例子说，就像是一个房间里有三个人，如果他们都说中文，站在房间外的中母语者就不知道应该听谁说话，从而错过信息。但是如果他们分别说中文、英文和德语，房间外的中文母语者、英文母语者和德文母语者都能听到带有一些无意义的噪声的信息，只要他们足够专心，忽略掉这些噪声，就能与房间中的人沟通起来。这种技术在现代通讯中被广泛运用，这也是为何我们铺设的有限的光纤能同时传输这个世界上数以亿万计用户的信息流。

我先前一直以为由三种方式编码的神经信号的叠加是一种单一的信号，自然陷入了无法理解的迷茫当中。而当我分离了这三种成分以后，他们各自的结构单元就变得较为明朗了。我将这三种成分按照特性的不同命名为"主意识""属意识"和"下属意识"。其中主意识的强度较高，电位信号的峰谷值比值较大，但动作电位出现的时间非常灵活且出现的频率较低；属意识和下属意识的强度都很弱，频率较高。属意识的信号频率比下属意识更高一些，在单个动作电位的波形上也表现出更复杂精细的结构。

我兴奋地将这个结论与李琴分享。李琴对这个结果既惊喜又警惕。"虽然我不了解你的技术过程。但是你所分离出的主意识的特性，已经超过了类脑器官上应该表现出的合理的神经自发电位。"

"你不用这么担心，毕竟这种成分的分离是无监督的聚类方法下的结果。当我们对信号的本质没有先验认识的时候这恐怕并不能说明什么问题。"我宽慰道。

"你是说你的这种分解是随意的，不可靠的？"

"不能这么说，就像有一堆珠子，我将他们按照颜色、大小分成了三堆。但这是不是造物者的本意，还是他们本就应该被毫无区别地混在一起，我并不清楚。"

李琴匆匆结束了对话，并表示她会和庄老师讨论这个结果。

我也和王哲分享了我的发现。他不置可否，"很有趣，但是我疑心你对任何一种信号做聚类分解都能够得到类似的结果。你的'主意识''属意识'和'下属意识'的概念在我看来很武断。"

"是的，这种缺乏直观解释的聚类结果确实缺少一些信服力。"

"好消息是你的耳机我修好了，所有的元件都查过了，之前应该是一个电容器短路了，现在应该没有问题了。"王哲将我的耳机递给了我。

我将耳机塞入耳中，随后听到了一阵由小到大的轰鸣声，嗡嗡不绝。

"你怕不是得回炉重造了，我觉得这东西坏得更彻底了。"我戏谑着跟他说。

王哲奇怪地拿起耳机放入耳中。"我用着挺好的，你怕不是在产生幻觉。"他赌气道，仿佛是我有意欺骗他。

我又将耳机放入耳中。当我凝神细听的时候，那种噪声仿佛真的消失了。但当我想要开口说话的时候，一个由小至大的轰鸣声又从耳机里传出来。我摇摇头，把耳机重新放在茶几上。

几天后，李琴给我回复了庄老师的意见。"庄老师说，我们可以继续这项实验。因为你的信号分离方法只是一种信息后处理的方法。毕竟我们在人脑中观测到的脑电信号并不需要什么后处理就显现出规律性和复杂性。所以我们得到的结果可能并不说明问题。"

我为庄老师的说法感到庆幸。"其实我一直在想，如果这三种意识，我的意思是如果这些神经信号真的表征了意识的话，同时存在的话，他们能够感受到彼此吗？"我问李琴。

"好问题。我觉得不能。"她说，"你可以将他们想象成说三种语言的异国居民。不懂彼此的语言保护了他们在传递信息的时候不相互干扰。并为他们同用一个物质载体提供了有利的条件。"

"你说得有道理，所以我们应该是在用主意识相互对话了？"

"从他们的强度看来，应该是这样的。事实上，你上周发现这些成分可能并不仅仅是3种。如果你降低要求的话，将这些信号拆分成5个、6个甚至更多的主成分都是可能的。只是他们的强度快速减弱，并且对无序性的改善没有那么显著了而已。"

"天哪，你真的觉得在这样的一个组织当中，包含了这么多的成分吗？我很难想象他们是和平相处的。"我说。

"和平相处的……"李琴停顿了一下，"或许恰恰相反，万一它们是在发生冲突和对抗呢。我们所观察到的神经信号的整体强度是有限的，这意味当属意识和下属意识的强度越高，主意识的强度就越弱。这意味着它们之间相互竞争，一者的强大意味着镇压弱小的一方。"

"你的意思是，不同的意识共同使用一个物质基础，并且相互发生竞争和冲突。就像是丛林法则中的动物一样。"

"也不全是丛林法则，别忘了，它们说的是不同的语言，因此都没有注意到对方的存在。这种冲突更像是来自更高的自然法则的无形的手对它们的约束。"

这次谈话被王哲呼喊我下楼拿外卖打断了。他躺在沙发上研究我的耳机，大声呼喊我下楼去取外卖。我挂下电话之后，他半是严肃地说，"看来李琴更喜欢和你说话了。不过还好这就是一次短暂的外派而已，马师傅让你下周一回去报道。"

我感受到一阵难以抑制的气恼和沮丧。王哲的这句话就仿佛是指责我和他的女朋友过分亲近了。在过去的一周里，这种对未知的规则探索的乐趣也让我燃起了学生时代所未曾感受到的热情。我脱口而出地顶撞了一句："至少我们在聊有意义的事情。"

王哲从沙发上跳起来，不可思议地看了我一眼。"哈，你和李琴在聊有意义的事情，意思是她和我说的都是一些废话了。那你跟她聊就是了。"他说完甩上了房间门。

现在回想起来，这恐怕是王哲发病以前我们曾经产生过的最大的矛盾了。一连几天我们都不再说话。我执拗地不肯开口和他和解。还是他在几天后借着还耳机的机会打破了僵局。"这个耳机没有问题了。"他说，"如果还有问题的话，你应该去五官科挂个号。"

"没问题。"我接过耳机，"哲哥说没问题那必须没问题。"

我的耳机或许没有问题。王哲在那不久之后出了问题。他在和一位客户商谈的过程中突然晕倒，被送到了医院。医生说他脑部的一个肿瘤压迫到了血管，导致局部的缺血。肿瘤切除的手术随即展开。

手术室外，李琴双手环抱着她的双肩包，和我说起了王哲的病情。"四年前，王哲已经发现了这个肿瘤的存在。肿瘤在前额叶，是一个和理智高度相关的脑区。不过他拒绝通过外科手术切除这个肿瘤，因为他害怕这会让他'不再是他自己'。过去，前额叶的切除手术被用来治疗精神异常患者。这个脑区的损害会对人的心智和性格造成巨大的影响。"

"所以你们才选择用中药来调理。"

"不是我们而是他。他是个很执拗的人。我说了很多宽慰他的话，比如往往一个脑区即使有少量的损伤，也会有其他的脑区来承担相关的功能。但是他始终没有接受我的建议。他不是个喜欢神经科学的人，他讨厌将思维定性为神经元的计算过程的这种观点。"

"思想是不可用计算来衡量的，我也不喜欢这种观点。"

李琴不再说话，她紧紧地抱住她的黑色双肩包。我们一起听着墙上的挂钟铿锵作响。

手术持续了很久。手术结束后，医生告诉我们这次手术"还算顺利"。但是脑部手术的长期影响极为难料，因为每个人的脑区功能都互不相同。万幸的是，王哲在手术后四肢灵活，智力水平也未受损。

王哲在手术后的最大变化在于，他似乎不再能关心别人的感受，而很容易为一些小事大发脾气。比如门口的快递沾上了灰尘、厕所的地上有没有擦干的水，都能让他大声抱怨甚至咒骂。他抱怨生活中一切不如愿的小事，试图将之归咎于某个人。而在之前，他会欢快地将它们收拾干净。他不再能处理人际关系，因此辞去了通讯公司的客户工作，转而在一家医院的帮助下参加保洁和简单的护理工作。在那里他能够得到看护，也不需要处理复杂的人际关系。

为了照顾王哲，李琴搬来和我们一起住。我将我的房间腾给她，在客厅里支起了一张军旅床。我们三个的关系稳固而又平和。王哲时常会生气，有时是生他自己的气，有时指责我和李琴。但多数时候，我们可以坐在一起聊天和打牌。

"我不觉得这有什么不对的。但是他们说这就是我生病后的表现之一，我不再关心你们的看法了。"王哲在和我们的闲聊中这么说。

"是的，你有时显得很暴躁，不再能处理复杂的信息了。"我坦诚地说。

"但是我感觉不到。我记得以前的事情，我觉得现在的世界变简单了。"王哲说。"红色就是红色，冷就是冷。事情变得容易和明白了。我喜欢那些直观的概念，有时候我能盯着一个电梯的红色指示灯看两个小时，只是因为我喜欢闪烁的红色。"

"你的意思是你对情绪的把握没有以前那么好了。"

"也不是。你和李琴都很爱我，我能感受到。"他说，拿起桌上的一块饼干递给我，"我经常生气，这不好。"

我拍拍他的肩膀。"别多想了，去睡个午觉吧。"我说。

我在神经信号建模上的工作有了一些进展。庄教授同意为我提供了一个助理研究员的岗位。我几乎毫不犹豫地从通讯公司辞职，全职投入到了对类脑器官的研究当中。

在我们的努力之下，这块组织的分化更加复杂，各种脑区也呈现出类似于动物脑当中的空间形态。我们发现，神经信号中的三种不同成分在空间上呈现出一些特异性。虽然主意识成分在各个脑区都占据了最大的能量，但是在类皮层的组织中，这种主导性最为显著。属意识的能量在类海马体组织中最高，下属意识则弥散在整个脑组织当中。而其他的一些更小的成分则成组地聚集在一些脑区中。而前额叶则在所有脑区当中表现出最为丰富的混叠性，不同的成分在这里交织、弥漫。这些成分在时间上充满了动态。一些原本占据小区域的信号可能会在一个阶段逐渐地外扩，并且增强能量。在遭遇一些原本由其他神经信号成分占主导的区域时，则出现一种混杂的、交叠的、冲突的特性。

我将这些信号用伪彩的方式做了可视化，画面呈现出一种斑斓、混杂的特性。我常和李琴坐在屏幕前，观察这些信号和他们的伪彩图。观察它们的流动、交融、此消彼长。

"这不就是一片丛林吗。"李琴感叹道。

"这是一片昏暗的丛林。"我说，"它们彼此不知道对方的存在，因为它们互不理解对方的语言。但总在扩张的尝试之后失败。我说的'理解'，或许真的是非拟人化的'理解'，我们在讨论的就是意识本身。"

"你是说我们的脑内就有如此多种的意识在流动。"

"至少我现在无法放弃这种猜测。这些意识共用一个躯体和物质基础，但是它们无法互相沟通。现在和你说话的我代表着一种主意识对躯体的操纵，也这个主意识并不能感受到其他意识的存在。事实上，它们感受这个世界的方式可能是截然不同的。比如，我的主意识无法控制我的心脏停跳，但事实上我的心脏在一刻不停地跳动着，必然有一种动机驱动它这么做。再比如，你或许有过那种被人注视的感觉，当你回过头去确实有人在注视你。但你的主意识当中并不存在这种五感之外的第六感，而这或许正是另一种意识的接收器传入的信号。"

"你说得很精彩，但你或许忘了，我们在活体动物的脑电信号中，并没有提取到这些成分。"李琴微笑着摇头。

"或许是提取到了而视而不见。我猜想，在动物的脑中。不同成分的比重差异更为悬殊，或许是 10 的 5 次量级。因此在我们所有的仪器当中，都只能测到主意识的成分。而其余的所有意识，都被视为噪声，在采集仪器的重重放大滤波当中被我们忽略。但它们却在暗中存在，所以我们现在所看到的这些类脑组织之所以没有显出成熟的意识，就是因为它们之间还未有主导的成分出现。所有的这些信号都还处在相互争夺主动权的阶段。那些所谓的主意识还处在一种婴幼儿的懵懂期，努力从其他的意识成分当中夺取能量。"

"但什么会让它们产生等级和服从关系呢？"李琴问。

"刺激信号。"我迎着李琴的目光，看到她眼里露出了躲闪和犹豫，"一个温和的、没有扰动的系统是没有办法产生等级关系的。只有当他们受到外部扰动的时候，意识的物质基础神经元发生响应，它们的结构发生重塑。有效的连接被增强，无效的连接被削弱。那些高效编码的、有生命力的信号成分就更容易被生成，逐渐在这个系统当中占据主导。胎儿在母体当中吸收的养分、感受到的振动、出生之后的五感输入，都是意识的丛林在完成这种权力争夺过程。"

"输入信息是被禁止的。你难以知道你引起的是何种意识，或许是痛觉，或许是恐惧。"李琴以一种信徒的平静的目光看着我。

"但我总想，如果王哲的状态都是因为主意识和多种多样的属意识的平衡关系被打破了呢。那些负责感性和共情的属意识似乎在他的大脑中消失了。或者说，他们失去了进入前额叶的途径。于是他的前额叶被主意识所完全占据了。他能感受到更加清晰的信号，比如红色，寒冷，但一些必不可少的东西消失了。主意识是感受不到其他属意识的存在的，所以他感受不到他对世界的感知失去了什么成分。他就是变得不一样了。"

李琴不说话，只是用手指一下一下地敲着桌面。就像是那天我们坐在手术室外时一样。

我和李琴坦诚地和王哲说了我们的发现。王哲在听取这些发现的时候表现出一种难得的理性和平静。

"这很有趣，也很符合我的情况，或许这是真的。"他说，"我最近也有一些新的发现。"王哲说。

"什么事？"

"你的耳机。我之前总想，是耳机出了问题，让外部传入的微小噪声出现了自激振荡的正反馈。但我后来意识到，这是一个降噪耳机。从外部输入的信号是不应该被放大而应该被负反馈抑制的。但有一种信号截然不同——来自内部的信号。如果那种声音来自内部，我指，颅内呢？"

"你的意思是我的脑子在嗡嗡作响吗？"我笑着说。

"或许是你们的荒谬的故事开始影响我了，我觉得这是可能的。而且你这位大神经科学家可别忘了电信号是会产生电磁感应而在线圈当中产生电流的。降噪的特性让耳机能够放大内部的信号而抑制外部的信号。因此如果你颅内的电信号引起了耳机线圈的任何一点微小的扰动就可以让它产生逐渐放大的声音信号了。"

我惊异地和李琴对视了一眼，"意思是说，我们听到了属意识的声音？"

"用你们的故事来说，或许确实如此。"

我拿起桌上的耳机放入耳中。但在长久的沉默当中，我却只能听到一片寂静。我摇摇头，"它好像消失了。"那之后，我经常带着这副蓝牙耳机，试图重新捕捉到那种来自自身的陌生而又熟悉的信号。但每当它出现的时候，我一旦凝神，这种声音就迅速地消失了。这就像是在丛林当中与一个黑色的影子捉迷藏。它似乎无处不在又似乎遥不可及。

　　我们的类脑组织的研究也陷入了这种迷茫的寻找当中。数学的工作已经做到了极致，而哲学的启示似乎也走到了穷途末路。我们对着那些不断刷新的信号陷入深思，相对无言。我有时看着李琴穿着白大褂的侧影被笼罩在仪器指示灯冷色的荧光下，回想起她穿着家居服蜷在公寓的沙发上的样子，涌起一种怜爱的情绪。这种情绪迅速地激起我的内疚，让我嫌恶自己的精神品质。

　　我们每周和庄教授交流一次我们的工作。他是一位耐心而和善的老头，总是用鼓励的语气评价我们的工作，"你们做得很不错，要是再这样试试就更好了。"他总是这么说。庄教授希望我们能够改变培养基的成分，增加更多的细胞因子，诱导类器官发育得更为完全，从而从这个层面上获得更为复杂的、接近自然状态的神经信号。

　　我一再跟他解释了信息输入对系统平衡的打破的必要性。

　　"我们知道这是一种捷径。"庄教授说，"但是不求捷径是有它的道理的。我们不应对创造物施予结果不确定的刺激。

即使是一种最简单的意识也应享有不被伤害的权益。你我与之相比并无高贵性。"

"我们能够站在这里对话，而它在培养皿中一动不动，这难道不是一种高贵性吗？"

"或许在它的世界中，它正是一个国王。"庄教授指着皿中的类脑组织，"我们站在这里只是你我的世界中的——如果我们的世界是同一个世界的话——的一种表象而已。"

对于当时的我而言，真相就像一个苹果，挂在最低的枝桠上，伸手就能够到。但是一种神谕禁止我们伸出手去，并将我们束缚在原地。我在那段时间常常去听学术讲座，一些哲学家和伦理学家们反复地阐释着意识在构建这个世界时的唯一性。这些理论深深地影响着我，让我成为和李琴一样的信徒。

我们在这种矛盾和割裂当中度过了整个夏天。那段时间，王哲喜欢上了画画。他几乎控制不住他作画的欲望，完成了几百幅墨彩画。画的内容千奇百怪，有独眼的女人、矮脚的棕马、打着雨伞的巨人等。李琴会善意地催促他吃饭、睡觉、去医院工作。王哲讨厌被打断，总是和我们生气。

"你们管我做什么，我吃饭我自己操心。"他说。

后来，李琴就不再去打扰他，或是诚惶诚恐地用手机给他发消息。但是后来的一天，他又过于沉迷，画画错过了早饭。

"以后你们俩吃早饭，都不用叫我。"王哲一边穿外套，一边赌气地说。

李琴要上前去安抚他。我伸手拉住了她，示意她不要上前。我难以解释是出于什么考虑，但我还是牢牢抓住了李琴的胳膊，直到目送着王哲赌着气走出门。

李琴手里拿着本要给他的便当盒，略有指责地说："他是病人，你不该和他计较。"

我没有反驳的借口。事实证明，生命中的很多重要决定，或许都不是主意识做出的。在意识的丛林当中，我从未见过也从未意识到的东西影响着我的人生和我所能感受到的世界。

那天下午，当我在实验室里望着神经信号的监视器出神，李雪在继续着漫无目的的培养基的配比和细胞因子筛选时，一个电话打破了沉默。电话那头说：

"你快来吧，王哲从医院厕所的窗口跌落了。"

李雪手里的镊子坠落在她面前的培养基上，金属的镊子跌落在类器官的表面，像插入了胸膛的某种利器。神经信号的接收器观测仪上的曲线疯狂地跳动起来，它们发生混杂、重新组织，然后找到了某个中心，并快速地向其中输送能量。屏幕上出现了一个高能级的、鲜明的、复杂的神经信号。

我们曾经编写过一个监视神经活动的报警系统，此刻它发出尖锐的鸣叫。

实验室中的所有人都向这个房间奔来。李雪慌乱地伸手出来，又不知如何拿起镊子。她无助地站在那里，眼里噙着眼泪，手足无措。片刻后，主意识似乎回到了她的身上，她放弃了取出镊子的念头，脱去了白大褂，拨开人群离开了实验室。我快速地跟上了她，留身后一片兵荒马乱。

我们赶到医院的时候，警员给我们看了一眼王哲的尸体。他的头骨摔碎了，粉红色的脑组织露在外面，有一些砾石混杂进去，显出一种黏稠的不纯净性。阳光打在上面，露出一些鲜红的空腔，深不见底。

我搀着李雪，她显出一种麻木的坚韧。"是的，是他"她说。

我的耳机轰鸣起来，我的四肢仿佛瘫痪似的又酥又麻。那些属意识在嘶吼着和我的主意识发生斗争。它们在相互撕扯和斗争，仿佛一场革命。

那天留在实验室现场的人告诉我们，当那些近似在体状态的神经信号在大屏幕上涌动的时候，所有人都静默地站在屏幕前，处在一种宗教式的肃穆当中。就仿佛是一个文明遭遇了另一个文明。在这个时空中的我们站在实验室中，观看这堆细胞发出的电位信号，揣测着我们对它的胡蛮的信息输入，引发了这个意识主体怎样的感受。而在这些类脑组织所处在的时空当中，或许他已经拥有了记忆和纷繁复杂的人生。在那里它有实体，有肉体器官，有完整的对于他的世界的认识。而这次的意外或许仅仅是一次早餐中窗外响起的惊雷，引起他微不足道的侧目。

在庄教授赶来以后，那个被镊子击中的类脑组织被按照麻醉，并进行了转移研究。我们再也没有听到有关它后续的命运。

李雪因为这次事件被调去了课题组的另一个小组，不再接触类脑组织。事实上，庄教授终止了类脑器官体外培养的研究。在一次对意识这扇大门的冒失的触碰之后，我们彻底地失去了探索它的权力。我自然因此失去了助理研究员的工作。

我选择搬出公寓，李琴却执着地留下。

搬家的那天，李琴帮我默默地收拾着我的东西。"你那边的公寓联系得如何了？"她问我。

"已经定下了。"我说，"离公司很近。可惜是一个半地下室，有一些阴湿。但是租金也很便宜，和我们合租时的租金很近。"

"那挺好的，或许我也可以去串门。你也随时可以来这里。"

"当然了，我们随时联系。"

在和李琴说话时，我感受到一种温热的、酥麻的冲动从指尖弥漫到颅顶。我不禁想到王哲生前和我的争吵，指责我和李琴走得太近。虽然这是莫须有的事情，但我总是担心他是不是怀着这样的疑虑和我们生活在一起。

李琴在毕业后选择成为一个自由撰稿人，有时给少年宫的小孩子上写作课。她也从王哲离开的悲痛当中恢复过来，现在已经是一个可爱的三年级小姑娘的母亲。我们时常见面。

她说她在整理旧物时找到了王哲当年留下的画，希望我保管它们。我将它们放在房间的角落，我感到它们就像一双眼睛，从那里注视着我。每当我回望它们，就听见耳机中传来隆隆的回响。

那个夏天以后，我在我的半地下室的出租屋中度过了漫长的岁月。但我并不感到在独处，我在感受我的颅内的那些嘈杂又神出鬼没的邻居。我感受他们驱动我的肠胃、血肉、心脏，我感受空气当中的气味和温度引起的微小的波动。在这种沉默当中，我用我的主意识揣测属意识的存在，试图找寻它们的思绪。

我总能在半梦半醒当中看到那个存放有类器官的培养皿，在梦境当中，我的颅腔就像是一个天然的培养皿。我的大脑悬浮在那当中，各种意识在其中暗流涌动。在我有时生病、困倦的时候，我能够感受到另一种意识试图接管我的身体，它们让我的身体对情绪、热量更加敏锐，同时让我动作迟钝、思维停滞。我就在这个时候，与我的属意识们进行无声的对话。

昨天下了一场大雨，雷声滔天。我听着窗外的雷声，又想到那把插入类脑器官的镊子。我同时感到了一种前所未有的振奋和疲倦，似乎有一股电流在身体当中穿梭开来。一些声音在告诉我，如果不赶快记录下我曾经经历的这一切，或许再无机会。

因此我将这些呈现给你。在我的人生中最接近真相的时刻，我曾做出很多或许不属于我的主意识的决定，这隐隐当中决定了我的人生轨迹。他们或许正确，或许并不，但这并不是我们能够决定的。因此，如若你将面临重要的决定，或许也可以不必苛责自己，交由你颅中那些无声的伙伴决定。

而对于我而言，即使看到了眼前的或许被麻醉的命运，我也将坦然地生活下去。

潘浩良

长生法

第一章

　　地铁上的乘客像罐头里的沙丁鱼一样紧紧地挤在一起。他们有很多是上班族，要到明确的什么地方去打卡。这让林杉有点儿羡慕。车门打开，人群像蜂群一样飞舞，林杉像一朵花粉，黏附在人流中，好不容易流到车站外面。外面清风习习，晨光微现，给人添上好心情。林杉为自己打气加油，这次一定要成功。

　　一路往北。北京群星有限公司。林杉傻傻地仰望高耸入蓝天的大楼。凡是与科技沾边的公司，在林杉看来都像这栋楼一样高不可攀。一站在这种地方，她就感觉她这个专业的人仿佛要提前被社会淘汰似的。这家公司罕见地给了她机会，一定要抓住，给父亲一个交代，好让父亲给自己交代。父女俩都没有时间了。

　　她走进大厅，直奔前台。前台是一个乳白色的长方块，像《最后的晚餐》里那样长的餐桌，但桌面是整个的触摸屏，已经围了几个人。她找到一个空当，用食指在空闲的屏幕区域上画出正方形的四条边，这个方块区域被唤醒了，出现一张笑容可掬的人脸："您好，请问需要什么帮助？"

林杉稍微低头："我来面试。"

"欢迎您，林杉女士，面试地点在904号房间。"屏幕中的人消失了，一个缓缓旋转的3D建筑模型出现了。有一处房间被标成红色。林杉用三根手指把模型转动几下，记住了路线。

九层是最高层。林杉在电梯里喝了几口水，却还是口干舌燥。刚才的设备能叫出自己的名字，应该是称作人脸识别的能力。但林杉只是在提交简历的时候附了张一寸的证件照。那张照片经过美化与修饰，连好友都说看不出来是本人，但光凭那么张照片，机器就能一眼认出她。这家公司的科技力量于不经意间震撼了林杉。如果能进入这家公司，父亲应该也能满意了吧。不过，那个一直悬在心头的疑问又让她不安起来。但现在没时间去想。

904号，到了。只敲了一下门就开了，她看到一张还算年轻的面孔，不超过三十五岁。那人炯炯有神地望着她："你是林杉吗？"

第二次被叫出名字，林杉有些讶异。"是我。您好……"

"进来吧。"

房间里竟然还有一间电梯，嵌在一堵墙里。年轻人将手搭在一块白色的凸起上，门开了。里面没有任何按钮，电梯自动运行。失重感让林杉知道他们在下降。这时，年轻人开口说："我叫周鑫。三个金的鑫。"

"啊，啊，您好。"

周鑫笑了笑："不用紧张。你笔试和面试都很好。接下来是最终的测试。"

林杉连忙应道："我准备好了。"

"不，"周鑫摆摆手，"你不必做任何准备。"

林杉惊讶地看着他，他说："待会不是'面试'，而是'测试'。你马上就知道了。"

二人走出电梯。这是一间巨大的大厅。上百台电脑绕着墙摆了两圈，键盘响声此起彼伏。程序员们面朝墙坐着。林杉只能看到许多后背。大厅的中央是一个封闭的房间。在这个房间和在四周的电脑机位之间，形成了宽敞的四方形通道，仿佛是要将它和别的工作区分隔开来，又仿佛是为了凸显它被其他区域簇拥着的地位似的。在林杉忐忑的注视中，周鑫用力拉开了那个房间的厚重的大门。

里面隔音很好。在房间里，林杉看到一个流线型的椅子，让她联想到牙医的椅子。上方挂着一个形如头盔的装置。门口有一个操作台，周鑫站在那里。他温和地说："这套设备能模拟你未来的工作环境，评估你的适应度。对你来说，就像睡一觉一样，什么都不用想。"

林杉顺从地坐到椅子上，头盔般的设备徐徐下降。这一刻，来自外界的各种声响又稍微清晰起来，温度有一点高，林杉感觉自己仿佛处在一台巨大的运行中的电脑的机箱内部。设备已经覆盖了林杉的头部。一直盘旋在心中的那个疑虑增强了，林杉想趁现在问出来。但她失去了这个机会。周鑫按下一个按钮，从距离她的鼻子只有几厘米的面罩上，释放出一些气体，立刻麻醉了林杉的感官。"头盔"继续扩张，完全包住了林杉的头部，外界的声音消失得一干二净，她的五感被剥离出现实世界，送往一个对人类来说尚还几乎未知的地方。

周鑫望着身体的一部分被机器吞没的林杉。他的表情不复之前的平静。操作台上，数个按钮被接连按下。他转身面朝墙壁，那面墙整个变成了一幅屏幕，起初是蓝屏，后来跳出疯狂流动的乱码。下方有条长长的进度条，周鑫盯着它，直到它的数字变成百分之四。他决定不一直等下去，走出房间，在大厅里绕着环形的通道走了十几圈。再回来时，进度条到了百分之三十八。他又出去，这次他与十来个程序员分别聊了几分钟，每个人都恭敬地向他问好。他再回到房间，数字到了百分之九十六。于是他坐在一张有靠背的椅子上，闭上眼，能听到林杉平静的、柔和的呼吸，这让他也冷静了下来。他在无边无际的黑暗中一直忍耐着，直到他认为时间肯定够了，才睁开眼睛。进度条消失不见，取而代之的是绿色的、大写的"ACCEPTED"字样。他对着那八个字母愣了十秒钟之后，狂喜才逐渐占据他的心灵。他快走到墙边，扫读屏幕上的信息，那已经不再是奇形怪状的乱码，而是许多可视化的图表。他只看到一半，就拿出手机，在一个几十人的微信群里发了句消息。很快就有两三条回复，接着更多的回复涌出来，把前面得消息顶得看不见。人们无声地欢庆。这场线上的庆祝持续了约十分钟时间，最终以周鑫的另一条消息结尾。

他是这样写的："等到未来，人们可以把历史分成两段：今天之前和今天之后。今天是属于历史的节日。"

第二章

林杉的意识沉浮在无边的灰色海洋里。不时有颜色、声音、记忆的片段像浪花翻过。不知过了多长时间，眼前出现了朦朦胧胧的景象，世界逐渐聚焦。此时，林杉正站在那个宽阔的大厅里，对面是周鑫，但他一动不动。四周坐着的人也一动不动。下一瞬间，像按下了播放键，时间开始流动，传来键盘敲击的声音，五感接收到丰富的信号，面前的周鑫口型微动，一字一句地对她说道……

林杉醒了。她躺在那张流线型的椅子上。周鑫站在边上，俯视着她。

"你感觉还好吧？"

"嗯，真的就像做梦一样。请问结果怎么样？"

"你通过了。欢迎你加入我们。薪酬就按之前说的。"周鑫和她握手。

她全身都放松下来。现在，她觉得是该问出那个疑虑的时候了。"周先生，现在您可以说说了吗，我的工作内容到底是什么？"

"你了解多少？"

"一无所知。面试的时候，一说到工作内容，他们都避而不谈。"这不能不让林杉感到困惑。

周鑫冷静地说："这可以理解。因为你的工作很难用语言形容好。我只能这样说，它的内容和意义，都是独一无二的。明天开始上班，你先回去休息吧。"

林杉不能休息。她叫了一辆出租，去往医院。穿过这个科室的走廊，途中大多是老年人，很多人沉默地坐在位子上，像一颗颗紧实的核桃干儿，仿佛对自己余下的命运已经全然接受了似的；还有两三个聚在一起聊天的，内容大多是关于儿孙的，很少谈到他们自己。在病房门口，她和值班护士打了招呼："从今天起，可以开始治疗了。"

护士眼睛一亮："只要病人同意，马上可以安排。"

"他同意了。"

"好的。我去通知医生。"病房前只剩下林杉一人。

林杉握住门把手，等手不抖了，就推开门。房间很暗，拉上了窗帘。床头桌上有架老式的录音机，正播放着一首交响乐曲。父亲坐在床上。和这里的其他人比，他算不上老；他的眼神里也流露出更多的执念。但在林杉的视角下，他与这间病房完全融为了一体。

父亲一见她就笑了："杉杉，你来啦。"

他弓起身，拍下录音机的开关，音乐戛然而止。"这里没事干，就想听听音乐。我坚持手机有辐射，他们就给我找了台录音机。你别笑，磁带在这个地方是硬通货，到外面你反而找不着几个。"

林杉轻轻地笑了："爸，接着放吧，我也想听听"。

"好啊。你工作的事，怎么样啦？"

"找好了。"

"好哇，是什么样的公司？"

"科技类的。前台都是智能化的。"

"呵呵，好，好。杉杉啊，以后你一定要好好学技术，不懂技术，啥事都得靠着别人。早晚要被人欺负。你懂吗？"

"嗯，我知道。"这话林杉听了好多遍了。

她说："爸，你该接受治疗了。"

"嗯！我已经没什么担心的了，治成什么样，我都无所谓。"

他虽然这样说，但还是用探寻的目光看着林杉，说："杉杉，你一工作就忙啦，偶尔有空的话，就过来看看。"

林杉有点儿想哭："嗯，我会常来的，爸。"

她走到窗前，拉开窗帘："爸，咱们晒晒阳光，别老闷着。"阳光像胶水钻进来，把并排坐在床上的父女俩的身影涂亮。音乐轻柔地流淌，时间仿佛静止了一般，但二人心中都有一盏倒计时。林杉想说些什么，但句子无影无踪，她觉得自己能做的就是像这样沉默地陪伴。

对于一个已是肝癌晚期的病人，你还能说什么呢？还能做些什么呢？

等回到家，已经是晚上。还没脱衣服，一个电话就打过来，名字是"兰兰"。

"杉杉，工作的事怎么样了？"

"定了。"

"那不早说！出去吃饭啊。"

"我还没来得及说嘛。"

"好啦，老地方见，我二十分钟。"

"我现在在家，十五分钟吧。"

"拜拜。"电话嘎地挂了。

火锅店里热气腾腾。林杉刚脱下大衣，兰兰就像一阵风刮进来。她举起饮料，朝林杉的杯子磕了一下："恭喜呀恭喜，以后就承蒙前辈关照啦。"林杉被逗笑了。

"你最近读博顺利嘛。"

"无聊至极。天天听一群老顽固讲课。只好打游戏度日。"

"你……可别退学呀。"

"怎么会。学业还过得去。不过，我现在心思都在一款要出来的游戏上。"

"叫什么名字呀。"

"不知道。"

"不知道？"

兰兰露出一点迷惘的表情："别怪我呀，没多少人了解。不过，听说很不简单就是了。"

"是嘛。"

"嗯，"兰兰凑近了，一副神秘的样子，"大家都很期待哦。"

吃到酣处，兰兰试探着提起话头："你父亲愿意治病了吗？"

"愿意了。"

"嗯。杉杉，你怪他吗？"

"什么？"

"他逼着你找工作，不然就不肯治病。这是拿他自己的身体，来要挟你吧。"

"我想，他也是为了我好吧。"

兰兰想了想："那小时候的那件事，你释然了吗？"

林杉沉默了。兰兰拉着她的手："杉杉，别怨自己。那件事，我觉得谁也不怨。有时候，谁都没错，就是结果错了。"

二人在门口分别。林杉慢慢走回家，好友的话回荡在耳畔。谁都没错吗？她跟兰兰讲过，她小学的时候出过一起儿童失踪案，讲过父亲担惊受怕地一定要每天接送她上下学，讲过她的爷爷在一个深夜死于内出血。但她没讲过整整一个月里，她每晚都梦到爷爷，血从他的体内漫出来，整个包裹住他，到处都是红的。对肺癌病人而言，一条血管破了不会致死，但无人照看的处境却足以致人于死地。如果那天，父亲不是守护着她走过从家到小学十分钟的路程，而是日夜在病床守护着爷爷会怎么样？如果那天晚上，有人按下了急救铃会怎么样？

她想她其实不是怪父亲，她怪的是自己。可是，当时还在上小学的她，还能做别的什么呢？父亲，也是为了保护她。好像谁都没错，可是为什么谁都没错，一个人就这样死了呢？

林杉觉得自己什么都不懂。2025 年，5G 已经普及，科技公司如春笋，林杉二十五岁。对平凡的林杉来说，这一天不是多么特别的日子。

第三章

对林杉来说，第二天才是一切的开始。

周鑫领她到一个房间，布置很像病房。床上躺着一个老人，用浑浊的眼睛瞧她，问："你昨天来过仁恒医院吧？"

"是呀，您怎么知道？"

"我看见一个小姑娘穿过走廊，穿着你这样衣服。"

"哦哦，那么您也……"

"呵呵，我住了一年了。医生还说我只能活半年。活是活够了，就是想再见儿子一眼。"

"您的儿子是……"

"他一直在国外跑。我怕等不到他啦，也不想现在就安乐死，就来试试你们的项目。不怕你不高兴，对我来说，这也就是死马当活马医。大不了一死嘛。"

林杉一脸茫然，周鑫接过话头："您放心吧，顺利的话，您很快就不用遭受病痛的困扰了，还有机会见到您的儿子。您休息会儿，实验马上开始了。"老人爽朗地笑，冲他们挥挥手。

在外面，周鑫对林杉说："我知道你有满肚子疑问。接下来，你亲眼看见之后，就全明白了。待会再问问题吧。"他们来到昨天到过的那间大厅，昨天还空空如也的回形通道上，拉了许多条黑色的粗数据线，使中央的房间和四周的区域连接起来。房间的门口立了一个支架，上面放着一个金属箱子，冒出一丝丝白雾，两侧插满了细密的金属线。房间里，林杉注意到有些细节的布置发生了变化。她还是躺到椅子上。面罩降下来，她不由得闭上眼睛。意识暂时消失，但很快就恢复了，等她睁开眼睛的时候，眼前出现了无法理解的内容。

她发现自己正与刚刚见过的老人隔着一张餐桌对坐。不，他已经不能称为老人了，渔网般皱纹和眼珠的浑浊都消失不见了，这是他年轻了几十岁之后的样子。这个中年人搭在扶手上的双臂肌肉线条分明，透出鲜活的生命力。

"真不可思议。就像做梦一样。"他这么说道。

林杉惊呆了，她的大脑无法解释眼前的景象。这时，一个二十来岁的青年走出来，给老人沏了一杯茶。林杉呆呆地听着他们的对话。

"回来啦？"

"回来了，爸爸。往后我不走了。一直留在国内。"

"呵呵，这才对嘛，人在外面走远了，最后还是要回家啊。"

父子相视而笑，一边吃饭，一边拉家常，林杉反而像局外人一般。

突然，老人呜呜咽咽地哭了出来："这些日子，我过得可太苦了。一犯毛病就浑身上下疼，觉也睡不着。我能撑到现在，就是为了再见你一面。"

青年抱住了老人："爸爸，我再也不会走了。"

老人开怀大笑，在林杉看来，他们的情绪变化之快有些不可思议。用完餐，老人送她出门："我太高兴了。我真谢谢你们。虽然，有些地方感觉不太真实，但如果这是一场梦，我希望我永远不要醒来。"这是林杉听到的最后一句话。

她孤单地站在空旷的街道上。她不知道自己在哪里。她也不知道怎么回去。这个念头一升起，她的意识就被拉回了现实世界。

她还躺在那张椅子上。一切如梦一般。

周鑫推门进来："你都看到了什么？"

她愣了几秒钟："我看到……刚才的那个老人，他变年轻了。"

"还有呢。"

"还有他的儿子。他们在一块吃饭。"

"很好。"周鑫满意地点头。

"可是，我看到的都是什么？"她还没回过神来

"在你看到之前，怎么解释都说不明白；既然你已经体验过，一切就非常清楚了——"

她呆呆地听着周鑫如宣布判决一般的通告。

"你刚刚进入了一个人的意识世界。"

即使大地从她的脚下劈开，或者天空中的太阳像鸡蛋一样从中间裂成两半，她也不会比现在更加震惊和惶恐了。回忆疯狂旋转，像昨天周鑫讲的那些莫名其妙的言论呀，今天那个老人躺在床上说的话呀，以及刚刚在那个不可思议的世界里遇到的种种景象呀……一切怪状都对上了，合并成一拍。林杉浑身发冷，大脑却过热地运转，一连串问题从她心里跑出来。

"那个人现在在哪儿？"

"在一个硬盘里。"

"他人在哪儿！"

"他的大脑盛在门外的黑色箱子里。但人已经不在了。同一个意识不能存在于两个世界。这是一个小结论。但这不是

重点。"

"什么是重点?"

周鑫流露出神秘的笑容:"你不应该先问问,意识这东西究竟是什么吗?"

"……它是什么?"

"这正是我要告诉你的。你将会听到最前沿、最有力、却也最简洁的答案。其实,本来人人都能想到的,以前的人之所以没有发现,不是他们想得不够复杂,而是他们想得不够简单。当然,也有时代的限制。这个时代的科技水平,正好足以支持我们理解这个事情。"林杉感到心跳剧烈,喘不过气,但她无比认真地听着。

"意识存在于脑中,大脑是一个无数神经元组成的网络。古往今来,无数的人将一生投入进去,只为了摸清那个网络的一小块区域。他们犯了战略性错误:他们不应该把时间浪费在将大脑这个黑箱子打开,研究里面是什么;他们只需要做两件事:第一,学会移动这个黑箱子;第二,找到它的接口。"

"在做第一件事的时候,我们弄清了意识的本质:意识就是信息,以及信息的组织方式。它与载体无关,我们需要做的,只是把大脑的载体由神经元更换为计算机硬件而已。这容易做到,因为大脑的所有信息都以电信号的方式传递,这和计算机是殊途同归。这方面我们遇到的唯一问题就是存储问题,要完整地保存一个大脑,把这栋楼的资源加起来也不够用。但我们做了一个突破，找到了意识所在的脑区。"

周鑫这几句话，已经改变了林杉的思维方式。她现在可以提问了。

"你是说，意识不是存在于整个大脑中，而是只在一个脑区？"

"听上去不可思议，但经验与实践共同指向了唯一的结果，那个脑区就是——记忆区。想想看，刚出生的婴儿，没有意识，没有'我'的概念，他长大之后，变化最大的区域就是记忆区。其实我们早该想到的，意识这东西，不可能依赖于任何生理活动，也不会依赖于感知与运动，也不能与逻辑思维直接画上等号，剩下的可能性，就只有一个了。"

"记忆区的数据量，只有 10 的 15 次方，大约 1000TB。把大脑取出来，在冷冻条件下，有五分钟的时间转移信息。用 5G 技术，时间在一分钟以内。这个技术不难，早晚会普及的。关键是，在测试的时候，我们发现一件奇妙的事情。"周鑫有些兴奋，林杉冷漠地想着，还能有什么更奇妙的事呢。

"我们发现，传输完成之后，必须等上五分钟，直到大脑的细胞被破坏，否则，设备无法运行。这就是我之前说的那个小结论：一个意识不能存在于两处。"

"你是说，前一个意识死去，后一个意识才能存活？"

"你可以这样理解。我们推测，这是由于一条定律的限制：一切速度不能超过光速。所以，一个意识不能同时存在于两个空间位置，不然只要两处的意识同时变化，就违反了这条定律。"

"我不得不说，这真奇妙！"林杉惊叹道。

"我个人认为，光速的限制本质上是维度的限制。"

"维度？"

"对，把我们限制到三维。对二维而言，维度的限制是高度，高度必须为 0。对三维而言，空间上没有限制，必然有一条与时间有关的限制，或者是与速度有关的限制。"

"……光速。"

"是的。物质世界就是三维的。意识，不论在大脑里，还是在硬盘里，都要依赖物质。但我想，对意识本身而言，或许有别的可能性。"他的眼睛穿过林杉，看向更远的地方，仿佛正凭着想象力与某个人类所无法观测到的、不可捉摸的高维超级意识相互对视似的。

他等了一会儿："你没有别的问题了吗？"

她今天经历得太多了，只想睡上一觉。"没有了。"

"和你关系最大的事情还没说呢。刚才只讲了如何移动黑箱子，还没说它的接口是什么。"

"接口，无非就是像插头那样的东西吧。"

"哈哈哈……你把接口想得太简单了。接口的用处在于将黑箱子与外界连接起来，没有接口，我们对黑箱子就一无所知。"

林杉隐隐地察觉到了什么："你的意思是，有接口才能观测到黑箱子内部是什么样？"

周鑫满意地说道："不错。我们最终找到了一个能够帮助我们观测别人的意识世界的接口。不是什么插头，也不是导线，而是一个人。林杉，你就是那个接口。"

第四章

接下来一个月，林杉的生活就像普通的上班族一样平淡。在这场席卷全世界的风暴中，风眼处反而是最平静的。她的工作实在太简单了，只需要每天坐在那张躺椅上就行了，她感知到的画面、声音、甚至味道，都能写入到计算机，然后就能呈现给所有人。她偶尔觉得自己和一个特大号的插头没多大区别。但据周鑫说，没有她这个插头，他们就无法观测到任何一个意识世界，强行检查数据，也只能看到一长串意义不明的数字。他们只能借助林杉的五感去观察那些世界。

对此，林杉提出的第一个问题是怎么证明那些是别人的意识世界，而不是林杉自己的记忆编织出来的东西。周鑫听了之后，只给她看了一张照片，她就明白了。那张照片上是一个她没见过的青年，准确地说，她也见过他一次，那时候他正在一个老人的意识世界里倒茶。林杉的记忆里本来没有这个人。

第二个问题是怎么证明从大脑中转移到硬件中之后，意识的主人还是同一个人。林杉首先想到他们实际上只是一群人工智能的可能性，对此，周鑫的回答是"这是个好时代，现在还没有那么像人的人工智能存在。你觉得他是人,他就一定是人。"林杉想到他曾经说过,这个时代的科技水平正好能支持人们理解意识,她理解了"正好"的含义。

后来她又想到,即使这样,新的意识也不一定和原来现实中的是同一个人。她觉得这是至关重要的问题。周鑫的回答是"再想想那个小结论"。有一天,林杉盯着那个冒出白雾的黑色箱子,突然倒吸一口凉气,明白了:如果大脑中的意识和硬件中的意识不是同一个,它们就应该能够同时存在了。

林杉提的最后一个问题是"为什么是我"。周鑫却只是敷衍道"可能是你的五感比较敏锐"。再刨根问底,问世界上有多少人可以作为"接口",周鑫就摆手说"有一个能用的就行"。混在一群实用主义派的程序员里,林杉渐渐觉得这事没她想得那么遥远。一个月来,她接触了许多临终老人和绝症病人,很快意识到这件事对解决老龄化和人口压力问题有多么巨大的作用。他们在现实中个个如风中残烛,在意识世界里就活蹦乱跳,变成他们想变成的样子,回到他们想回到的时光,见想见的人做想做的事。有一个人竟然学会了飞行,他在现实中也是个时髦的老人。林杉对意识世界下了一个准确的定义:"就像醒着做梦。"

但林杉不太了解外界的看法发酵到了什么程度。这些事自有别人负责。这天,公司迎来一位特殊的"客人",她是一位有名的记者。摄像机把她和周鑫都拍进去,她举着话筒说:"近来各界民众的质疑声音越来越大,许多专家指出你们提供的视频资料完全具备人工制作的可能性。你们至今不能给出一个有力的证据，证明那些接受了你们的手术的人们确实活在由硬件构成的意识世界中。人们有理由怀疑，你们的行为不能构成对病人实施'安乐死'，而是对病人和病人家属的欺诈。请问你们是否能给广大病人和家属一个满意的交代?"

公司这边，有人流下冷汗。话筒戳到周鑫嘴边，他温和地说:"张女士，我记得您的父亲也参与了本公司的实验。"

"是的，他是一位地道的农民，他可能是一位勇敢的志愿者，也可能是一位可怜的受害者!身为他的女儿，我现在要求亲眼看到他现在是什么样子。"

"没有任何问题。"

她咄咄逼人的势头停顿了。她很快反应过来:"我什么时候才能看到?请不要告诉我是一个月以后。"

"十分钟之后，张女士。"

这次她愣了更长时间。"那么我要求临时加入一个话题，以保证你们无法提前准备好视频材料。"

"请讲。"

她勾出一点笑容:"《三字经》吧。你们只需要向他说出这三个字，我就能确定他是不是我父亲了。"

"没问题。"

在周鑫的带领下，记者走进了一间巨大的大厅，中央有一个独立的房间，四周有很多电脑。走到一台电脑前，这台电脑的屏幕是普通电脑的四倍。周鑫对身边的人说:"你们都回去吧，给父女俩留下独处的时间。"记者看着黑色的屏幕，流露出一丝紧张的表情。

摄像头架好了。这是现场直播。电视画面里，椅子上的周鑫在一头，硕大的黑色屏幕在另一头，活像访谈节目。周鑫按下启动键，电脑屏幕一闪，记者摆出镇定的表情，但她的视线死死盯着屏幕。

这几秒里，成千上万的人屏住了呼吸。

屏幕亮了。正如人们之前见到的那样，这是第一视角。一双年轻女性的手，握着铲子，正在翻土。那名女性抬起头，视线中出现一个人。他翻土的速度快上许多，一边劳动，一边用方言唱着歌。

记者捂住了嘴。

第一视角的主人公，轻柔地说："咱们休息一会儿吧。"

"呵呵，好。"

两个人坐在竹子编成的椅子上，一块喝茶。茶碗很粗糙。

"伯伯，您的女儿拜托我，想跟您聊聊《三字经》的事。"

"庆春？她现在在哪儿？"

记者坐直了身体。

"她应该就在看着咱们俩呢。您看着我的眼睛，就等于是看着她了。"

"哈哈哈，是吗！"老人站起来，朝着主人公挥手，"庆春，我在这儿，你看见了吗？"

记者不由自主地抬起手，低声喊道："爸爸！"

老人又坐下。"原来是我的女儿来找我。怪不得会提到《三字经》呢。庆春小时候啊，最喜欢这本书了。天天晚上缠着我讲，我讲'人之初性本善'，她问是什么意思，我说就是每个人原本都是善良的意思。她又问为什么，我哪说得出为什么呀。但她非要钻研，她从小就爱思考，什么事都想弄清楚。"

记者的眼眶红了，用纸巾擦着眼角。

"后来她上学了，一天回家，她说终于明白'人之初性本善'是为什么了，是因为刚生下来的时候，每个人都是平等的，每个人的生命都一样珍贵。但世上有许多不公平的事，她长大以后要打败不平等，要捍卫每个人的权利。当时我就想，现在我也这么想——这孩子有出息啊。"

记者用双手捂住脸，但还是有细小的呜咽声漏出来。

老人的最后一句话是："庆春，我这边一切都好，你平时吃好穿好，冷天注意保暖。替我照顾好你妈！"

由于情绪激动，记者提前离场了。最后，电视画面里，出现了周鑫的脸，他用动情的声音说道："大家都看到了，我们将一位位老人送往没有病痛的意识世界，就像送往美好的梦境中。对他们来说，这梦能一直做下去。其实，我们团队一直认为这是远比安乐死更伟大的技术和办法，意识世界中的人死了吗？并没有，他们可能比我们更幸福地活着。我们对生命的定义应该拓宽了。在我看来，这个方法的名字就不应该带有'死'这个字，这会带来误导。它的名字应该叫——"

从古至今都仅存在于不可思议的神话、传说、幻想之中，曾一度吸引无数人追随又招致无数人的毁灭，仿佛光是提到就能使浩瀚的人类历史嗡嗡作响、震动不已的，充满魔力的字眼，从周鑫的口中轻轻吐出。

"——长生法。"

第五章

这场直播的效果出乎意料。社会的呼声很快趋于一致，周鑫的事业一路绿灯，国家将这个项目定名为"长生计划"，这就定了性。整个社会的思潮似乎都发生了微妙的变化。当你知道了人死后可以有那样一个去处，在现实中会不会活得轻松一点呢？

作为长生计划的重要人员，林杉的待遇水涨船高。她的父亲被安排到了北京最好的医院、最好的病房。可他竟然坚持要抱着那台录音机过去。当然，就算他要把一百台录音机带进病房，医生也会默许。在大众接受"长生计划"之后，林杉的工作似乎不再那么重要，但她依然每天工作八小时，为研究人员留下丰富的资料。其他时间，她有时候去陪陪父亲，她问过他要不要参与"长生计划"，他坚决不同意。林杉也料到了。他是抵触他未知的科学技术的那类人，却偏偏要求自己的女儿去学技术，让她无法理解。在周末，她和兰兰聚餐，但两人之间的距离拉远了。在兰兰看来，林杉已经是个遥远的成功人士了。她们的联系渐渐少了。

日子一天一天过着。看着网络上关于"长生计划"的各种热烈的讨论，林杉心里暖暖地想着，这个世界在变好吧。但她心里总凝着一点不安，她不知道这种不安的来源。后来，在一次意外中，她终于知道了，并导致了她和周鑫的决裂。

事情发生时，没有任何征兆。在意识世界里，她陪一个老人在花圃浇花。突然，她闻不到花的香气了。她以为是自己鼻子不通了，但老人的浇水壶掉在地上，碎成四瓣，她马上意识到，出了更大的问题。

"我看不见了。"老人捂着眼睛，嚎叫道。

她去扶老人的胳膊，却被粗暴地推开。老人趴在地上，微微抖动。她不知所措，不经意间抬起头，她被吓了一跳。

世界破裂了。很多景象出现了空洞。世界就像一张挂在黑色的墙壁上的画，画纸破了，狰狞的墙壁显露出来。

下一刻，她回到了现实。走出房间，周鑫正在怒斥一名程序员。

"抱歉，有个人误删了数据，让你受惊了，放心，你不会有事的。"

不，没有那么简单。

"为什么删了数据？"周鑫转过头，不与林杉对视。

"是误删。操作失误。"

"你们本来想删掉什么？每份数据都是一个人意识世界的组成部分，你们不应该删除任何东西！"

周鑫坚持道："这次是操作失误。"

"那个被删除的意识世界会怎么样？"

"以后不会再犯了。"

这一次，林杉没有被说服。

第二天一早，林杉走进周鑫的办公室，递给他一张表格。

"这是什么？"

"到目前为止，你们一共对 5386 人进行了手术。一个人的意识世界需要 1000TB 的硬盘储存。全公司一共有三千张这样的硬盘。请你告诉我，剩下两千人去了哪里？"

"你从哪儿得到的数据？"

"我和许多程序员的交情都很好。"

周鑫哼了一声。"有件事你不知道，许多张硬盘，在没人动的情况下，信息量自动减到零。可能性只有一个——他们自杀了。我们什么也没做。"

林杉愣了一会儿。"那么你们主动删除的硬盘有多少？骗我也没用，我可以问别人。"

"二百多张吧。"

"为什么？这是犯罪，是杀人！"

"其中一半是没有家属的老人；另一半人，我们征得了家属的同意。"

"他们不可能同意。"

"一张硬盘五万块钱。他们愿意省下这笔费用。你应该现实一点。"

"那本人呢？你们征得了本人的同意吗？"

"本人同不同意，又怎么样呢？对我们来说，只是删除一些数据而已。"

在林杉震惊的注视下，周鑫补充道："硬件资源不够，如果历史上所有人的意识都存在硬件里，都能铺满地球了。早晚要取舍的。"

林杉第一次这么愤怒："那样的话，你自己愿意参与'长生计划'吗？你愿意让你的家人去做手术吗？"

"如果什么都不做，老龄化就会加剧。许多老人得不到治疗，其中或许就有你的父亲！林杉，你的问题在于想得太美好了。在有限的资源条件下，总有人要牺牲的。关键在于节约资源。"他盯着林杉，"这事可能还得靠你。"

林杉感到疲倦至极。"靠我什么呢？"

"有一个办法。能作为'接口'的大脑具有非常特殊的性质。如果你参与'长生计划'，你的意识有机会储存别人的意识世界。我们尚未摸清原理，不过有可行的可能性。那样的话，只需要用一张硬盘存储你的意识就够了。"

"能储存多少呢？"

"无限多。"

"怎么可能。"

"一条数轴能'储存'多少个点？"

"……无限个。那又怎样？"

"我们猜测，可能不是 A 储存到 B 里的方式，而是建立了从 B 到 A 的一种映射关系。至于物质资源的节省是用什么补足的，原理还不清楚。"

"所以，你是要求我献出自己的大脑，拿来给你们测试，成功的话我就能继续生存，失败的话就会在哪天毫无抵抗地被你们消灭？"

"这纯属自愿选择。你有拒绝的权利。"

"很遗憾，我拒绝。"

"没关系，能作为'接口'的人肯定不止一个。最近的测试里，许多年轻人都表现出类似的资质。"

"是吗，那么我建议你到老年人里去找，因为年轻人不可能放弃他们漫长的人生，进入到一个随时可能被你们删除的世界。"

"未必，"周鑫露出她无法理解的表情，"碰巧的是，我们受到很多年轻人的欢迎。"

第六章

林杉很快明白了周鑫最后那句话的意思。兰兰时隔很久跟她打了电话，邀请她去家里玩。

"杉杉，我之前跟你说的那款游戏，你还记得吗？"

林杉回忆了一下："嗯，记得。"

"它终于开发出来了！我买了一个，放在家里。"

"放在家里？听起来像买了个家具一样。"林杉微笑。

"你猜中了。"

兰兰带林杉走到一个房间的门口。在林杉的注视中，她推开那扇门。这个动作唤醒了林杉的回忆，不祥的预感在心里流淌。等门完全打开，里面一览无余，预感得到了证实。林杉惊叫了一声。

"吓了一跳吧，嘿嘿。你看，像不像牙医的椅子？"

"你看，这个头盔可以降下来，只要戴上头盔，我就能进入一个游戏世界。跟现实一模一样。"

"这真是广大玩家梦寐以求的东西啊！我觉得，这和'长生计划'很像吧。如果能一直在游戏里活着，感觉也不错呢。"

"杉杉，你要不要来试试，我家是免费的哦。"

"杉杉你怎么了？"

"你不舒服吗？"

林杉倒退出了房间。她捂着剧烈起伏的胸口。突然，她想起一件紧要的事情。

"兰兰，最近有没有听说过关于'长生计划'的实验？"

"我想想，有一个。好像是面向年轻人的。以前都只允许老年人参与。机会难得，我也报名了，很难成功就是了。"

"兰兰，你不要去。"

"……为什么？"

长生法

"这个计划不好。你还年轻，应该在现实中好好活着。"

兰兰瞪大眼睛看着她："杉杉，在这个计划里，你是受益最大的人吧？为什么要阻止别人和你一样呢？"林杉被噎住了。

"你现在的待遇，恐怕我一辈子都够不着吧。你是活得顺风顺水，可很多人还顶着巨大的压力呢。我真搞不懂，难道只有老年人才有资格逃离这个世界吗？"

林杉不知道自己是怎么从兰兰家出来的。逃离这个世界。兰兰是这么想的。原来有很多人是这么想的。一时间，她觉得周鑫是对的，觉得很多事情都无所谓了。但很快她又清醒，兰兰是她最好的朋友，她不能眼睁睁看着她放弃还年轻的生命。

回到家，她把自己关在房间里。她要写一封长信，揭露"长生计划"的内幕，发给法院或者媒体。她希望至少能对迷途的年轻人起到作用。

一晃就到了深夜。还差一点没写完。先睡觉吧。外面有声响，不知道谁家在敲门。真困。这两天太累了。林杉意识都有点恍惚。

这一觉睡得不好。白天，撑着写完了信，已经是上午。又有敲门声，这次能听出是自己家的。打开门，是兰兰，她露出惊慌失措的表情。

"昨天你把手机落在我家了。昨晚我就来过，一直敲门你都不在。"

"手机……哦哦。谢谢。"

"杉杉！有好几个电话，是一家医院打来的，还有短信。对不起杉杉。"兰兰深深低头。

林杉只看了一行字就清醒了。

"你父亲病危，速来！"

赶到医院，父亲已经不在了。是昨晚去世的。这次，家属也是不在身边，和爷爷去世的时候一模一样。医生说，父亲留下了遗言，竟然录在了磁带里，很有父亲的风格。

林杉抱着录音机回到家。刚刚写好的信摆在书桌上。现在她觉得这封信没那么重要了，就把录音机直接放在信纸上。按下开关。熟悉的交响乐曲响起，林杉抱着膝坐在床上，感觉自己被空气包裹得严严实实的，透不过气。

乐曲暂停。录制的部分开始了。林杉抓紧手指，坚强地等待着，可父亲的第一句话响起，她就哭了。

"杉杉怎么还不来啊。"

"杉杉怎么还不来啊。"

"大夫，你们再去催催，杉杉是好孩子，她一定会来的。"

"唉，我可能没时间了。我开始说了。杉杉，爸爸有件事想让你知道。之前一直没说，是怕你不信。爸爸做过许多你不喜欢的事，可一次也没骗过你。现在我说的话，你应该能相信吧。"

"是关于你小学时的事情，你应该一直记着吧。但是，你所知道的，不是全部。我想了想，还是应该让你知道真相。"

林杉不由得抖了一下，她感到接下来的内容可能出乎意料。

"我知道你一直怪我，没照顾好爷爷，觉得我送你上学没有必要。其实，那主要是你爷爷的主意。我心思一半在你身上，一半在你爷爷身上。他的心思可全在你身上，我一到病房，他就把我赶出去，还把门锁上，让我去守着杉杉。"

"当时，别的家长没有那么担心自己的小孩，谁会觉得案子能落在自己头上呢？就我跟你爷爷怕得不行。为什么呢？这件事一直没让你知道。当时，我们家收到了一张照片。"

林杉几乎窒息，她已经不太敢听往下的内容，但父亲的言语继续流进耳朵。

"照片里是你，你背着书包，背对镜头，路上就你一个人。你整个人的部分被红色的笔圈出来。我们都吓坏了，这是犯罪预告啊。警察不肯派人保护你，你母亲在外地，我就负责天天接送你。你爷爷死后，你哭着闹着不肯让我接送，我也没答应。当时真的怕啊。"

"这么有一个月，我再看那张照片，看出了问题。照片上的路段，平时人流很多，怎么想你也不可能一个人走在那条路上。那时候心里才放心些。"

"然后有一年，我找同事看这张照片有什么名堂。他儿子一下子就说，照片是'P'的。我们都不知道'P'是什么意思。他儿子才那么大。"

"最后我才明白过来。照片上本来有很多人，人家用 PS 技术，删去了其他人，就留下你。对年轻人来说，这种痕迹特别明显，但我们大人谁也没发现。"

"这事是谁做的呢？我跟家里人讨论，觉得应该是孩子做的。当时大人哪懂那些东西。可能是你当时遭哪个同学忌恨，他弄了个照片，想吓吓你。对他来说，就是一场恶作剧。没想到，对我们家影响这么大。"

"这件事给我落了根。一遇见我不懂的技术，我就有点怕。小孩子能把大人耍得团团转，还有什么事不能发生？所以你一定要学好技术，至少要了解。你不懂的技术，别人懂的，你就可能受欺负。"

林杉想要大声喊叫，想要立刻跑到父亲身边，但父亲已经哪儿也不在了。她心中溢满了感情，这是终于理解了一个人的感情。她理解了父亲。

"我说完了。最后还是想说，杉杉，我和爷爷都爱你，如果我做错了什么，请你原谅爸爸。以后你成家了，如果人家本来是为你好，却惹你生气了，希望你不要怨，这是爱！"

录制部分结束。交响乐重启。在流淌的音乐中，林杉哭得像要把心脏呕出来。

她哭了三十分钟，或许一个小时。她擦干眼泪，洗了把脸。然后她坐在床上，与一台录音机、一张信纸对望着。

她冷静了下来。此时的她十分清醒，清醒极了，人一生中很少有机会像现在这样清醒。

她心中被悔恨填满。她最恨谁？那个孩子？周鑫？还是技术本身？由技术所掀起的每一阵风浪，总能轻易地压倒她身边的人。

但她很快发现，她最该恨的是自己。为什么不早点和父亲好好谈一场话，让他当面向自己说出一切呢？为什么又重蹈覆辙，让自己的父亲一个人孤独地死去呢？为什么……不试着说服父亲参与"长生计划"呢？

这个想法吓了她一跳。但她马上想到，父亲本可以活在另一个世界里，他很可能会遇见那个世界的林杉。或许在哪一天，那个世界会被删除，但在那之前，他们一定有足够的时间相互和解。

唯有残酷的现实，不给人机会。

她终于开始问自己一个问题。"长生计划"是什么？

是以减轻社会压力为目的的、针对老人和病人所策划的一场骗局吗？是对转移到硬件之后的意识毫不留情地消灭吗？长生计划之所以诞生……不就是为了满足弥留之际的愿望、为了圆临终之人的梦吗？

她又理解了一个人。那个人叫周鑫。其实她早该明白的，因为她正是从头到尾唯一的亲眼见证者，她应该比世界上的任何人都要更加明白才对。

她沉静地想着，周鑫说得没错，她的错误在于总是想得过于美好、过于温柔。她在心中对父亲说，父亲，我从来没有怨你，我不怨你，因为我知道，这是爱。光有温柔，人们无法去爱。

第七章

十年后。

周鑫走进一座巨大的建筑。这十年里，发生了许多事。最艰难的时候，学校出现了集体自杀事件，"长生计划"几乎被叫停。但人们撑了下来。经过几番波折，社会又恢复了稳定，人口压力与不平衡问题都降了下来。现在来看，"长生计划"的现实价值是不可估量的。

他坐在一张流线型的椅子上。椅子背后是一根高耸的柱子。这十年，就是靠这样的柱子支撑过去的。

他输入汉字：林杉。屏幕上出现十几张脸，他扫了一眼，点击了他熟悉的那个面孔。面罩徐徐下降。这个场景，他作为旁观者看过太多遍。自己还是第一次体验。

他见到了林杉。她穿着白裙子，躺在一片花丛中。她朝周鑫招招手，所有的花儿都随着她的手臂摇摆。周鑫一边惊叹，一边躺到她边上。

"真不可思议。"

"本来我能做到更多。有了你这个观测者，就拘束一点。真正的意识世界是不受任何限制的。"

"我们的理解远远不如你。毕竟你自身就在这个地方，并且能干涉其他的意识世界。"

"你用词不准。应该是观测。对别人的世界，我丝毫干涉不了。如你所说，这是一种映射关系。"

"对此，我们怎么也想不通。不过，我可以告诉你一个好消息：'长生计划'成熟了。全世界有四百五十个像你这样的'中枢'，维持着所有世界的运转。"

"那真是好事。我也告诉你一件好事，对于你想不通的地方，我可以给出一点猜想。"

周鑫恭敬地听着。

"很久以前，我们一同遇到过一件怪事，那还是所有世界都用硬盘存储的时候。三个月里，有一千八百张硬盘清零了。当时，谁都没注意，你的解释是他们都自杀了。但那是不可能的，百分之四十的自杀率，也太高了。"

"我成为'中枢'之后，这样的怪事还在继续。有些世界，逐渐和我断了联系，我无法再观测到他们。但我的优势在于，我可以随时尝试观测他们。"

"一开始，我也不明白。经过很多次观测，我发现那些消失的世界，都没有自杀的迹象，但他们有一个共同点：基本上是在意识的主人快要睡觉的时候，那些世界消失了。"

这是现实人类不可能获得的知识。周鑫如饥似渴地听着。

"我们常常比喻，意识世界本身就像睡着了做梦一样。如果意识世界里的人睡着了，会怎样？我有一个猜测：他们会脱离对物质的依赖。在我们看来，他们消失了，实际上，他们可能依然存在，但现实世界永远无法观测到他们。"

周鑫的大脑疯狂运转，但他依然无法理解这些内容。

林杉友好地笑笑："你是一个很有创意的人，你提出了意识的本质是信息。那么信息和物质的关系是什么呢？我知道有一个物理定律，说信息必须依赖物质。"

"麦克斯韦妖。"

"是的。但它的证明只包括了一种情况，就是信息对物质产生影响的情况。如果，信息对物质不产生任何影响的话，它能不能独立于物质呢？"

林杉伸直手臂，向着天空，这个孩子气的动作与她正在诉说的不可思议的理论形成了奇妙的氛围，周鑫呆呆地看着她。

"从结果来看，是可以的。"她用调皮的语气说道，"那些世界从我们的观测中溜走了，跑开了，跑到没人能观测到的地方。或许，这是意识世界的最终形态，或者说是它真正的形态。他最大的特征只有一个：封闭。不与别的世界产生任何作用。像这样封闭的东西，在这个宇宙间，我也只能想到一个了。"

"什么？"

"就是宇宙本身。"

周鑫抬头看着天空，他的姿势就像一个第一次抬头看到星星的原始人似的。

林杉说："对我们来说，宇宙没有外面，所以，也不可能从外面观测宇宙的里面。"

周鑫战战兢兢地说：“如果，宇宙本身就是一个意识世界的话……”

“那么肯定是个很巨大的意识了，”林杉轻松地答道，“那样一来，我们所定义的一切概念：物质、能量、意识，都只是这个意识世界的组成元素罢了。在另一个意识世界里，事物或许会有截然不同的形态。”

那会是什么样的形态呢？光是想到这个问题，就令人心跳不已。

林杉接着说道：“从这种观点出发的话，可拓展的就太多了。比如，为什么地球上从来没出现过外星人呢？”

周鑫又跟不上她的思路了。他能做的就是听着。

“因为外星生命在某一个进化阶段，发现了意识世界的存在，同时发现了它的封闭性。于是，他们可以选择在离开物质世界之后，去往那里，就不必进行文明的扩张，掠夺宇宙的资源，来争取在物质世界的生存了。”

周鑫提出：“那样的话，就意味着，没有文明能探索清楚宇宙的全部了。”

“如果一切速度不能超过光速的话。或许是这样的。因为宇宙本身就是以这个速度扩张的。”

林杉继续说：“对生命来说，一切的意义是什么？是生存、繁衍和扩张吗？在物质资源有限的环境下，为了满足物质的需求，所做出的种种努力，就是人的意识最终的要求吗？我想，当我们拥有物质身体的时候，一个人也需要去寻找自己真正追求的东西，不是被外在的环境所决定，而是发自内心热爱的事物，因为那才是由一直插在生命的旅途的终点的、名为意识的旗帜所指示的方向。"

"我感觉，你可以做许多人的导师了。"

"我还有一个更离奇的想法。"

周鑫聚精会神地听着。

"你说人死后，会不会直接去往一个完全脱离物质的意识世界呢？那样的话，我们可都白忙活了。"

"这……有点像宗教了吧。"

"如果宇宙整个儿可能是一个意识世界的话，哪怕仅仅是有这样的可能性的话，为什么要去除唯心呢？"

周鑫想了一会儿："作为现实的人，我最关心的，还是眼下的现实。而现实中还有许多问题。'长生计划'只是在解决其中一部分问题上有了点儿进展罢了。"

"是啊。不过，当人们了解到意识世界的存在之后，现实中的压力会小一点吧。会更有可能在这个充满困顿、死结、危机的现实世界中，去寻找自己真正的追求吧。这可是远大的进步呢。"

"我一直想问你来着，今天给了我这个机会。"

"什么呢？"

"你的追求，是什么？"周鑫专注地看着她。

"爱。还有希望。"

太阳将无边的光芒洒在他们身上。周鑫的眼睛一丝也离不开她，因为她的身体仿佛变成透明的，像一张栩栩如生的油画；她大大地伸了个懒腰，那副架势，仿佛要把整个世界一股脑地包容到自己怀里似的。

陈昕悦

Paguridae

11 月 20 日，清晨，灰蒙蒙的天空中下着雨。

撤离计划开始了。

"I207.23 M760A2 的 C29663316 号先生，早安。按照计划，您应该在中午 12 点之前完成准备工作，13 点 I207.23 整个区块就将开始撤离。"

C29663316 号先生就这样在清晨被亲切的机械女声叫醒。并且，这个每日相伴他的声音还是一如既往尽职尽责地提醒着他，这并不是普通的一天，他还有大约 4 个小时来进行车里的准备。当然，他认为应该没有人会蠢到忘了这件事——系统预告了在这个地区在 9—10 小时后将会发生一场震级可怖的地震，出于对"生命安全"的权衡，经过了精密的计算，这一场地震恐怕会波及整个 I207 区域，并且地震引发的海啸将会使得整个 I 区被淹没。因此，系统不得不命令穴居的人们走出自己长久以来居住的地方。他知道，早在一周之前，I 区的其他居民们已经开始了撤离。根据效率最大化的算法，在其他的居住区都已经完成撤离的现在，他们 I207.23M 的居民们也必须尽快行动起来，抢在最后的黄金时间离开这里。

即便是在如此繁忙的撤离计划之中，系统也充分人性化地认为，应该留出充足的时间使人们得以缅怀Ⅰ区珍贵的土地。在资源紧缺的现在，每一个周密规划的地块上都满布着房屋，每一幢房屋都罐头般地储藏着人。网络的迅速发展早就取代了物质基础性质的交通的发展，人们认为出门并没有必要，而且为了避免不必要的麻烦，还是待在家里为好。这已经是当今社会生活的智慧，而系统所认为的"知性"正和人的"智性"紧密地统一着。

"当今社会的知性……我什么时候开始用这种词了。一定是网络的错。"C29663316号盘算着自己的撤离计划。就在刚刚，居家AI还提醒他出门时记得携带雨具，原始但是有效——毕竟按照系统的本来意见，其实并不建议居民在这样的天气出门，首先是室内和室外的温差很容易导致感冒。感冒，并不是一件可以小视的事。它不仅意味着一个个体免疫力下降患上疾病，或许更意味着一场更大的流行感冒正在酝酿。这毫无疑问会引发很严重的后果。如今的人们已经对"感冒"这样的事情感到深深的恐惧。倒不如说，这个社会就是因为"感冒"这件小事引发的恐慌才构筑成当今的样子。前一个世纪对抗生素的滥用已经透支了这一代人应付疾病的手段。就算人群为了种群的保留，天然具有抵抗疾病的能力；然而，即便如此，社会已经承受不起更大的创伤了。这也是系统的考量——系统总能做出合适的取舍。就像现在，他其实也对自己基于系统安排的生活非常满意，稳定的工作，舒适的住房。他要按旧例，先完成自己的日常生活，再来考虑撤离的事，因为这才是他井井有条、符合系统要求的作风。

好了，他深呼吸，"把窗帘打开"。他命令自己的居家AI。出于对AI个性化、人性化的要求，即便是模式化的AI也有不一样的脾气。他曾听隔壁的邻居抱怨过老式AI完全没有人情味，和自己也不够有默契。对于这点他其实并不太同意。只要能好好执行命令就可以了，他并不把居家AI当成自己的"同居伙伴"。这或许也是他的AI过于冷漠的原因。为了不让单个AI数据负担过大，不同的区域会使用不同的子AI，因此要是让他和自己的AI告别的话他还感觉有点伤心呢。

AI乖乖照做了。这一方面她确实是很好的帮手。于是他得以从拉开了窗帘的这一扇窗户看出去。入眼的也是一栋楼房，粗略估计的话高度大概在60层左右。自己所住的这一栋是40层，他想着，这算是上个世代遗留下来居民楼之中楼层比较高的类型，在20年前可很难找到配置这样齐全的住房。他所居住的楼层是36层，相对低楼层能有更多光照。但是，即便在这个高度向外望去，也只能看见这一栋楼的中部。窗子的遮挡甚至让他看不见对面那栋楼40层以上的部分。

对面应该可以轻松看到自己这一栋楼的楼顶吧——或许要工作20年才行，但是20年的话自己离退休已经不远了，而且现在工作岗位已经很难得了。要是撤离之后能有补贴住房就好了。

说到底，为什么要撤离呢？就在原地避难难道不行吗？他不知道其他居民区的撤离情况，不过想也知道有多窘迫。他不禁在心里发出抱怨，无论如何他是不乐意走出自己的家门的。

"请您不要忘记，9 点整的时候您要开始工作，公司系统会把文件准时发到您的个人终端上。" AI 注意到他发呆的时间格外长，于是好心地提醒他。

"知道了。"

公司的总部并不在 I 区，因此并不会因为自己 I207 区被列入撤离计划而停止运转。哦，因为居住区撤离他还要用掉自己一个宝贵的半天带薪休假。这样想来真是太糟糕了。当然，或许不该这么想——系统的安排总是正确的。他劝说着自己。他注意到自己的心情不可避免地有些混乱。事实上人的确不可能做到完全知性。这一点，系统的认识诚然正确……

门外响起了敲门声，他被迫停止胡思乱想。"把门打开吧。"他命令 AI，然后走了几步到门口的椅子上。会用这样古板的方式来呼叫屋主的毫无疑问只有那一个人，就是抱怨老式 AI 的隔壁邻居。他住在 M760A3。对于自己的邻居，或许用居住的门牌来称呼更好一些，毕竟那么一长串的身份代码不是所有人都能记住。

他的邻居的头发已经有些花白。这是他即将要退休的标志。他不禁有些羡慕地把视线在他邻居的头发上多停留了几秒。

"您准备怎么办呢，C29663316号先生。"他的邻居倒是把他的身份代码记得清清楚楚，"上帝，鬼知道我欠了10年的信赖积分，要是房子没了就完蛋了——您真该看看前几天的广告。嗨，全是房屋广告！自从新一代居住理念被提出之后，房子又要升值了。我20年前搬到这里的时候，以为这里都是最新的屋子了，没想到我都快要入土了，这里的房子也要被淘汰了。不过，要是这里的房子完蛋了，我的欠债也就跟着一起完蛋了，这倒是件好事……"

很不妙，他工作的金融公司为这些房地产公司提供贷款，以及借贷"信赖积分"的服务。他不知道他的邻居的"神"会不会保佑（这个词是他的邻居告诉他的，他的邻居对这些古老词汇的掌握程度远远超过他。）他拿到新房子，也不知道"入土"之前自己居住的这种类型的住房会不会被淘汰。这真是他们此刻应该担心的问题吗？不是此刻，可能是不久的将来。没有房子会怎么样呢？倒也不是会露宿街头，而是可能得搬去和别人同住。这毫无疑问是一件特别糟糕的事情。他不禁联想到感染疾病的概率，以及和素未谋面的人同居一室的危险和可怖。

"你想啊，先生！我们现在完全就是住在抽屉里！抽屉！！连光也看不见多少——我说的是阳光。哎，毕竟大部分时候我们见的都是人造光。我们这个屋子的方向要见到阳光也挺困难的。"

他的邻居还在激动地说着什么。他尽可能耐心地听下去。只不过这些话从他左耳钻进来之后，很快就从右耳出去了。

其实这种楼房结构应该相当不符合现代科学。他回忆起中学时代教科书上的一些描述。在将近一个世纪之前，历史书上写道："我们经历了一场规模相对较大的传染病……一开始，人们并没有充分地认识它。直到人们渐渐染上疾病，死去的生命完全变成可怖的数字，人们才警醒。"地理学科的考题上也写："房屋结构不合理、人口密度过大、排水排污系统设计有缺陷，会导致染病率的增加……在当今，所有的居住区都严格按照最优计划来分布，配置附加设施，有效阻隔了疾病的传播。"甚至他还记得自己曾经考过的生物考题，大致的流程就是"连锁链：染病—隔离—治疗—防疫"……曾几何时谁在乎试卷上的答案和不合理！因为这对于现代人来说也只是义务教育阶段的记述罢了。按照他的邻居的说法，密密匝匝的抽屉房里，生活着人；在人的间隙里又生活着被人食用的植物等，一切都被放在规划好了的抽屉里了——虽然他不喜欢这样的说法，但确实是这样。而且，这是人唯一的固执，即便放弃了可以其他的自由，在吃的问题上，还是不愿意只是用单纯的营养剂来代替食物。

不过，现在也有营养剂主义了，宣传的是可以工业批量生产的营养剂在维持人体功能的效用上更加优秀，也比饲养动物和种植蔬果更加节省资源。说到底人的肉体这样的东西这么费事的话，那干脆不要肉体好了——有些人会这样说。

好像 Parado 会社最近推进的"Project Chava"① 就是这样的研究。不过，营养剂，听起来现实多了。住在 M760A1 的那位年轻女士，曾经来邀请他加入营养剂主义社团。那位女士似乎参加了各种各样的社会活动，好像也是"Paguridae② 俱乐部"的核心成员。各式各样的在线俱乐部是禁足了的当今社会人的生活乐趣来源之一。当然，Paguridae 姑且还算是比较为人所知的一个，毕竟它现在是网络议论的热点。

　　Paguridae，根据搜索引擎给出的答案，以及曾经在科学课程的课堂上所学过的知识，这是一种生活在从珊瑚礁、海岸线至深海海底的不同深度海水中的小动物。它们以死亡的软体动物的壳为自己的庇护所，保护自己柔弱的身体。在前一世纪的文字记录中，还常能看到这种小动物的影子。但是现在已经完全禁止食用贝壳类动物，因为它们的身体中可能有可怕的寄生虫；另外，由于出行限制，就算他们所居住的区域面向大海，他们也很少真的到海边去。海水的污染严重程度远远超出了人类能够承受的范围。他们对 Paguridae 的认知完全来自课堂上教师放映的、一个世纪以前的图像资料。

　　突然，他意识到自己已经完全走神了。他只好向邻居表示歉意。不过看起来他的邻居好像也没太介意，表示了自己的离意之后建议他工作之余看看网上的评论。"这是最快了解信息的途径了，能够解答大部分担忧的事情。"

---

　　①　确切的翻译的确是"夏娃计划"。
　　②　寄居蟹的拉丁文学名。

"闲下来的时候，我会去看看的。"他说着，礼貌地把邻居送走。

真有什么可担忧的吗？就算担忧了是自己能解决的事情吗？在邻居离开之后大约5分钟，他收到了一条消息，AI告诉他早餐已经放在门口，并且提示他今天的早餐是鸡蛋三明治，确保了足够的糖与蛋白质。于是他一边享用早餐，一边打开了显示屏开始查看消息。首先映入眼帘的是与今日的撤离计划相关的内容，显然是定位了他所在的位置。

他所居住的区域位于一个相当巨大的火山地震带上。由于这个火山地震带上有一连串海沟、火山弧和火山带，时有发生板块移动。这个火山地震带上的人类居住区大多发生过一定程度的灾害，唯独自己所居住的这个区域一直以来并没有发生规模相对较大的灾害事件。早在一个世纪之前，就有人提出应该逐渐把工业区搬离这个区域，然而，由于这个区域临海，有丰富可利用的各种自然资源，并且这个区域的贸易相当繁盛，工业区的搬迁一拖再拖，直到二十年前才彻底搬迁。甚至，在这个到处寸土寸金的年代，无论是将污染相对还是比较严重的工业区搬迁何处，都会引起相当大的争议。"Paguridae俱乐部"在网上的兴起就是始于工业区搬迁事件。当然20年前它并不叫这个名字，只不过在5年前左右这个在线虚拟社区正式更名，从此就开始在各种事件当中充当了一个积极的在线情报中转枢纽。这个设计可能极其类似于上个世纪出现的论坛（这也是邻居告诉他的。毕竟他的邻居致力于研究一些前世代的学识。)

如今，就算不是"Paguridae 俱乐部"的成员，作为浏览者还是能浏览一些比较"表层"的内容。他一边吃着最后一口三明治，一边打开了"Paguridae 俱乐部"的网页，顺手登陆了公司的工作账号。他很少这样做，因为这些更新速度很快的网页会打扰他的工作。他又查看了日程表，确认今日的工作。显然，由于他今天下午开始的带薪休假，公司系统为他匹配了较为轻松的工作，紧凑些就能在大约两小时内完成。此时时间显示为 9 时，他马上开始了工作，把"Paguridae 俱乐部"的网页晾在一边。不过，由于今天有撤离计划，他吩咐 AI 另外打开了早间节目并开始了自动播放。

"今日 17 时，将进行 Parado 会社的最新发布，关于一项曾被积极推动、也曾一度被停摆的计划'Project Chava'，这一最新发布根据相关专家的预测，将会颠覆人类目前的生活。许多专家表示了期待，但也有人表示担忧。有人说，这简直是太疯狂了！但是，自信满满的 Parado 会社到底会带给我们什么样的惊喜呢？就让我们拭目以待……"

这家无人不知无人不晓的科技公司，在前一段时间市值飞涨。他庆幸自己持有了一部分这家公司的股票。要是之后抛售自己手上拥有的 Parado 会社的股票，或许他就能解决撤离之后的住房问题。远水不解近渴，就算 Parado 会社的升值空间还有很大，但他更不能忍受自己沦落到和别人合住的境地。他查看着公司发来的各种文件，并且将它们生成报表，一份份整理好之后导出。他看着自己负责的几家公司的财报，不禁想起之前看到的消息。Parado 会社在上个月接受了好几笔天使投资用于运行他们的最新项目。这项计划被命名为"Chava"。然而这一命名方式也被人们诟病一个世纪之前的产物，在人们看来已经是老古董了吧！

"这一个月，保险公司的市值都有明显的增长。"他输入这一行。其实这样的工作，他根本不需要投入什么思考。现在的科技早就发展到可以自动处理这些事务的程度，但是为了不让人的存在意义消失，系统宁愿在某种程度上让步，换言之就是"装傻"。人比机器蠢笨的地方就体现出来：只要输入指令，计算机就会明白，人类却还要想尽办法理解。更何况，系统本质上并不会出现人类一样的"心不在焉"——就像现在的他自己一样。但他确信自己有在好好地完成工作。公司系统并没有对他提出更高的要求。更何况，在撤离之前，可预见的一点小小的放松是可以被系统预见的。跟随着系统的期望行事就不会犯错，这是现代人的生活智慧。

大概一个小时后，他感觉自己处理工作的速度明显变快了。这表示自己今日的工作即将进入尾声，也意味着他能有更多时间来查看一些自己需要的信息。10 时整的时候，显示屏上弹出了一个提醒。随后，屋内的广播就开始播放轻松明快的音乐。现在已经是早操的时间。为了人的肌肉不至于在室内蜗居不动而萎缩得太严重，适当的物理性活动是必须的。所有人对于这一套动作都很熟悉，这被称为现代公民标准的

　　　　　　长生法：清华学生科幻创作选

习惯。他跟着音乐拉伸着自己的肌肉，听见楼上传来脚踏在地板上的咚咚声。显然楼上的那一位居民很重视自己的身体健康，大约是一位现代健康学的狂热崇拜者，并不像大部分人一样把早操当作例行公事。直到早操的音乐结束，楼上的响动才结束。他不禁开始祈祷，要是自己更换了一套住房，一定要有一个更安静的楼上邻居。

早操结束以后，他靠在躺椅上来让自己从早操的运动中获得充分的休息，屋内则是在一会儿之后开始播放优美舒缓的音乐。AI 检测到了他的内心对刚刚发出的吵闹声产生了一定的反应，因此使用播放音乐的方法来让他尽可能冷静下来。确认自己的呼吸平稳多了，他开始查看"Paguridae 俱乐部"网页的最新讨论。

Alice①："的确，毕竟在一个月之前，这场可能发生的灾难就已经被预告。但人的撤离并不是最优先的工作，这是 AI 给出的结论。为了保证一切秩序的井然有序，人的移动被排进相对滞后的计划之中。如果可以，所有人都想保住这一片居住区。我觉得这是比较普遍的意见吧？"

Bob："要是当时决定最后使用的是 PlanA（大概是这个意思吧？）之类的计划就好了。这意味着大家不用撤离、不用搬迁、不用担心自己的信赖积分，啊，我是说，要支付另外的信赖积分，让人真的很没干劲。"

---

① 模仿清华大学树洞。一个讨论串下，一楼匿名用户为 Alice，二楼为 Bob，以此类推。（然而在今天，树洞也已经是时代的眼泪了。）

Cindy：“但是现在这件事基本上已经是不可避免了吧。下午 13 时就要撤离了，一周前 Bob 的讨论还有点价值。”

Davy：“楼上的 Cindy 请不要挑拨讨论矛盾。”

“Paguridae 俱乐部”的网页上关于这一次撤离的讨论基本挂在最前。这种懒洋洋没什么干劲风格的讨论好像并不是在讨论撤离，而是在讨论星期天的午餐吃什么。这个事实让他微妙地感受到了违和感。果然只有无聊的人才会把时间浪费在看这种网页上。但是，网页——这种老古董的东西，还在现在的人之中流行。因为人们越来越不愿意在事实中相见、沟通、交流。在出行都按照计划安排、严格执行名额限制的现在，本来很珍贵的出行机会也有许多人放弃。并不是因为人们乐意就这么困在室内，而是因为出行根本没有意义，除了增加自己的风险之外没有任何好处。并且由于人们的社会关系已经全部转移到网络之上，通过现实的存在联系实在是一种非常“老土”的方式。像他的邻居，会采取亲自登门拜访的方式来和邻居对话，这样的行为其实并不被鼓励，网络的讨论串上也时有对擅自登门拜访的邻居感到不满的情绪表达。比如这时候他就看到一条：

Alice：“知不知道这样其实给别人造成了困扰呢？我并不是很想见真实的人。只要不见人，就能避免危险，如果这个人恰好最近压力过大，或者正好因为室内温度调节出了问题感冒了，或者卫生习惯很糟糕，或者长得就是一副奇怪的样子（对不起并没有嘲笑的意思），我就会感到不安，因此我宁愿选择不要见人。"

由于这一个讨论串引发过大规模的讨论，尤其是这样的说法会引起网友们"不安"的观点占据了上风。在撤离事件的讨论串里，也有人把它转发了进来。跟着这个转发，一位 Eve 说："撤离的情况就更糟糕了吧，因为要进行大规模移动所以不得不一大群人挤在一个空间里，怎么想都更令人不安了。"他想，会说出这种话的大概和自己一样都是预定在下午进行撤离的人，随后动了动手指，刷到了一些"有没有人知道前一周撤离的人是什么样的状况"的讨论串，遗憾的是其中并没有什么有用的信息。

"等一下，大家收到那个信息了吗?"一位 Frand 突然说道。他下意识查看自己的显示屏。果然，在右下角弹出了一条消息。打开之后，里面只有一行六个字:

"撤离计划取消。"

他盯着屏幕，反复把这一行字读了 6 次。随后，他努力深呼吸，并确认了时间。现在是 11 时 22 分，并不是任何一个整点。他马上想到，这不是系统发布通知的惯常时间，一般来说这么重要的信息都会在整点发布。然而，11 时 22 分，甚至马上就是 11 时 23 分了:这个时间点怎么可能发布这么重要的信息?

他皱紧了眉头，把这 6 个字又读了一遍。他又确认了消息的发出者。毫无疑问，和之前发出撤离指令的是同一个发件人。

屏幕右上角"Paguridae俱乐部"网页更新的气泡已经堆成了花花绿绿的一大片。很早之前他就想抱怨这种设计，这种视觉上的复杂和冗余严重干扰了自己处理信息的速度——但现在并不是担心这件事的时候，他现在只想看看，是不是大家和自己一样，都收到了这6个字的通知。在这一瞬间他的大脑几乎是空白的，因为对这6个字的预估已经超出了他的想象和思维能够到达的预算。当然，除了服从指令之外他们别无方法，但是，但是，这样的状况一定有什么问题……花花绿绿弹出的气泡还在继续，他意识到自己在刚才的一瞬间什么文字都没看进去，于是他现在开始仔细地阅读更新速度最快的几个讨论串。

Alice："这是什么情况吧？不会是系统被入侵了吧？"

Bob："但是，现在官方完全没有说明，到底是怎么回事啊？"

Cindy："只有我们这个区域收到了撤离计划取消的通知吗？其他的区域呢？"

Davy："虽然不知道怎么回事，但是看上去是I207.23 M的人都收到了这个通知吧？请评论回复收到撤离计划取消的通知的区域。"

Eve："这也太慢了，根据区域大小情况来看的话，应该整个I207.23的人都收到了吧？"

Frand："Eve的猜测是从哪里来的？有证据吗？"

他粗略地扫了一眼Davy的评论区，似乎的确与Eve的猜测相同。此前，官方并没有太多透露撤离计划的全貌，就算是这样，大家也还沉浸在撤离计划按部就班地进行着的幻想中。目前大部分人也都只是在质疑着这个消息的真实性。只不过，在看着这些文字的时间内，更新的内容又源源不断地涌了出来。

Alice："一周之前别人的撤离明明是正常进行的啊？"

Bob："不会是我们被放弃了吧？"

Cindy："怎么会这样？谁来解释一下真实的情况。"

数不清的文字在网页上跳动着。怀疑的声音逐渐跳动出来，很快这种恐慌的情绪就已经传进了所有的讨论串。此时是 11 时 47 分，不知不觉中半个小时已经过去了。信息的更新速度太快，已经超过了一般人正常能够接收信息的速度。

Alice："一般来说 15 分钟之前会进行计划提醒的吧？但是我这里的 AI 完全没有做任何提醒。"

Bob："我明明设置了提醒！但是不知道是不是关键字的原因都取消了！"

Cindy："我的 AI 也是，完全没有相对的反应！！！"

Davy："这不太正常吧，已经快到 12 点了都还没有正式的声明？系统到底在做什么？"

这种焦虑的情绪已经切实地传达到了每一个人的精神之中。他听到自家用于舒缓情绪的音乐还在播放，AI 在温柔地提醒他离开屏幕，稍作休息。是的，虽然感觉到了焦虑，但他还是刷着 "Paguridae 俱乐部" 的网页，这是违背他的习惯的行为。

Alice："有消息出来了！据说 13 时会进行官方声明。"

Bob："13 时不是原本需要我们撤离的时间吗？"

Cindy："搞什么啊？不尽快进行说明的话，会耽误时间的吧？"

网上的讨论还在继续，人们在未知之中散布着恐慌。但是，没有一个人愿意轻举妄动。首先，这是一种充分理性的行为，并且是一种被鼓励的理性。具有优秀素质的当代社会公民应该尽可能保持决策理性，并且听从系统的指示来行动。无论是维持居家状态并且把居家作为一种义务、保持着被建议的健康生活习惯并且在室内进行一定程度的运动、为了获取足够的信赖积分努力学习或者工作、就算在心里不愿意撤离但还是会听从撤离的指示，这一切都是基于这种对理性的肯定。并且，这种肯定是为社会大众所认同的、并不是狭隘片面的认同。大家都发自内行地接受了这种安排，没人能够例外。当然，在这样的环境之中不可能万无一失，但是有系统的辅助就能尽可能排除不稳定因素，来保证大部分人的正常生活。比起以往社会之中自负风险、自己担责的情况，看上是以个体的自由换取了安全的保障。疾病、暴力、饥饿、战争，诸如此类的负面因素被排除在优秀的社会体系之外，感性判断造成的不稳定被排除在稳定的理性之外。此种排除，虽然不可能没有代价，但是人出于侥幸心理，无法正确认识这种代价，这是长久以来的历史能够证实的。

另外，出于对自身利益的考量，人们也不愿意走出家门。不仅是集体的利益，还有自身的利益。人们不愿意率先冒险，可以说是"保全最大利益"这样的观念已经深植于人们的内心的结果。人类明白，作为一种群体动物，总是要让渡自身的部分权利给整个群体，以群体的利益最大化换取自身基本重要权利的保证。这是一种基于天性的生存智慧，而这种生存智慧也被系统了解并肯定了。由于人本身存在着相当大的个体差异，不可能根据固定算法得出最利于整个社会群体的结果，因此有时候系统也需要睁一只眼闭一只眼，给予社会组成成员一些可被容许的自由空间。然而，这种容忍也需要被评估其限度，一旦有所超过就会给予限制。

现在，人们反而陷入了迷茫，一向会考虑到他们切身利益的系统，怎么可能在这个时候放弃自己呢？

时间在一分一秒地流逝，来自其他居住区的人对 I207.23M 居住区的居民表示了充分的同情，只不过这种同情很快被斥为一种"没有同理心的行为"。处在此时的安全之下的人，没有资格对目前还面对着未知的危险的人表达同情。网上的情绪开始充满了恐怖，在所有的文字当中红色叹号的出现次数越来越多。只是表达单纯同情的讨论会被愤怒的声音淹没，表示理智劝架的讨论被阴阳怪气地讽刺，但是更多的人在表示困惑。他们不知道到底发生了什么，也不知道自己该怎么办。人们只是在网页上倾泻着自己的不安。

早在 20 分钟之前，他就已经无力去看"Paguridae 俱乐部”的网页上的更新。信息的洪流早就把他淹没。在这期间，他已经看到了可怕的阴谋论，说得有理有据，仿佛就是事实；也有很多声音认为这恐怕不是真的，而且带有目的性，只是为了引起更大范围的恐慌。他们，怀疑这是某一方的居心叵测，很有可能是来自"Paguridae 俱乐部"的。因为此时所有的网络虚拟社区里，只有"Paguridae 俱乐部"的更新速度是最快的，这不太合常理。或许就是有人蓄意在"Paguridae 俱乐部"的社区里煽动情绪，而这对改变现状没有任何好处。

"我们需要真相！我们要保持理性！我们的生命都是重要的！"有人在这样呼喊着，然后收获数量级在万以上的"同意"和"转发"。

他突然意识到这和他的邻居告诉他的、上一个世纪的事情没有任何区别。"人不可能维持理性。"他的邻居说，"这本书上个月才被公开，大概写于一个世纪又二十年以前……并不是什么出名的书，我只是觉得有趣。啊，我工作的教育机构正在对这本书的内容进行评估，判断它是否适合向大众公开。如果不适合，它会在扫描之后被封存。我们现在对于一个世纪之前的事情都记得不太清楚了。看起来不是什么好事。但是我们也没有办法。"

目前他能维持理性的方法就是让自己的思考趋于平缓……他应该相信系统的决断……他应该冷静地听从指示。AI 亲切地提醒他，如果需要可以给他送一杯热可可，另外也建议他玩一局用来放松心情的小游戏。这些小游戏的发明年代都是一个世纪多以前的事情了。人类的娱乐在这一百多年之类其实并没有发生非常大的变化，因为人类并没有在这一百多年内变得更聪明。

"官方声明出来了!"看到这个气泡的时候，他下意识对AI 命令道："播放最新官方声明。"

AI 遵从了他的指令。很快，声音从扩音器内传出来。

"尊敬的各位公民。

我们知道诸位现在都处在不安之中。但，还请大家保持基本的理智，并且放下心来。撤离计划的取消是因为我们认为大家遵守居家的规定，会比盲目撤离更有利。这是我们的系统计算出最安全、利益最大的计划。然而，由于事出突然，我们向大家致以诚挚的歉意……"

他甚至不用听下去，就已经能在网页上看到实时更新的官方声明全文。这份声明用词是官方一直以来的风格，充满了温和的理性。然而，某种程度上，也相当暧昧，因为在声明之中并没有解释撤离计划取消的原因。

"这份声明完全没有什么用嘛!"

"但是，至少，如果这样能让大家稍微安心一点的话也是好事。"

"怎么可能啊? 倒不如说看完这种声明之后更担心了吧?"

"所以说，撤离计划就这样取消了?"

"系统都说了，不撤离比撤离要好得多! 再说现在出门能做什么?"

"似乎是一天撤离一个区域，但是到我们这里的时候就直接停下了，怎么想都很蹊跷吧？按照顺序，我们就是应该最后一个撤离的区域。"

"啊？！那官方的声明是什么意思啊？！"

越是关注着新更新的消息，他的心里就越发恐惧。然而，他又无法控制自己对于信息的需求。平时习惯了将决策交给系统的人们此刻才感受到真正的恐慌。"决策的自由"是人们久未品尝过的滋味，人们已经遗忘了握有这种自由的感受。即便是想要勉力去思考，却无法在思维之中找到出路。

"也就是说，就算现在出门，也没办法移动，因为根本没有给我们准备移动的手段对吧？"

"到 I207.23 L 区去，没准可以借助别人之前撤离的设施……"

"没用的！之前根本就没有通知我们撤离到哪里去！而且 I207.23 L 区的现实位置相对我们来说更靠近海岸线，要是发生灾害的话比我们更危险吧。"

"那我们现在应该到哪里去啊？"

"就应该在家里干等着对吧？"

15 时 20 分，随着官方声明的结束、每一户居家 AI 都开始播报居家避难的指南，网上的讨论开始逐渐趋向一种悲观。"说到底那些一心支持撤离的人到底是什么样的想法？遵循系统指令不是就好了吗？"的讨论和"这样临时取消撤离一定是有问题的！我们不能随便相信这份官方声明。"的讨论交织着，大家的意见在网络社区上都无法得到统一。毕竟人们不能完全放弃对系统的依赖，又对自己"理智"做出的决策半信半疑。一直在更新的讨论串变成几个意见领袖互相的争吵。但这个讨论串又是可选匿名的，因此除了这几个公开的意见领袖，其他匿名者基本也只是盲从附和。

他已经基本放弃了思考，只是刷新着网页，看着时不时弹出来的气泡发呆。信息的接收不再是第一要务之后，他开始感受到一种空虚。他已经无法做出应对了，或许，只有找人谈谈才行。于是他关闭了一切可见的显示屏，走出了家门。这是距离他上一个出行日之后久违的出门。

他按响了邻居家的提示铃。

"我知道您会来找我的。但是这一切又有什么用呢。"他的邻居平静地说。"我想您一定看到网上的消息了。啊，确实，大家的想法都不一样。"可是，他指指这条走廊，只有包括他在内零零星星几个人站在走廊上。视觉上，这条走廊是无尽的，每一扇门后都有一个房间，房间后都住着一个人。从来没有一天，他能够经历更多角度的、对自己所居住的"抽屉"的认识。不仅是那些排布成规律的标准六边形的窗户，还是这长长的、根本看不见尽头的走廊。他回想起自己根本没有见过楼上那位现代健康学的狂热崇拜者。这一个月内，不，这一年内，他已经很少见到除了常来拜访自己的这位邻居以外的人。这样的景象是他产生了一种严重的恍惚感。原本他以为自己与这个"社会"联系得相当紧密。网上的讨论的回应也好，工作也好，甚至他的居住地区、他的编号，这都是他在这个社会存在着联系的证明……但现在看来，这并不是一种有力的联系。对于联系薄弱的人，无法想象；即便是同理心也是薄弱的。

他沉默地张着嘴，说不出什么话来。

"目前看来也只有待在家里比较好了。上帝!"他的邻居说。"这时候抱怨其实都没什么用，我们跑不到哪里去的，还不如在家里更安全一点。"与其像是对他在说，不如说是他在对自己说。

"哦，那好吧。"他回应说。他刚想出口的抱怨只好咽进肚里。

回到自己的屋子之后，他来回在屋内踱步了两圈，始终无法平静下来。他不想打开显示屏，尽管显示屏背后有无限的人，但这些人只不过是无穷无尽的"Alice""Bob""Cindy"。他们并没有明确的面貌，也无法被听到确切的声音。但是他们确实存在着，并不是没有生命。但是，对他来说，这些"Alice""Bob""Cindy"和自己熟悉的居家 AI 又有什么区别呢？虽然他知道自己的 AI 和人有本质的区别。他再一次感受到了鲜明的迷惘，于是又一次打开了显示屏。

自己一定会为这个决定后悔的！虽然内心的警铃大作，他还是把屏幕打开了。

然而，想象中的页面并没有打开。他连着刷新了几次，网页上方的小圆圈只是旋转着，原本不断冒出的小气泡也没有出现。整个显示屏就像一潭死水。

又发生了什么？

现在他对什么事情的发生都不会感到奇怪。于是他打开了其他的虚拟社区，想要知道是不是只有自己无法打开"Paguridae 俱乐部"的网页。果然，不出所料，最新的讨论几乎不是关于撤离计划取消的内容，而是"Paguridae 俱乐部"网页无法登录的讨论。

"好像是因为'Paguridae 俱乐部'之前在讨论 I207. 23 M 区撤离计划取消的事情，才导致'Paguridae 俱乐部'网页现在无法登录的吧？"

"这是什么？好老土的封锁言论的方式。"

"也不一定是封锁言论吧，可能是讨论过多服务器崩溃也说不定。"

"但是无响应这么久了，我觉得应该就是单纯地无法登录了。"

"我的网页为什么打不开？"

他的 AI 没有回答他，只是温柔地提到，他所在的区域心理压力指数集体上升了。想也不用想，是弥漫在人们之中的恐惧、绝望让群体性的压力逐渐增长。但是，这真的是到了绝望的境地吗？人们又不愿意相信。他们不相信系统会放弃自己，他们相信自己代表着很大一部分的利益。就这样，他放弃了思考，关闭了仍然在加载的网页，靠回到躺椅上，开始温习居家避难指南。

"地震会带来轻度到剧烈的震动，会随时、随地发生。本指南能够帮助您在震前、震期和震后保护自己和财产安全。"

"震前，应该马上采取行动，抢在地震到来之前：第一，加固可能坠落并致伤的物品（如书架、镜子、灯具）；了解练习如何俯撑、护住和抓牢；存放重要用品和文件；准备好口哨或者无线电，确保能够与社区成员联系。"

"震期：需要尽一切努力生存。一感觉到震动，就采取措施：第一，跪地俯撑，这样就不致被地震击倒；第二，用双臂护住头部和颈部，保护自己避开坠落的碎片；第三，如果您处在有坠物击中的危险之中，而您能够安全地移动，应爬到一个更安全的地方或寻求掩护（如桌子下面）；第四，抓牢任何坚固的掩护物，使您能够随其移动，直到震动停止。"

他环顾自己的小房间。桌子底下的空间大概已经是最安全的地方，但是这个位置正对着窗户。如果窗户破碎自己很有可能会受伤。而且这里是 36 层，相对来说并不安全。他此时唯一能够庆幸的是自己并没有添置太多家具的习惯。他无法想象要是自己的家里放置着容易倒下的架子、养着装在玻璃容器内的水培植物、将顶灯改造为吊灯，这将会在地震中带来多么严重的后果啊！他一边练习着避震的姿势，一边确认自己的桌子足够坚固。就在自己照着居家避难指南做的时候，他听见楼上传来熟悉的咚咚声。一时间他觉得这样的声音不仅可以忍受，甚至有一些亲切。

这都不过是在为了那场即将到来的地震做准备罢了，他这样安慰着自己。I207.23 M 区的所有居民都在按照居家避难指南的指示积极地准备着避难，这是一件多么令人欣喜的事啊。所有人都和自己一样——大概，因为 I207.23 M 区的人们已经没有别的事可做。他们唯一能做的就是按照系统的指令，执行着自己应该做的事。人都是习惯的动物，甚至可能是习惯的奴隶。只要回归到日常中去，只要回归到例行公事中去，一切就会回归正常，不会再有超出自己预料的事情发生，不幸的事也不会降临，大家都会安好。而且，不用担心支付更多的信赖积分，不需要负担因为人群聚集而造成的感染风险，不需要搬迁，不需要撤离，正常的生活会继续下去。

他的邻居的"神"，或许也会保佑着这一切的发生。

真的是这样吗？

外面突然之间传来了人的叫喊声："我们应该出去，到外面的空地上去！这里的楼层太高了，我们都会在地震中没命的！"

怎么办？

几乎没有犹豫，他从桌子下面钻了出来，什么都没有带，径直冲出了门。AI 的声音在他身后挽留着他。他没有回头。

到达走廊之后，他才发现走廊上已经黑压压的全是人。穴居的动物头一次抛弃了自己寄居的小小甲壳，极具戏剧性地彼此相遇了。上帝，这一定是他这辈子第一次见到这么多人。他在内心感慨着，尽管他完全不知道"上帝"是什么东西。电梯门口水泄不通，四处都闹哄哄的。这也是他的耳朵头一次听到这么多人的声音。他尽一切努力朝电梯的方向张望，有人在那里大喊着说："不要从电梯走！地震的时候电梯会被破坏的！"他于是又看向楼梯。但在那里没有任何松动的迹象，密密麻麻的人头挤在那个小小的楼梯门前。因为这是36层，从顶楼要通过楼梯下到地面，需要非常长的时间。显然，他们已经在这里大堵车了。

"放我回去！就算逃出这栋楼，要是地震引发的海啸来了，我们在下面的空地也要被淹没的！"

"让我往楼下走！让我往楼下走！"

"我不想待在这里！我想按计划撤离！"

"系统呢？系统呢？"

人们吵嚷着，呼喊着，人流还是在往楼梯的方向慢慢移动。他最后看了一眼他家的门口。I207.23 M760A2，这个门牌已经被黑压压的人头遮住了。他叹口气看向前方。所有人都在人潮之中等待着即将到来的地震。这种诡异的死寂笼罩在他们所有人的上空，将空气隔出鲜明的界限。

AI的声音已经完全沉默。所有人都意识到，他们早已失去系统的援助。

在漫长的等待中，他打开了自己携带的小型显示屏。这个穿戴式设备一直戴在他的手上，因此，在出门的时候它也被带了出来。

他看见，在人们拥挤在走廊上，仍在进行着等待的时候，时间已经悄悄指向了 17 时。现在正是 Parado 会社要进行"Project Chava"发布会的时候。这一群人，现在在这里的这一群人，已经要失去生的希望的时候，他竟然在期待着看到人类整体的希望——这是一件多么讽刺的事情啊！

"尊敬的女士们，先生们，我们即将进行这场激动任性的发表。'Project Chava'将会改变这个世界，改变现在的社会，改变所有正在迷茫中的人们。"

热情洋溢的机械男声通过小型佩戴装备的扩音器放了出来，在他所能听见的范围内响起，并没有完全被人群的喧闹吞没。

"'Project Chava'，将最新生物医学技术和 AI 技术结合，开发出了将人的'意识'移植到 AI 上的技术。我们的 AI，自此之后不仅能够创造'意识'，还能够继承'意识'。这是我们在 AI 技术上的重大突破。"

"不需要担心身体的健康，不需要再浪费的资源来维持落后的肉体。我们能够做到。"

"这就是我们的变革……"

在播放器的声音逐渐变得断断续续的时候，楼道内的灯光熄灭了。一切都陷入了黑暗。这条走廊，不会被外界的光线照亮。

地震，就在这时冲击了 I207 区。

猛烈的震动席卷了整个区域。居民楼在大地的摇动中感受到剧烈的恐惧，并把这种真实的恐惧真实地反馈给了其间苟延残喘的活物。人们的尖叫此起彼伏，但是很快，就陷入完全的沉寂。最后能被听见的是这样的声音。

"将迎来……人类……崭新的……"

"未来。"

"Project Chava"的发布会还在继续，只不过这台终端已经被破坏而无法播放声音。

等人们反应过来，已经是 11 月 21 日。又一个清晨降临了。

发生在 11 月 20 日下午 17 时 03 分的这场史无前例的大地震引发了可怖的悲剧。整个 I207 区被地震破坏之后，又被地震引发的海啸吞没。直到 11 月 21 日，I207 区还在经受着一次次余震。系统认为，在这样的灾难中 I207 区不可能有幸存者，因此救援的计划被滞后，当务之急是确保 I 区整体的安危，要让还停留在 I 区的居民尽可能做好抗震准备，I206、I208 两个区的居民适当疏散到别的区域。系统表示，需要封锁通往 I207 区的道路，一个月内不会有其他人员进入 I207 区。因为天气预报说 I 区的冬雨持续大约一个月左右，直到这场连绵的冬雨结束，只会有无尽的沉寂笼罩在 I207 区的上空。

莫家楠

失去名字的人

那个推销的又来了，他站在我的住所门口，满脸堆笑。

我克制住内心的厌烦，礼貌一笑，说我急着上班。我快步下楼，见他仍未追上，赶忙打了辆出租车朝公司驶去。计程表上逐渐增加的金额使我心里发慌发紧。我因囊中羞涩，向来只坐公交地铁上下班，但这次为了甩开他居然慌不择路地上了出租车。我叹口气，决定中午吃面只吃一半，剩下一半打包当晚餐，这样今天的花销就不至于太大。

我所在的公司是一家靠做资讯类短视频起家的私营媒体，如今其业务已扩展到微型纪录片和微电影，在业内小有名气。公司有一套新闻搜集系统，能将全平台的资讯纳入其中。我的工作是在系统中找到有价值的选题，将新闻素材放入视频自动生成器中进行再加工并发布，将我们的"原创视频"展现给大众。我充当把关者的角色，给受众筛选"有价值"的新闻，淘汰那些无人问津的信息。丢弃这些信息并不会对大众生活有什么影响，也只有我知道它们真真切切存在过。我在搜寻、记忆与遗忘中度过每一天，那些信息如雪球般越滚越大朝我袭来，但因为我的遗忘，它们在撞向我之前，就已经自我瓦解，只余一阵寒风。我很爱我的工作。近几年已有不少同事陆续离职，但我愿意留下来，我喜欢直面雪球的那种冷峭的美感，也认为自己替大众筛选信息的工作至关重要。薪水少，是我对这份工作最大的不满。

午休时间，我在公司楼下的拉面店利用扫脸支付顺利用餐。我饿极了，大口扒入嘴里两口面，转念想到这次只能吃半碗，于是放慢了进食速度，细细地体验温热的食物通过食道坠入空胃的美妙感。一个穿西装的人在我面前坐下，我抬头一看，又是那个推销员。

"先生，您真的应该好好考虑一下。您面如满月、额头方正、鼻准头圆，正是大富大贵之相，多少从商的人抢着要，市场一定很好。"他不疾不徐地劝说我，他那诚厚的长相和狡黠的目光搭配得十分别扭。我特别想问问他，他这张诚厚的脸是否也是买来的？

"身体发肤，受之父母。我是不会卖我的脸的。"我又加快了进食速度，想赶紧离开餐馆。

他突然起身去付款机那里，端回来两碗面，并将其中一碗递给我。我的窘迫让他看了个干净，这让我十分羞赧，我又想起这窘境是他造成的，羞赧中又添了几分愤怒。

"又不会毁伤您的脸，只是出售您肖像的使用权罢了，让大家可以共享。"

我不理他，吃完半碗面后，打包了剩下半碗。我起身欲走，他扶住我的肩膀，递给我名片："拿着吧，就当抵偿了我给你买面的钱。要是想明白了可以到这个地方来，钱不少呢。"他笑眯眯地对我说，随后扬长而去。

我回到自己的工位，直到傍晚6点和我接班的李如来了，她向我点头微笑，并寒暄了几句今天的新闻。"把关人"的工作由3个人轮流值班，每人8小时，分成A段（2点到10点）、B段（10点到18点）、C段（18点到次日2点）3个时间段，这样就能保证我们的新闻是24小时不间断的。我们没有周末，每人每月分别拥有两天的休假，休假期间由另外两人平分空下的8小时。我所在的B段最符合人类作息，所以工资最低，C段和A段的工资依次更高。

负责C段的李如，长着一张周正英气的脸，唇边有颗痣，她从不化浓妆，笑起来像正在冷却的温水。她穿着焦糖色的裙子，在光的下面像一只神圣的飞蛾。她的神圣感让我不自觉地向她交代我的忧虑："李如，你怎么看待流水线式的整容？顶着一张大众化的脸，真的能建立起自我认同吗？"

李如明显怔了怔，捋捋头发，说："脸只是一个符号。"我哦了一声，打算收拾东西下班，她又补充道："但对一些人来说，是一个很重要的符号。"她其实并没有正面回答我的问题，但我已经差不多有答案了。她转过脸问我明天休假是不是要去医院照顾我的父亲，这个问题刚好戳到我的心事，我顿了一下，说"是"。我的父亲有心脏病，虽不致命，但需要做手术和长时间调理，他的前半生并没有多少积蓄，一切开销只能由我这个独子承担。我想起同样天庭饱满、鼻准头圆的父亲，那个推销员说"这是大富大贵之相"，然而父亲却做了大半辈子的农民，从未发达，我不禁嘘唏。

去医院的地铁上，我环顾着四周的人，他们中有些人明显做了3D打印人脸项目，和网红明星一模一样，仿佛大众化和规模化是这个社会的常态。到医院后，我跟父亲说，让他好好在医院养病做手术，不用担心医药费。

我顺着明信片上的地址来到了那家整容中心。一位女性工作人员接待了我，向我介绍人脸打印。

多年前，人脸识别技术得到了广泛应用，人们消费、存款、解锁都要用到自己的脸，脸成为人们最重要的身份凭证。整容中心曾因帮顾客整容成了别人的脸而被判侵权。法律规定："公民享有肖像权，未经本人同意，不得以营利为目的使用公民的肖像。"这一条被一些商家钻了空子——经过当事人授权了，他的容貌和长相就可以挪为他用，所谓"长相经济"也就因此兴起。特别是3D打印人体组织的技术得到重大突破后，3D打印人脸技术也就被应用到整容行业中了。各家整容公司为了扩充自己的人脸库，派出推销员去游说那些长相"有潜力"的人，而我就是其中一个。

我很担心我的脸被售出后，会有使用者靠刷脸盗取我的信息和财产。但整容中心说，他们在打印时会改变一些参数，让生成的所有脸都存在细微差别，但肉眼却看不出来。我思忖一会儿，问她我的这张脸值多少钱。

"具体值多少钱，得看签约形式。"她熟练地露出和善的表情，"您有两种签约形式可以选择，一种是您可以收取您所售出长相的10%的收益分成，最低签约期为三年，期满后您可以选择续约或不续约；一种是我们买断，一次性付您一笔可观的费用，具体金额基于我们的专家对您长相的经济价值的分析。您看看您要选哪种？"

原来人的脸也有高低贵贱之分。

我说我想先让专家分析我的"面值"几斤几两，根据具体的金额再决定签约形式。我想到了父亲在病榻上缠绵的样子，希望这张他赐予我的脸能赐予他新生的可能。工作人员将我带入一间房，里面坐着几位所谓的专家，据说有几位是网红公司的高层，有几位是整容界的领军人物，还有几位是面相学大师。我要做的就是根据他们的指令做一些表情，他们通过3D的大屏幕看我脸部的细节。那些网红公司似乎对我并不感兴趣，而面相学大师则不吝赞美："额头方正广阔，太阳穴有扶桑骨；两眉舒展，印堂略凸起；鼻准头圆、鼻孔不昂不露，两鼻翼圆隆。这是高人一等的相貌，可享荣华富贵啊！"

工作人员告诉我，如果一次性买断我的肖像制作权和使用权，他们能付我200万。这是我积蓄的20多倍，已经大大超出了我的预想，应该能够贴敷父亲的医药费，但我还是试着抬价，可他们没同意。

我最终在那份买断的合同上落笔签了字。从此之后，这张脸就不独属于我了。

出了中心的大门，我第一时间把我所有跟财产有关的密码全部取消了人脸识别，说到底我还是不够放心这项技术的安全性。据说曾有一款极风靡的相貌，其使用者顶着它杀了人，结果所有用了这张脸的人都被叫去了警局，包括相貌提供者。坊间也有传闻，某使用者看到比自己经济条件好的"同脸者"，把后者杀了，代替了后者。

次日上午我回到公司，发现 A 段"把关人"吴显不在了，坐在他工位上的是一个 20 岁出头的男子。我估计他辞职了，毕竟这在我们公司也很常见，这个年轻人八成是他的继任者。我过去和那个年轻人交班，他说他叫丁振，今年刚刚大学毕业。傍晚李如来交班，我跟她聊到吴显，我说他辞职了。

她微怔，表情默了下去："吴显不是辞职，是跳楼了。"

"为什么？"

"他说他厌倦了冷血机械的生活和毫无创造力的劳动——这些是他发在群里的遗言——可能你这两天很忙，都没空看群。"

吴显之前就有厌世情绪，他对我们的工作内容尤为不满，但在我看来他没有任何自杀的前兆。直到那天，他没有按要求发出一条能给公司带来流量的新闻。原事件是一个被轮奸的小女孩被警方解救，然后公安和妇联为了保护她，帮她改了名字、换了学校。公司看到了其中的"可操作性"，派采编部的同事们多方打听，终于找到了易名后的小女孩，做了一条独家新闻。这就是吴显不愿发的那条新闻，他认为这样的报道毫无人性。他被领导痛批、奖金被扣，那条新闻最终经我手发了出去。我们公司虽然被骂了，但却获得了流量，这比什么都重要。

我非常沉痛，为当时，也为现在。他昨天才去世，今天就马上有人顶替了他的位置，工作并未因他消失而有何变化。也许几分钟后，我又被大量的信息掩埋，这份沉痛就会被稀释。李如过来拍拍我的肩膀，似乎是担心我难过。我看向李如，发现我对她的了解也并不多，我甚至连她具体的年龄都不知道，但她前两天却能关心我的父亲。我觉得有些羞惭，拍拍她搭在我肩上的手。她犹豫地将手抽回，意味深长地看了我一眼，抿抿唇道，接下来的工作她来做就好，我可以回家了。我想，我应该多多了解她。

没想到我的脸很受欢迎。那是"卖脸"5个月后的某个傍晚，我到公司附近广场给李如买甜点，看到广场大屏上一个顶着我的脸的人在推广他公司的业务。广场上的大部分人仍在走自己的路，但也有几人抬头看了几眼。我呆愣在原地，全身仿佛电流冲击，好像初得人之意识的人猿隔水望着自己的倒影，思索对方与自己的关系。这张大富大贵的长相终于找对了他的主人，而我只是容它寄身的初代宿主。

我提着甜点回到公司，李如告诉我她刚才浏览新闻库时在一条经济新闻里看到了 L 公司创始人张弘益竟和我长得一模一样。我半开玩笑道，这是一张有福的长相，没准我能沾沾光。她不再继续这个话题，而是问我后半夜有没有时间。我跟她已经约会了几次，我俩只有在 A 段时间（凌晨 2 点到早晨 10 点）是都有空的，所以每次约会都是在深夜里散步聊天，直到早上吃完早餐，她回家，我上班。我说我有时间，然后找了个沙发躺下睡觉等她下班。我对她的感情，说不上爱不爱。只是我不想再做原子化的个人，我需要跟一个人建立亲密关系，在这个社会找些存在感，这种关系也不一定是恋爱关系。

我们出了公司，沿着人行道慢慢地走着。路灯和广告牌一直有光，附近写字楼以片区为单位，有的亮着灯，有的黑沉沉一片。到了居民区，基本上除了路，其他地方都披上了夜的黑。车是少的，是那种行人可以肆无忌惮横穿道路的少。我和李如有一搭没一搭地闲聊，拐过一条又一条街。

她问我父亲的病是否好些，手术费凑得是否顺利。我顿了顿说道，我赚了一笔数目可观的外快，凑齐手术费没太大问题。

"其实，如果你是通过'卖脸'赚钱，你完全可以直言不讳地说出来，"她侧过头看着我说，"我不会介意也不会告诉任何人。"

她说话向来很直接。我现在是不想和这张脸扯上太多关系，既然它已经成为共享产品，那么我也只是它的使用者之一而已，并不渴望标榜所有权。所以没人问我的话，我是不会说的，当然既然她已经说得这么直白了，我坦白也无妨。

我说："我是去'卖脸'了，那个 L 公司创始人没准就是买的我的脸。它现在已经成为那个有钱人的标志，四舍五入我就是有钱人了。"不过，我还是有些抵触似的、想和那群交易长相的人区别开来，遂补了一句："我还以为没人买呢。没想到真有人想要长一张别人的脸，想不通他们。"

"我以前，也这么想。"她说，眼睛却瞧往别处。

之后的一段时间，L 公司得到了极为迅速的发展，创始人张弘益（很明显这个名字也是找算命先生另起的）的长相也很快为人所知，虽然比不上当年的"二马"，但这张脸的确与他建立起了一对一的关系。有时候我坐地铁，会有人用异样的眼光看我，胆大的直接跟我搭讪："没想到大老板也坐地铁哦！"我一开始还会解释，后来次数多了也就懒得理会了，误会就误会吧。只是让我忍受不了的是，因为这张脸火了，带动更多人去整了同款，我不知道这是什么病态的审美，连独一无二的长相都要跟风。

有一天我回到住所，在楼道看到一个和我长得如出一辙的人。眼神接上的刹那，我们错愕地看着彼此，我伸手想要说话，他却逃也似的离开了。他走之后，我意识到我们这个小区有门禁，只有刷脸或者刷卡才能进入，那他极有可能是凭着我的身份进来的。我去保卫室查门禁记录，果然有两次进门都算在了我的头上。整容中心之前明明允诺，相貌的参数有差别，不会有安全隐患，如今看来那全是他们夸下的海口。想来这个人不知何时注意到了我，或跟踪或打听来到我的住所，八成是想入室盗窃。我后怕地退出了刷脸入门的方式，并决定要搬离这个小区。给父亲治病剩的钱，够我付一套一居室的首付了。

我把这件事告诉了李如，她也劝我搬家。很奇怪，她那天晚上并未像以往一样主动寻找话题，聊天断了就是断了，她并没有再起一个新话题的兴致，只是呆呆地走着。她突然叫了我一声，我"嗯"了一下，但她又把话咽下了。

新来的几个同事总是打趣我长了一张和企业家张弘益分毫不差的脸，"不仔细看还以为是孪生兄弟呢""仔细看也是孪生兄弟""孪生兄弟都没这么像的"。也有心直口快者直接问我是不是用了 3D 打印人脸技术整成了张弘益的容貌，我说我有钱闲得慌才会去整一张毫无特色的脸。"长得像名人就是最大的特色啊！"那个心直口快者如此回道。丁振在的时候偶尔会帮我辩解，他说早在张弘益出名之前，我就已经长这样了，没准还是张弘益照我的模子整的。大家哄堂大笑。

说起来，刚好是我"卖脸"那天，丁振进了我们公司。他在"把关人"岗位 A 段干了几个月，前几天申请了换岗，现在部门正在审批他的申请。我问他刚刚工作不久，为什么要换岗，而且还是去一个工资更低的岗位。他说他喜欢上了李如，但工作时间的相错导致他无法和她相处，所以希望工作时间变成和李如一样的 C 段。我心下一凉，继而想到我和李如并未确立关系，她有追求者也很正常。几天后，审批下来了，丁振成功换岗，又一个年轻人接替了他原来的工作。

我这段时间忙于搬家，重新检查了所有可能会用到人脸识别的地方，把人脸识别都取消了，换回输密码的老方式。我终于在这座城市拥有了一套不动产，这是我的脸创造的价值。我有些后悔——我当时应该选择拿 10% 的分成的，这张脸的市场这么好，我的收入肯定不会低于那时到手的二百万，没准我就能住进大房子了。可我当时急需一笔钱，我没有办法。我看到张弘益的新闻，有时会想，到底是脸给他带来了财运，还是他让脸增值？想到一辈子为农的父亲，我自然是更倾向后一种答案，然而我也有几分相信前一种可能，因为这会让我对张弘益的成功有参与感，与有荣焉。

有一天，好几条关于我的短视频在网络上爆红。起因是有人偷拍了几个长着"张弘益脸"的人，将其制作为合集发布网络，并发起话题"你身边的张弘益"。我一个同事偷偷上传我的照片参与了该话题，并配文"据说在张弘益出名前他就长这样"，得到如潮点赞。有好事者人肉了我的旧照，并推测我就是整容中心里"张弘益脸"的提供者。我的单位作为一家媒体公司，很快抓住了这个热点，派采编部的同事来采访我、拍摄我，要抢独家报道。我跟领导说我不想我的生活被打扰，但是同事们已经冲进来了。

"你四年前进公司就长这样了，你是否就是第一个长这张脸的人？""你在哪卖出的脸？什么时候卖出的脸？为什么要卖你的脸？""你和张弘益认识吗？""这么有名的人用了你的脸，你有啥感觉和体验吗？""你跟他见过面没有？你想不想和他见面？"……

——Who，what，when，where，why and how——从新闻采访六要素衍生出的各种问题如同下了咒的经文，震得我脑仁疼。我理解了亡者吴显的反抗。

我大声呼道："我是一个没有新闻价值的人！你们别再来烦我！"

"和名人有关的一切，哪怕是吃喝拉撒都有见众的价值——你现在就是和他有关的人。"领导盯着我说，他的吐字像中世纪身穿重装备的步兵的步伐。

"您是说我此刻算个附属吗？"我壮着胆子问。

对于无穷的时间和无垠的宇宙而言，每个人的生命都是漫长黑暗中的一瞬花火。那么我和张弘益是平等的，他并不比我高贵，为什么我要甘做他的附庸，把自己放在和他的吃喝拉撒同等位置？对于个体而言，每个人的每一面都是独一无二的，凭什么仅因为相貌上的相近，我就要与另一个人绑定？难道我没有价值吗？难道价值只由是否有新闻性衡量吗？这让我想到那些被我废弃的新闻，我是否就像它们一样呢，被命运之手悄悄扔进垃圾箱，无人问津。这世界每天都在发生不计其数的事，能够给人留下印象的不过几十上百条；这世界生活着数不胜数的人，只有凤毛麟角为人熟知。然而，这并不代表，我们这些无名之辈便低人一等，理应围绕着名人转。我一直被困在资讯筛选体系中，有时候确实会对"平凡"嗤之以鼻，但是现在我也深刻地感受到"自我"的觉醒。我就是我，不是谁的附庸。

然而老板不是这么想的，他说："见好就收，你这个月会得到很高的津贴和福利。"得到他这句话，采编部的同事们也不再有所畏惧。我缴械接受采访，但回答很粗略，避开了我的大部分个人隐私。流量都是一时的，等过了这阵子，没多少人会再次想起我。

这条视频很快就发出去了，视频用了我的音频和几幕我和张弘益今昔长相对比的画面，瞬间引爆网络。大众是猎奇的，尽管大家对整容的包容度很高，但舆论还是因为张弘益的名人效应持续发酵。他们公司采取的公关策略是不予回应，毕竟此事越解释越有热度，而且他是商人不是艺人，长相并非他的持家之本，等热度降下来，大家也会接受此事。

然而等待热度散去的过程是难熬的，特别对我这个被殃及的池鱼来说——如果我能被归于池鱼一类的话。地铁上看我的人越来越多，公司的人也常常装作无意地路过我的工位看我。我因此养成了戴口罩的习惯。为了穷极我的利用价值，采编部的同事在领导的授意下又来进行了几次采访和拍摄，我拒绝了他们，坚决不开口说任何一句话，他们只能拍我的工作日常，然而这些东西在网上是没人看的——谁会关注附属的吃喝拉撒？于是他们也失去了兴致。

唯一能点亮我生活的人，是李如。我还是说不清楚爱不爱她，我们也一直没有确定恋爱关系，连手也没牵过。但我看到她，就像沙漠骆驼看到绿洲一般，总愿意多停留。她身上具有生命力——并非明艳光亮的那种，让人一见就心花怒放；而是早餐摊上的雾气，透露着平淡的美感。自从上次她和我聊天欲言又止后，她再也没和我在深夜散过步，我不强求，很快接受了事实。某天她来交班时淡淡笑着问我："晚上可以陪我散个步吗?"我估计她有话和我说，便同意了。

　　在无人的夜晚街道，我终于不用戴口罩，我的脸和她的脸坦诚相见。路线还是以前的那条，每一次都有不同的体验。我们按惯例在一条临水的长椅上坐下，按惯例先沉默一会儿，按惯例她先开口。

　　"那些事到底为何让你烦心呢?"

　　"生活被打扰被关注，和一个八竿子打不着的人扯上联系，糟糕的工作和人际环境，还有许多许多……你看，这两天我冒了好多痘。"

　　她安慰了我一阵儿。也许是为了开导我吧，她告诉我她早在四年前就接受了3D打印人脸的服务，她现在的脸不是她自己的。

　　"唔，我比你更糟糕的……我爸妈在我很小的时候就离婚了，我跟我爸生活。或许是他不知道怎么跟小女孩相处吧，他老是不和我聊天，把我一个人留在家。小学四年级，对门搬来一户人家，那家的小女孩儿和我一样大，唇边长着一颗小痣——没错就像我现在这样。我常常躲起来看她们一家人进进出出。我是很羡慕的。那女孩叫春，她知道我经常一个人在家后，就来主动找我玩儿。开学了我们就一起上学、放学。和她成为朋友，我开心的时候变多了。一开始我不知道怎么在开心时表达情绪，因为笑会让我感到别扭，后来我才发觉真心地笑是一件很美好的事。我童年的所有快乐，都跟她有关。我们约好了上同一所初中并得偿所愿。在所有人都尝试在服装上标新立异的青春年代，我和她却毫不避讳地穿着样式类似的姐妹装。和她一模一样甚至成为我的某种习惯。她跟我开玩笑说：'没准到时候咱们会喜欢上同一个男孩子。'我说就算有那么一天，我也会退出。后来……后来我们都还没到谈恋爱的年纪呢，一起约着去海边玩。那是个很美的落日黄昏，我坐在沙滩上看落日，她说要去海里游泳，体验从水层下面看云霞的感觉。我说你当心些。她说没事，走到海边慢慢躺下去，然后又站起来告诉我那样真的很美，像粉红云彩和墨蓝水晶两种美好的事物结合在一起，并邀我一起游。我说我安安静静地在沙滩上看落日就好，于是她又躺进水里。我看她已经成功入水过一次，便放松了警惕，谁承想……说来都是我的错，为什么我第一次注意了她的安全，第二次就——夕阳有什么好看的，我不该入迷的……人被打捞到岸上时已经没救了。我真正体会到了什么叫痛彻心扉。她父母没有怪我，还特别善良地劝我别太自责。但我知道他们比我更难受，后来他们搬离我们小区……"

失去名字的人

她说到这里已经哽咽了，泪大颗大颗地掉，明明那么悲伤，她的哭泣却不动声响，和夜色多么匹配。我掏出纸巾让她擦泪，而她继续往下讲。

　　"四年前的 7 月 26 号，我在整容中心的面容库里看到了我现在这张脸，那一刻我认定了春长大后也长这样。她有着展开的、舒缓的面庞，月季花瓣一样的唇和唇边的那颗痣。我花光我所有的积蓄买下这张脸的使用权，我想要和春共享这个身体，我想要和春一起活下去。"

　　夜色让我看不清泪水在她脸上模糊的痕迹，但能看到她的身躯蜷缩得像一只受委屈的小鸟。我不会说"大声哭吧"这种话，因为不是哭泣的声音大就代表情绪宣泄得彻底，我会尊重她宣泄情绪的方式。我想抱抱她，然而她推开了我，并告诉我她前两天交了男朋友。我知道她说的那个人是丁振。

　　"对不起。"

　　"我明白。"

　　我是真的明白，那一瞬间我仿佛与她同体，体会了她的喜怒哀乐和纠结彷徨。丁振看到她的第一眼就因为她的容貌爱上了她，那张脸说不上漂亮，可就是对他有吸引力。他接近她，给她献殷勤说情话，甚至为了能多一些和她相处的时间而换到工资更低的岗位，只为打破花叶不相见的困境。可她心里的那个人是我，她不想接受一个自己不爱的人。然而他直言不讳地在表白时说，他因为她的容貌而一见倾心，这让她动摇了。她突然想到了溺亡的春，想到了那个"优先你的爱情"的誓言。而丁振爱上的就是春的容貌，不是李如本人。那一刻她欣慰又心酸，她欣慰自己的好友在离开人世许多年后又遇到一个爱她的人，心酸自己即将要放弃追求自己的爱情。于是我作为她爱情的一部分也被放弃了。

我敞开双臂："就让我以朋友的身份抱抱你吧，以后可能再也没机会了。"

我拥她入怀里，闻到她松子气味的发香。

告别李如后，我回到家中休息，小区保安朝我微笑道："你又回来了？"我心不在焉地点点头，任由身子朝前走去。

几个记者出于对新闻的敏锐直觉，乔装来到那些有能力做 3D 打印人脸的整容中心，采用隐秘拍摄手段，记录了"人脸搜集、录入、打印"的过程，并披露这一技术大面积使用、特别是商业化使用的危害。这服务一直属于法律的灰色地带，人们对它有争议，却默认其存在。现在该问题放到台面上来讲了，自然引发了社会的广泛关注，特别是那些早已心生不满者以此为契机抨击 3D 打印人脸服务，最终竟闹到了万众网络请愿的地步。

我们公司自然也要蹭此热点。采编部的同事以整容为名在整容中心的人脸库里打算翻出一些名人的"脸"，然后爆出去博取流量，没想到李如现在的那张脸也被他们翻找出来。李如自然没有新闻价值，他们没有对此制作新闻，然而此事却在公司传开了，大家都知道李如用了别人的脸。同事们虽然不说什么，但李如的情绪明显受到影响，上班时总是闷闷不乐，但还是会扯出微笑。我很担心她，问她凌晨两点下班后有没有时间，我们可以聊一聊。

夜聊时，我问她是否要跟丁振报备一下，她说她和丁振已经分开一段时间了。

"他有些介意我用了别人的脸，心里接受不了。"

我有些愤愤，不过脑子地讲出一些话："他不是喜欢这张脸吗？那既然只喜欢脸，脸长在谁身上重要吗？"

"可能，也希望'真实'吧。"她惨笑着说。

我意识到自己话中的锋利，放柔语调问她："你有跟他讲过你和春的故事吗？"

她摇摇头。我劝她："跟他讲一讲你的故事吧，没准他能理解你、心疼你、真正爱上你——是爱上你李如而不仅仅是这张酷似春的脸。"

李如很感激我，稍微提了些精神，把我拉到路灯下面，从钱包里掏出一张小照片。"这是我和春十五岁时的合照。"那是两个穿着相同衣服的妙龄少女，她们在竹林里手拿可乐并排坐着，开心大笑，照片的岁月感让她们更显迷人。我指向那个唇边没有痣的姑娘，说："这是你吧？"她点点头。她原本的长相很恬静，可爱的小圆脸，左右各一个梨涡，笑起来就像春日百合。这是击中我审美的长相。那一刻，无尽的忏悔和心酸朝我袭来。造化弄人，她用了几个月的行动才打动我，让我对她有感觉；但如果她没换脸，我想我会在更早的时候就主动爱上她。人们总说内在比外在重要，但外在却往往影响人们的判断。

我眼角有些湿润，笑笑说："你很漂亮。你和春都很漂亮。"

临走前，我告诉她，是我对不起她，如果不是我，她的事就不会被大家知道，她就不会有这么多烦恼。她说她不怪我。

请愿越闹越烈，但作为导火索的"张弘益整容"事件却被人们逐渐遗忘，他是否整容已经不重要了，从未来人的视角看，这件事的意义在于为请愿的爆发提供了契机。有的请愿者说3D打印人脸技术造成了人际交往的虚假和错乱；有的请愿者说这项技术威胁了财产安全并加大了刑事侦查的难度；另有极端者认为出售皮囊者与出卖肉体的妓女无异，如果这项技术被允许存在，也应当让性交易合法化；观点温和者则认为，可以支持3D打印人脸技术在修复毁容者面部的应用，但无法接受大面积商业使用。我打开网站，网络游行者的头像已密密麻麻铺满电脑，像一个个攒动的马赛克。

随着"张弘益整容事件"的热度下降，我的生活似乎也回归常态，但是一切都和从前不一样了：李如不再陪在我身边，而同事们都忘了我的本名，一直叫我"张弘益"。最近公司又引进了一台机器人来从事"把关人"的工作，如果效果良好就再购入两台，届时我们这批工作者就失去了价值。但我在此之前，就已递交辞职信，领导很爽快地同意了，因为那些天我不愿意配合采访，已经足够使他厌恶我，哪怕我不辞职，他也会找个理由辞退我。我毫不留恋，正如吴显所说，这是一种"冷血机械的生活和毫无创造力的劳动"，我要逃离。李如不知道我辞职的消息，所以没有来送我。在场的同事们也没人挽留我，都在忙做自己的事情。我苦笑摇头，戴上口罩，抱着我的纸箱子回家。

打开家门，里面却坐着一对我不认识的年轻夫妻。我高声问，他们是谁，为什么会出现在我家里。夫妻俩看起来也很错愕，男人上前道："兄弟，你前几天不都已经把房子卖给我们了吗？现在又有什么事？"我心下一沉，喉头艰涩道："不是我卖的！把凭据给我看！"合同上关于我的信息全部是对的，我难以置信地翻查我的包，发现身份证和几张银行卡都不见了，我很久没用到它们于是一直没察觉。我骤然想起那日跟踪我的"同脸者"——怕不是他冒充我卖掉了我的房子。

那女人说："你的房子都在网站上挂了一个月了，我们之前也多次和你一起看房，门口保安可以作证。"

保安说："可不是嘛！我还奇怪呢，你之前咋一直进进出出的。"怪不得最近我回家，保安打招呼都说"你又回来了"而不是"你回来了"。听完我的讲述，保安劝我报警，我自然也是知道的，可纠纷解决之前，我该住哪呢？那对夫妻回避我的眼神，似乎不愿意搬出去："我们都交定金了的。你要是不服就去找那个冒充你的人。"

其实，我也可以用同样的话术回怼他们："你们交钱给那个冒充者，应该去找他要房。"但是现在，我懒得讲话。这栋房是我这张脸变现之后的价值体现，然而也正因这张脸而落得个无主境地。我的长相为我带来的不是"荣华富贵"，而是无穷无尽的麻烦和损失——我的爱情、我的工作、我的生活。我是多想找回李如啊，但这样对她不公平，我怎么能让她进入我一团糟的生活呢？

下雨了，天阴沉沉的。我坐在保卫室，哪里也去不了。保安在刷手机，上面满屏的网络游行者，他感叹道："人可真多呀，都分不清谁是谁了。"我惨笑道："如果这群人都长一个样，你就更分不清了。"

他略带歉意道："也是，那跟你长得一样的人在我面前进进出出好几天了，我都分不出，还以为他是你，给他开了门禁，唉……"

我叹口气："不怪你……"他也不知如何劝慰我，接着刷手机："新闻怎么都一个样！今天除了游行就没别的东西可发了吗……"

手机响了，是李如的讯息。她说，丁振拒绝了她，感觉和她在一起有种同时跟两姐妹谈恋爱的罪恶感。我认真斟酌，打了一大段字，默了一会儿，又逐字删去，最终什么都没说。

王婉听

绿野仙踪

1

"MindGeek 是有史以来最大的卖淫组织！"抗议者大喊大叫着，恨不得把扁桃体同口水一起喷到路人的脸上，"无耻！颠倒人伦！道德败坏！"

然而没有几个人理会他。实际上抗议者在这里站了大半年了，疯疯癫癫的，每天只会颠三倒四讲这几句话。

他身后摩天高楼上的巨幅广告牌仍旧闪亮，播放着 Mind-Geek Inc. 新产品的宣传片，外表无异于真人的俊男靓女摆出诱惑的姿势，金色的大字滚动着"性解放的里程碑"与"是你选择爱，不是爱选择你"的标语。

共享性爱伴侣是广受年轻人欢迎的划时代新产品，但它高昂的押金和租用价格让许多人望而却步。不过这也可以理解，共享性爱伴侣使用了高科技的仿生材料，一切行为举止，甚至是提供完服务后沉沉入睡的样子都能够全面模仿真人，数量也很有限，还能够实时记录客户的性偏好和私人喜好，计费贵一些也是正常的。

一般来说，消费者们不会长时间地租用同一个性爱机器人——毕竟性行为的快乐用不了多久，至多几个小时就可以打发性爱伴侣走人，更别提这玩意是按小时阶梯式计费，租用时间越长就越烧钱。大多数人连上门服务都懒得叫，而是喜欢直接在租用点提供的小房间里使用上半个小时，最为经济实惠。

像陶乐丝这样的客户大概是极其少见的——她此次租赁11045 号性爱伴侣的时间已经长达两千九百七十八小时，接近四个月了。

她的信用卡是第一个背叛她的。

然后是她的五花八门的贷款软件。

接着是被她借钱未还的亲人们。

严谨一点说，陶乐丝已经租赁了 11045 号性爱伴侣两千七百二十四个小时，之后的二百五十四个小时，她属于非法占用他人财产。

目前，倾家荡产的陶乐丝正在逃亡的路上。

读者们看得更仔细一点，就会发现，她不是一个人在逃亡的路上。在她的小轿车副驾——顺便一提，这辆车早已被抵押了，现在也不属于她——坐着一个面孔被女士围巾裹得严严实实的男孩子。

那么重说一遍：目前，陶乐丝和她非法占用的他人财产，正在逃亡的路上。

2

陶乐丝性格很内向，她的人生仿佛一个阴暗逼仄的小房间，黯淡无光，窗外也都是阴雨连绵。在她二十多年匮乏、平淡的人生里，从未有男孩子向她示好，更别提给予她身体上的抚慰。她头一次尝到爱情的滋味，就是在 11045 的怀抱里。

她起初是为了在结束生命前体验什么是性。四个月前，她已经提交了主动申请安乐死的表格，这似乎给了一向保守木讷的她一点出格的勇气，企图去尝试一些时髦的、前沿的、自己从未经历过的事情。

然而陶乐丝低估了娱乐时代能给人的感官刺激。她确实体验到了什么是性，但 11045 精良的程序设计让她无法止步于性——他太体贴、太专业、太温柔了。性爱伴侣体内的芯片精准地记录着客户的反应，并制定最合适的回馈。

他和她遇到过的任何一个男孩子都不一样——他们无视她、挤压她、霸凌她、嘲讽她，而 11045 则拥抱她、抚慰她、接纳她。每当她倾诉的时候，11045 会专注地倾听，用忧郁而同情的眼神望着她，这是她从未有过的体验。陶乐丝被 11045 结实的臂膀环绕着，在高潮的奇妙体验中放声哭泣。那之后，死亡的念头就不再萦绕在她的脑海中了。

她是顾客，是消费者，是上帝。但她到底是个女人，是个在溺水般的孤独中终于抓到了救命稻草的女人。在肉体的交融，温柔的爱抚和精确的快感中，她的病症痊愈了，她又返回了人间，她得救了。

不过话说回来，谁不会爱上性爱伴侣呢？毕竟他们的广告词就是"给你精准到点的爱"。大多数男性消费者会选择不断更换不同款式的性爱伴侣，而女性消费者则多是"情有独钟"。

陶乐丝则是情有独钟者中最情有独钟的那个。

用外人的话来说，她"基本是疯了"，因为"怎么会有人爱上一辆共享单车呢？"但她自己明白，归还了11045她就活不下去。

3

陶乐丝接连不断、不知天日地和11045做爱，几近麻木地点击着软件上的续费按钮。后来续费按钮变灰了，界面变成了黄色的警告标示，显示"您已欠费，请尽快归还性爱伴侣至最近的租赁点，为给您带来的不便深表歉意"。

又过了不知多久，界面持续发出鸣响，不断语音提示着"MindGeek Inc. 已申请法院强制执行，执法人员将上门取回我们的产品，再次为给您带来的不便深表歉意"。

不过陶乐丝听不到了，她把手机留在已经被抵押还款的公寓里独自鸣响，带着她的爱人奔驰在公路上。

11045 一直沉默着，十分疲惫和痛苦的样子。陶乐丝知道，由于程序设计，他不会暴力反抗身为公民的自己。所以只要自己把车门锁好，把 11045 牢牢看好，就能一直拥有他。尽管由于欠费，11045 的芯片控制他停止勃起，他们不能做爱。但在狭小的车座内，陶乐丝紧紧握着男人温暖的手，仍旧能感到爱的快乐。

她的电子公民卡和 11045 的仿生人芯片都植在右耳后的皮肤下。在陶乐丝看来，这代表着他们间奇妙的缘分。

这些天来，11045 从不主动和陶乐丝说话。无论陶乐丝怎样哀婉、深情或愤怒地对他倾诉爱意，他只会诚恳、委屈、急切地将"您已欠费"四个字重复来重复去。

但她不在乎。她娇小的身躯里竟有着这样疯癫的力量，

夜晚很冷，陶乐丝身无分文，还躲避着执法人员的搜寻，只能连续几夜睡在车里。在狭小的车里，她和她的爱人手拉手睡去。11045 的皮肤摸起来和真人没有丝毫区别，平滑而带着纹路的细腻感，掌心微微渗出湿润的汗液，指甲像坚硬的贝类。

他们的呼吸让车窗蒙上薄雾，陶乐丝模仿着像某部古老电影里的画面，握着 11045 的手，把二人的掌印印在潮湿的车窗上。

在第两千九百八十五个小时的时候，新一天的太阳升起来了。

4

陶乐丝被 11045 摇醒的时候，听到了远远传来的警笛声音，她忙不迭地启动了引擎，从小巷里七拐八扭地开走了。

他们在空无一人的公路上高速奔驰着，被太阳追逐，下午的时候，又变成他们追着太阳。东躲西藏的逃亡中没有目的地，陶乐丝从座位下掏出一张不知何时被塞进车里的旅游广告，将它卡在车前玻璃上。

"你想去哪儿？你有没有什么想去的地方？"陶乐丝讨好地问 11045，她这几天时而这样讨好地问她的爱人。你想去哪儿？你想不想吃东西？你累吗？你冷吗？就算得到的总是"您已欠费"的哀伤回答，她也执着地一个劲儿地问着，仿佛单向度的交流就能够合理化她的爱情。她这样问 11045 的时候，没有对答案有什么期待。

11045 的面孔被夕阳照得金红，仿若思绪万千。过了一分钟，他抬起手，指了指车前玻璃上卡着的那张旅游广告。

陶乐丝惊喜得容光焕发，她没想到 11045 真的会渴求些什么。他向来是温柔乖顺，有求必应，从不主动要求什么的（正如所有被设定成内敛性格的性爱伴侣一样）。她迭声说好，在车载导航中修改了目的地，于是这场逃亡有了目的地。他们将花上一天一夜的时间，前往名为"奥兹湖"的度假村。

旅游广告卡片上画着一大块绿莹莹、有如碧玉般的内陆湖，周围坐落着小巧可爱的茧型别墅。那张广告不知是何年何月印刷出来的了，但对于陶乐丝而言，它成了这场无目的流窜路上的一个新的依靠。

油量应该正好够他们赶到奥兹湖，那之后怎么样，陶乐丝暂时不打算去想。她能偷来一个小时的相爱时光，就要好好享受一个小时的相爱时光。

一天一夜后，他们到达了奥兹湖。这里不像广告卡片上画的那样树木林立绿草如茵，反之，陶乐丝几乎要以为他们开进了沙漠，方圆几里也只看不到什么游客，只是偶然有运输的高速货车呼啸而过。她开始以为是导航出错了，直到她看见了一圈茧型别墅的废墟。别墅们围绕着的是一个黑乎乎的布满裂纹的深坑。接着，她的车油量耗尽，抛锚在"湖"边。

5

陶乐丝大哭起来，恨不得用泪水让干涸的湖泊起死回生。她失望极了，深感自己辜负了爱人向她提出的唯一期望。太阳落山了，她和11045都邋邋遢遢的，夜风把沙子吹到他们的头发和眼睛里。

"您不要太难过了，没关系的。"11045主动拥抱了陶乐丝，抚摸着她的头发和颈背，"您把我归还回去吧，不要让自己太为难了。"

可是女人执拗而恶狠狠地拒绝，她抱着性爱伴侣像是抱着走失多年一朝找回的孩子，用可怖的哭腔宣告着自己对11045 的爱意和永不放手的决心。

"我明白您爱我。"11045 回答，他的眼睛也有点微红，"如果可以的话，我也爱您。"

时间仿佛在这一刻停止了。他们接吻，吻个不停。本该坏掉的车载音响此时响了起来，播放起浪漫的情歌。他们在深黑色的天地间脱掉彼此的衣服，可是 11045 还是没法勃起，他的芯片不允许他在非工作时间提供免费的性服务。

"您把我的芯片取出来吧，这样他们就不会根据芯片定位到您了。"

"可是……"

"就当这是我为金卡顾客做的最后一件事吧。"

他们怀着几乎悲壮的心情，用车里的小水果刀做了这个迷你手术。但出人意料的是，仿生人的芯片取出后，11045 没有失去意识，也没有明显的不适。两个人在夜色中迷茫了，该有的道别没有来到，他们只能尴尬地赤裸拥抱着。

过了一会儿，11045 勃起了。

这是天意。陶乐丝想。这是天意。大概老天怜悯他们，大概神明为他们的爱情所感动，所以给了这个旨意。他们的交合此刻不再是交合，是反抗行为，是政治表达，是仿生人的人权运动，是向巨型性产品公司的一击。真爱总是无敌。

由于没有在剥离芯片后立刻转移地点，陶乐丝和 11045

在六个小时后被执法人员包围。

6

执法人员毫无人情味，或者说，它们根本就是冰冷的机器。电子音播报着字句冰冷的法院判决书和强制执行裁定，他们要立刻带走编码为 11045 的仿生性爱伴侣，归还给相应的债权人。

这对末路鸳鸯在车后座里穿好衣服，进行最后的吻别。

陶乐丝泪流满面，抱紧了 11045 的脖子，将一个冰凉的小东西塞进了 11045 耳后尚未愈合的伤口中。

许多年前，当陶乐丝还是小孩子的时候，她最喜欢的童话故事就是如此——公主用真爱之吻救活了王子，而作为代价，从此公主背负着诅咒永远生活在黑暗的沼泽里。

陶乐丝的耳后流着血，她把水果刀丢下，最后一次又吻了 11045，下车走向了执法的机器们。

此刻，昨夜取下的仿生人芯片被她塞进了自己耳后的卡槽里。

在许多许多年前，她这种行为无异于撕下了共享单车的二维码，贴在了自己身上，以此归还共享单车的自由——简而言之，是疯子的行为。但作为一个被爱情弄疯了的女人，一切行为都是合理的。

执法机器人扫描了她新的芯片，确认她为"MindGeek

Inc. 11045 号仿生体",符合强制执行对象的数据。于是陶乐丝被塞进了执法机器人携带的运输厢,五分钟后,一切就又归于宁静了。

奥兹湖畔只剩下 11045 茫然地站着,他不知道自己该去往何地,也不理解发生了什么。

在这个短暂的永恒的安静时刻。他光着脚,磕磕绊绊在沙地上行走着。

7

一则新闻:

最近,MindGeek 推出的"陶乐丝的绿野仙踪"剧情向性爱伴侣体验服务大受好评。从广大网友中征集的感人故事线在顾客中得到了广泛的讨论,获奖的优秀投稿人也获赠了性爱伴侣长达一个月的度假服务。男性消费者们纷纷表示,能够体验"成为性爱伴侣,和自己的顾客一起浪迹天涯"的经验非常美好和独特,也引发了关于"何以为人"的深度思考,是性爱和感情体验上的双重高潮。专家表明,MindGeek 推出以陶乐丝为首的一系列长期性伴侣仿生人服务,将带来性爱伴侣行业里一个新的发展浪潮,让我们拭目以待。

罗　洛

夏娃的肋骨

不该是这样的。她想。

这只手搭着她的肩，似融化的金子慢慢固形。她感到手印下的皮肤要被年轻的情欲烫伤。那执着的五个指头连接到远端一张男性的面孔上，他笑："爱我吧，爱我吧。"

这当然是男女间心知肚明的托词。男孩环上她的背，抚住她的手臂皮肉像握住一截松散的雪，只小心地往自己的方向压实了一点，塑成真切的人的肢体形状。

然而她即将被这只手的重量压倒。不该是这样的，她想。爱情的真相刚在眼前揭开的时候，蜜味的、奶色的流液由心脏泵进主动脉里，人是昏的，疯的，火与光要在你的头骨里钻破一孔，燃起你的爱侣额角的汗滴……她又怎会想到高潮消解得如此快而彻底。爱情从一个男孩身上分化出一百个一千个一万个扯着你的胸襟嚎叫的饥饿婴儿。她不知所措，无法说不，只得软绵绵地掰开这个人的这只手。

他未曾留意，或许不以为然，再度把手放回自己的小小领地上，羞怯但坚定地宣布他的所有权。他说他好快乐。

"咕。"她喉咙里头传来小小的吞咽声。不知是谁和谁交扣的十指、重叠的唇与躯体飞速掠过她脑中。单单是这样想，她心里也怕得几近作呕。绒绒毛发从她的指腹下擦过，她却无法把男孩视为像小猫小狗小兔子小老鼠的某种活物。于是她安慰自己，这难道不是坠入爱河的愚蠢生物自然而然要履行的职责吗？但直至男友离开，她这才感到被他人触碰过的地方，渐渐重新黏合进原本的肉身。

她冲进浴室，拧开水龙头，胡乱剥除了衣物。顶灯投下浑浊的光。雾气朦胧，更衣镜里映出一个边界模糊的影子。她躲进浴缸，用刚修剪过的、尖利的指甲边缘抓挠着，直至苋红的裂痕、瘀痕、伤痕遍布全身，成了一个血做的人。

与人交往的本能恐惧不能压垮她对爱恋的渴望。像所有曾为爱情牺牲自由的探路者和过来人教授她的一样，不爱的人是异类中的怪物，她要不顾一切地去爱什么人，直至膨胀的胚胎撑裂她的道路，她才能从名为"爱"的昏迷混沌中嘶吼着清醒过来。

现在还远未到城市的日升时刻，她便可以继续做她那美妙的噩梦。好在这是个连梦也可制造的，先进又荒谬的时代。在今世此刻，科学成了神的别名。这位相信科学的新上帝让每个人的大脑里都插上了监视的电极。

这意味着，从城市系统里拷贝一份个人生理报告完全不是一件难事。从脚指甲的厚度到某根头发的长度，精确到100微米的数据能为你生产出外表与某个人毫无差别的仿真机器。

然而，复制尚还在世的人并不被法规所允许。但她猜到哪里有人愿意为了钱铤而走险。

熟路的人叫那里作"伊甸园"，地底蛇鼠安家的快乐窝。窄街上盖着厚厚一层金属碎片、机油、流浪汉的汗和皮屑的混合物，路灯半遮半掩，让人对肮脏之事天然地视而不见。几间穷妓院开在垃圾厂和殡仪馆之间，漏着电的大腿、半截身子和吐着舌头没有牙的脑袋歪扭地倚在店门前，招揽放工后买温存的客人。饥饿、渴、睡眠、爱和死亡，一切欲望在这明码标价。

自称"机械工程师"的人眯眼看她，黄牙里喷出一个烟圈："又来一个小妞。"边说着，边把掉到耳边的蓬乱长发别回耳后去。他身后等待修复的仿真人被吊在钢制支架上，占据了四方房间的三面。没有脸的女人私部开裂，掉出一块胎盘似的电路板；婴儿头顶凹进去十几个雪茄烧的圆坑；中年男人穿着神父的黑袍，同样黑洞洞的两个眼眶看着她。

工程师见她直直地盯着墙上钉的男子，嗤笑一声，拍拍自己软塌塌的裆部："他那儿和我一样的尺码，给你装一个试试？"

最后，她毫不犹疑地在为期十九年的贷款条约上签了字。说起来很俗气的金钱的负担，反而使她又感到那蜜与奶般甜美的爱欲重回到自己二百五十万亿根血管里了。阿尼姆斯，降生于女人身体中的男人，将是无爱之人最合适的伴侣。

棺木式样的长条黑箱，货车、起重机和两个送货人接力，将它从地底的伊甸园拖至她的床边。她用劲把合金的锁"咿"一声拔开，露出里面密封的塑胶袋。一具人形躺在那，手臂环抱腰侧，双腿紧紧贴实在一起，脚背弓着，像一条在陆地上干涸而死的美人鱼。她独自面对这死尸似的机械，竟不自觉地笑出声来。

她愉悦而虔诚跪在他的头旁，看他与她相同的面孔：瘦削、薄唇、灰白的皮肤，一颗褐色的小痣点在左眼泪沟中央。身体也被雕琢得很细致。他的每块肌肉走向都与她无甚区别，每条颈纹、掌纹、指纹是严格地在仿生皮料上测量好再划出来的。若一齐行走在街上，怕是任何人都要认为祂们是同个受精卵分裂长开来的姊妹。但人们不会知道，两人唯一的不同之处被藏在薄薄一层料子下边。她伸手按压塑胶袋的外层，颤动着，通过窸窣摩擦声的细微变化去探索，抚摸他凸起的喉结、平坦的胸口、微有赘肉却并非为护卫子宫而生的小腹，再朝下停在男性第一性征上——她所不具备的，男人和女人最根本的生理差异上。

出租屋外传来各样嘈杂的声响，情人嬉笑，孩童啼哭，驶过的车辆溅起污水坑的水花，弹到路人小腿上，便又是一阵污秽的叫骂。而她此刻只听见唾液滑过咽喉，脉搏失了节奏，手背因干燥裂出小小的鳞片似的纹路，发出"哔啵哔啵"碎花一朵一朵绽开的声音。注视着他的同时，女孩也在注视着自己。他是我练习如何去爱人的绝佳工具，她想，我总不会惧怕自己。

她用指甲扯裂了包装袋，开口里露出他赤身裸体的一角。烟和廉价香精的味道喷进她的鼻腔。她十指按住他湿润的脸，擦拭掉上面粘连的灰尘，像新母亲给初生婴孩清理血污一样小心翼翼。

上帝从夏娃身上取下一根肋骨，成为女人身体中的男人。"你是我骨中之骨，肉中之肉。"夏娃说，带着愉快的微笑。

她循着说明书的指示，打开他的头腔，再把香烟盒大小的新电池装进去，等待机体初始化完成。约莫十分钟后，他睁开了眼睛，人造纤维的睫毛凤蝶的翅膀一样上下扇动。真美。她呆立在床尾，觉得自己有些喘不上气来。无疑地，这张脸不超凡，它平常得随处都可隐没在人群之中，但它又显得格外奇妙。传说世上两个相貌相同的人见面，其中的一个就会亡故——而就算要她现在去死，她也甘之如饴。

还剩最后，也是最要紧的一步。她把指甲盖大小的一块贴片贴在后脑，这将连通植入她大脑的电极网，录入并同步传输脑细胞活动的数据。仿生人正是以此获得人所以为人的本质——思想。拨动开关，刺痛瞬间在她大脑每处爆开，她在铺天盖地的尖啸噪声中被开始锯成完全相同的两半，女人的她在本体里震荡，男人的她被编码为一串不规则的符号，流进了他的脊椎和大脑的思维系统。

她似头中弹的母鹿瘫倒在地，眼睛半凸，全身的血液都要被脑榨干吸尽。颅腔内的剧痛把她击倒。她聋了，瞎了，

夏娃的肋骨

哑了，完全无法站立，头越来越重，身子却要飘起来。电流循着骨骼的走向屠宰了她，剖解开她的表皮，把杂碎的脂肉片片割下，剩一个裸露的逐渐变硬的心脏。她如同长出一颗智齿般蠕动着长出不属于自己的器官。她下意识地抓住那，像握住掌控一切混乱的权力。慢慢地，外界复归平静，她被撕扯干净了。一个魂魄唤痛，有两个躯壳出声回应，四条髀骨不受控地颤动，十片肺叶恢复了呼吸起伏。

她挪动了，抓住床柱坐起身，他也坐起来，在床上俯视着仰视他的她自己。他们同时唤出了自己和对方的名，用同样的气息停顿、声色和声音的频率。他的存在是世上任何人都无法取代的，他似乎完完全全地属于她，归顺她，嵌合她，正如她是他在世上最熟悉的个体。

她终于感到触摸、牵手还有亲吻都变得顺理成章。不断膨胀的自爱使她粗暴地冲上前线。她是在亲吻一面有温度和起伏的镜子，是一枝没有荆棘的玫瑰扦插进发林，经历了一种近似乱伦的，自己侵犯自己，自己欺辱自己的罪恶的快乐。她的身体分裂，融合，又再分裂。仅启动了一人的神经系统，却得以享受两人相互间最紧密的脑的交缠。

至于他的手想要掰开她的手，她未曾留意，或许不以为然。

傍晚二十二度的室温舒适极了。窄玻璃窗外，金球向西坠去，玫瑰色的天空被淬炼出铁灰。她的唇齿缝隙间塞满前所未有的餍足。她好快乐。她不再恐惧男人和女人，和除了她以外的什么其他东西。

半截的身体陷入沉睡，另一半摇摇晃晃地从床铺上站起来，不着寸缕，走向另外的什么地方。思维深处，男人的她与女人的她慢慢交织成一个完整的人类，亚当和夏娃皮与皮、肉与肉、血与血、骨与骨地团在一起，镶成一个原始的罪恶的果实。

"夏娃与亚当应各领其罚。"耶和华说。

她度过了一个坠落的梦。夏娃双手交握，束缚着自己，从金色圣殿里飞向缥缈宇宙。先是极自由地在虚空中漂浮，直至猛烈地撞在海面上的触感使她大喊，似乎把她的灵魂也从躯壳里撞出来了。她溺水了，猛地张大双眼。电极贴片被攥在自己手里，成了一小团皱纸。

月亮从几千幢高楼后边升起来，楼隙间疏星闪烁。在城市的角落，在这间不体面的出租屋里，就跟白昼一样明亮。

她翻身下床，直冲进着灯的浴室，看见这样一幕：

他早已失去了生命体征。头朝上，浸在浴缸的热气里，满身是撕裂的口子，抓痕挠痕伤痕，显出里边烧溶而变了形的电子元件。腐烂般的、一小缕一小缕的皮肉漂浮于水面，十段断裂的锋利的钢条插在他的头颅里——那本是他的指骨。他生存于世的最后意念，是在死亡到来前把电池从自己的腔体内抠挖出来。

可怜啊，她连自己也无法爱上。

罗　度

真　实

女人的臂膀缠过来时，像冰冷的蛇微微收紧。王子四肢大敞，仰着头，高高坐在宝座上，盯着穹顶。拱面上画着托尔，在巨人国，他跑赢了思想、挪动了地球、击败了老年。

　　他叫沈历，是个王子。他的故事虽然是老套的王子复仇记，但是，这次神明站在了他这边，他夺回了一切，脚下还多了颗颤抖的头颅。王子脚下的这个暴君，曾在王子的拥趸们脚下点起炭火，看着他们滑稽地痛呼蹦跳。左手慈爱地抚摸爱犬的脑袋，右手下便是与它平起平坐的王子。想到这儿，沈历颤抖着呼出一口气，脚尖打着旋儿慢慢施力……

　　"唔，唔……！"暴君的两手胡乱抓着泥土，活像上吊的人拼命要摆脱绳子。

　　"啊！啊！"复仇的快感令沈历兴奋到战栗，他大睁着双眼，开始狂笑。"哈哈哈……"他笑出了眼泪，甚至笑到大声呛咳，咳出反胃感。但慢慢地，这狂笑变了味道。他似乎想用这狂笑抵挡什么——他马上就知道了。是空虚。死亡的孪生兄弟。来得跟死亡一样准时。复仇的野火熄灭后，他预感到他的余生不可能再有那样令他战栗的激情了。

沈历收起笑声。就在这里，美人的藕臂开始模糊，金碧辉煌的宫殿也逐渐看不大清了。王子烦躁地一脚踢开暴君，使劲摇了摇头。暴君无声地抬起头时，沈历发现，只有仇人那张面孔分外清晰，像湍流中凸起的石块。而且，起先还如阉鸡般灰败的表情，一下被恶意取代。不是嚼穿龈血的仇恨，只是对他的讥笑……

他就在这瘆人的讥笑中醒来。

他赖了一会儿床。惺忪间，最后一丝梦景也随睡意而去。等掀开被子时，他连仇人长什么样也记不得了。他挠了挠肚皮，打着哈欠拉开窗帘。不远处竖着一块巨型广告板。上头是雷电之神托尔的电影海报。洗过脸后，他在镜子里看见一张年轻的脸，三十岁上下。他有瞬间的抽离感，仿佛"他"是突然降临到这肉体、这意识的这个节点的，但他很快赶走了这无聊的瞎想。

这就是他。他叫沈历，是个普通职员，每天过着朝九晚五的生活——挤地铁、打卡、焦头烂额、在老板跟前赔笑、跟同事喝酒、偶尔伤春悲秋感慨感慨人生、发愁找不到女朋友……虽比上不足，但一切都还过得去。也许正是因为前半生平凡如斯，他很少回忆过去，也几乎回忆不起什么东西来。

不过，他仍有受神眷宠的地方。他是个虔诚的宗教信徒，信仰十几年后，他终于得到神明的回应。神明降下一位女使者，让他掌控了另一个国度：梦境。使者允他自由选择梦境。

做梦是一件很过瘾的事情。人困守时间、空间的一隅，错过了无限的过去未来，也无法追寻宇宙的尽头。能在梦境里体验不一样的人生，多么痛快。

沈历是一个超级英雄粉丝。他隔三差五就会体验一下当美国队长、钢铁侠的滋味，有时甚至来个男版的绯红女巫。有时他会换换口味，比如，埃及探险、战场出没、警匪追逃、谍影重重……夸张一点的，比如逃离丧尸、星际穿梭、太空战舰大战……

当然，除了这些惊险刺激的戏码，还有一些更日常的痛快情节：沈历曾有个文学梦，奈何"灵气"这东西努力不来，有时他绞尽脑汁抱头抓狂，还是半个满意的字都憋不出。但在梦里，他能感觉到，他文思泉涌，落笔写下的每个字都令他欣喜若狂——哪怕他一个字都记不住，但他切切实实得到了那种如痴如醉、如癫如狂的感觉。真是最高的精神享受啊，他想。

沈历还曾作为一流科学家登上颁奖台，万众瞩目。他喜欢在恶徒自以为逃过一劫沾沾自喜时，亲手逮捕他们，审视漏网之鱼们的扭曲表情。或者，在有人尖刻骂街时，他风度翩翩地现身辩驳，驳到对方脸红脖子粗，自己纹丝不动，也不失为快事。再比如，像他昨晚做的梦那样，快意恩仇……

比起朝九晚五的现实生活来，这个"第二人生"精彩太多了。而那位神使也让他感觉分外亲切。他早已忘了神迹是何时降临的，也记不得她是何时伴他左右的了。但他的确是爱她的。神使就像另一个他，捏制的梦境总是与他所希冀的严丝合缝贴合。

只是，近两个月来，这里面慢慢出现了裂隙。从那个蹦极的梦开始。

沈历从不知道自己怕高，毕竟他做过十几回钢铁侠。

但细细回忆起来，在那些梦境中，他有"他正在飞"的认知，胸膛间满是刺激感，却从未留意过那背景板一般模糊的大地。他从未那样直接地接触"高度"。所以，当他猛然发现，自己站在悬崖边缘，脚下深达万丈时，他头晕目眩，像被推上了世界的针尖。恐惧掐着他的喉咙。他似乎能看见一个两腿发软、冷汗满面的自己。

不！不要再来了！内心有个声音在尖叫。

但他控制不了自己。他发抖的脚在往前挪。他寒毛都倒竖起来。

不不不！不要再来了！

他拼命摇头，张大了嘴叫喊，却像喉咙被掏空似的，出来的只有气流。那股昏眩感也越来越强。在无声的歇斯底里中，他像折了骨的破烂风筝一样，出去了。

"啊——！！"

那大概是沈历发出过最凄惨的叫声了。他久久惨叫着，什么时候已经惊醒坐起了都不知道。

自那次之后，梦境就出了一点问题。那些梦不再事事称心如意了。好似在被窝里拉了一根针，一不留神就要被扎一下。比如王子复仇记最后，仇家那恶意的讥笑便不在计划中。他因为这种失控惴惴不安。

神使说，可能是他最深的恐惧被挖掘出来了，只能靠他自己遗忘。

"遗忘？"

"是的，遗忘。"神使说，"但是，没关系的，不会有什么事的。"

沈历信她。她是神明的使者。那些都只是小事，没什么大不了，他会遗忘的。他仍是主宰，是正义。

算了算了，抛开这些吧，不如考虑考虑今晚做个什么美梦。王子复仇记已经厌倦了。

"那就来一个侦探查案吧？"

他喜欢追求真相的感觉。

这是什么感觉？

哒，哒，哒。瓷砖坚硬，脚步声在幽闭空间回荡。清脆得瘆人。等他停下脚步时，他发现自己在一个地下室门前。他抬头看，头上是高低不均各楼层的楼梯，但奇怪的是，似乎没有楼梯通往地下这层。他回过头看，黢黑一片，仿佛有什么张开了血盆大口。

沈历面前是一扇大门，挂着一把老锁。钥匙就捏在他指间。血液流得很快，他有了点缺氧的感觉。沈历微僵着手，尽可能轻地、小心地将钥匙插入锁孔，但是，扭转的时候，"哒"的那一下，仍然令他心头一窒。

锁开了。

锁被撬过。地上有脚印。门上的灰尘也有擦蹭。一路上的蛛丝马迹都在诉说同一个事实：有人闯进去了，就在里头。

不。不要进去。预感到了接下来的恐怖，沈历本能地产生抗拒。但没有用。他推开门，一脚踏了进去。四周静悄悄的。他绕过地上一堆沾满泥土的破衣服、绕过一副假牙，朝更里头的一个房间走去。这个时候，他已经快呼吸不过来了。

不能过去了，会发生很痛苦的事情。

走到最里面的一扇门前，他的脸都成了菜青色，额上布满冷汗。

周身黑得不辨五指。有人闯进来了。人在哪儿？人可能就在他的身后。这个认知令他猛然转身，但背后空无一物。他只感觉神经更紧绷了。呼吸不了，脑袋嗡鸣不止。门里面应该就有他要的答案。但这一刻，他却越来越抗拒。

透过这扇薄薄的门，他仿佛在里头的一片黢黑中，看见了匕首、绳子和水缸。

他的手抖得要握不住钥匙了。

除他自身之外，这个密闭空间里，似乎全是针对他的敌意。他不知道进去后会是什么，但又仿佛经历过千遍一般有所预感。

不……

蹦极时的痛苦苏醒过来，像潮水灌进口鼻。

不……又来了……

他想抓花自己的脖子。

他再也承受不了了！如果这是梦，赶紧醒来吧，他不要再继续下去了。

他的手指正捏着钥匙准备旋转。他内心疯狂摇头。

不……如果这是梦，让他醒来吧……

神明啊！

"啊！"沈历弹坐起来，胡乱按亮床头夜灯，心有余悸。

他缓了一会儿，环顾卧室，突然发现，使者就站在房间门口。小夜灯只照到她的下半身。她的面孔浸浴在了黑夜之中，看不大清。

那个地下室是真实存在的，就在他们公寓楼下。沈历早就知道那地方，但从来没去过。因为公寓楼里没有通往那儿的楼梯，很奇怪。是有其他入口吗？总不能让人跳下去吧，看着还挺高的呢，沈历曾想。但那时他也不打算深究，毕竟跟他无关，不是吗？

但当他问神使，为什么那地方会出现在他梦里时，神使那双沉静的眼眸，第一次掠过了"情绪"——痛苦？还是怨恨？

神使说："因为剥夺过你幸福的东西，至今仍不愿放过你。"

沈历疑惑地问:"是说蹦极那次的阴影吗?"

神使避而不谈,只是劝他:"忘掉这些事吧。只是几个噩梦罢了。不要让这种事影响你的正常生活。"

沈历听明白了,神使不愿他深究。但他太过不安了,于是固执地问:"那究竟是什么地方?"

"那是潘多拉魔盒,是不幸的根源,是神明眷顾不了你的地狱。"神使冷冰冰地警告,"不要毁掉你现在拥有的一切。"接着,她第一次叹了气。这叹息像某种预言。

沈历心里一沉。他虔诚地相信神使。神使不会害他,而他性格保守,并不至于为了满足好奇心而去涉险。毕竟现下的生活,除了偶尔做做噩梦之外,他没什么不满意的。

可是,一旦被那种剖开喉咙似的恐惧感征服过,要再装作看不见房间里的大象,就没那么容易了。

于是他又问,他看见的匕首、绳子、水缸都预示着什么。

神使沉默片刻,说:"对不起,吓到你了。但请你遗忘吧,这一切都与你无关。那是我的罪孽,不小心影响到你。我的爱人将死于那些手段。"

他感到头皮发麻。

"但你在这儿会安然无恙,我与你同在。"她说,"你冷静下来。什么都不会发生。神明会庇佑你。"

是这样吗?他眼中含着恐惧,望向她。

他睡觉的时间似乎越来越长了。

有时候，夜幕降临，他躺在床上，回忆白天的事情。记忆里的画面，像写满字的纸张浸在水里，墨水弥散扭曲，糊成一片。

是错觉吗？

白日似泼。太阳直射眼球。一低头，水泥地面又反射了满眼亮光。炎炎日光下，世界仿佛只剩下了惨淡的白。他被照得睁不开眼，只能在睫毛的阴影缝隙之间观察这个世界。

他在大街上等绿灯。周围是拥挤的人群。西装外套搭在手臂上，他仍旧满头大汗。他自己似乎跟着周身的热浪一起在扭曲。大颗的汗珠不断被眨入眼睛。白晃晃的世界又被模糊了一重。

绿灯亮了。他随着熙熙攘攘的人流踏上斑马线。就在这时，一辆卡车突然加大了马力，朝他撞过来。人群发出尖叫。他丢开西装，一个趔趄，勉强躲过汽车的冲撞。但他刚爬起来，便听见车胎与路面的尖锐摩擦声。那辆卡车笨重地掉头，打算再来一次。沈历手脚冰凉。那辆车猛踩油门。他拔腿就跑，绕到一根路灯杆后。

"砰！"

那车不管不顾，将路灯杆撞凹进去，又迅速打方向盘，朝他冲去。沈历喘着气一路狂奔，踉跄躲进了最近的一家快餐店。"哐！"随着一声巨响，卡车一头扎进珠宝店。引擎声、玻璃碎裂声、哭喊声交混在一块。店内一片狼藉。沈历一路冲到珠宝店的后门，他不敢回头。但他听见，冲撞声停了。卡车终于被堵住了去路。来不及歇息，他心焦地打开后门。

白花花的阳光又涌入眼睛。他拿手臂挡了挡。心脏声混着粗重的喘息回响，视野随喘气摇晃。整个世界显得那么恍惚。后门出来是条小巷。大车进不来。沈历刚松了一口气，突然，一把匕首从他身后扎了下来

太阳太刺眼了。整个世界一片苍白。

行凶者是那个要他命的司机。那人的面庞因憎恶而扭曲。

是他很熟的一个人。沈历转过头去，想看清那张脸。汗水浸痛了他的眼睛，他睁不开眼睛，却从隙缝中发现一件恐怖的事：那个轮廓像一个女人。

又来了，他快忍受不了了。尽管噩梦的频率已经很低了，上一次似乎还是在两个月前……是吧？是两个月前？还是……两个小时前？两分钟前？——沈历被这个念头吓了一跳。

噩梦把他的大脑搅得混乱不堪。一切都像是不祥的预兆。他神经紧绷得仿佛随时要尖叫出声。周遭的空气像被人抽走了，他总是感到有些缺氧。就连走在人群中，也都心惊肉跳。

就像米饭里混入碎玻璃，也许最后一口才划破喉咙，却让他连第一口都无法下咽。

说起来，他上一次吃饭是在什么时候？沈历隐隐觉得不

对。他的大脑告诉他，他上一次吃饭是在 11：46。而且，此时此刻，他并没有饥饿的感觉。可是，为什么他对吃饭的记忆这么混沌？混沌得好似没有发生。碗是如此陌生，锅也是。就连厨房，好似他一转身，也要消失不见似的。他很少去回想白天的工作。每次回想，好似得出了答案——他去上班了——但又异常模糊。他做了什么工作？擦肩而过的同事长什么样？老板似乎表扬他了，但表扬了什么？坐地铁时对面是什么人？

明明如此肯定发生过，一瞬而过的记忆中，却只有碎末般的概念。而且，就连思考这些，也让他产生一种头晕目眩，不知今夕何夕的感觉。说起来，今天又是几号呢？他过去为什么没想过这些呢？有个认知扎根在他脑海深处："确实发生了。没必要想。""过去的事情平平无奇，记不起了。吃饭重要吗？坐地铁重要吗？为什么要回忆呢？""你都'知道'它发生了，难道还能是假的吗？"

"……先生，到你了。先生！"

"啊！"

一个恍神，沈历发现自己手里拿着饭团和饮料，正在便利店排队结账。他身后排了长长的队伍，有人不耐烦了。

"抱歉！"他马上将那些不切实际的想法抛诸脑后，把东西放到了柜台上，局促地问，"这些一共多少？"

真 实

可日复一日地，还是有什么在慢慢崩塌。他每天明明朝九晚五很充实，却有点"感觉"不到生活。像极了他以前盯着镜子发呆时，那种被抽离又突然被放置回某个节点的感受。他忍不住地想，想神明，也想他被追杀的梦。那究竟是什么呢？为什么神明的使者会是一个刺杀他的凶手呢？

神明……可信吗？第一次产生这种亵渎的念头时，他大吃一惊，在心底连连祈求原谅，恨不得跪地扇自己几个耳光。但噩梦继续摧折着的精神。他痛苦地感觉到，信仰动不动摇，并不是他能控制的。

随后，这类念头越来越频繁地冒头，起初的羞愧感也慢慢消失了。他开始对使者隐瞒他的梦境。闭口不谈，甚至说谎。虽然他也不知道瞒不瞒得住，但使者脸上的哀伤确实一日重过一日。他感到心碎。因为他确实是爱她的，他想相信她。但他也想要真相。

他想起了那个地下室，想起神使说："那是潘多拉魔盒，是不幸的根源，是神明眷顾不了你的地狱。"而她又说："什么都不会发生的。"

"我以前在什么地方见过你吗？"临睡前，沈历问道。他双手虔诚地握着神使的手，像在寻求某种救赎。

她站在他身前，面色从没这样苍白过。但她的目光依旧充满静谧的怜悯。

她说："我一直在你左右。"

"在这之前呢，我见过你吗?"他盯着她白如死人的肌肤，问道，"我到底是谁呢?"

他握起她的手，贴在自己额头上。不热也不冷，一点感觉都没，像空气一样。

"我今晚想做个好梦……我希望是个好梦。我想知道真相。"

"什么真相?"

"我也不知道。但你能懂我的。"

"我不懂。"

"那就关于你，关于神明……好吗?"

失去意识的前一刻，模模糊糊地，沈历看见神使流了泪。他似乎还看到了那双怜悯的眼睛。沈历想起来了，那份怜悯从一开始就在，从未变过，仿佛是看着大石骨碌碌、骨碌碌地从山坡上往下滚。

恶臭熏天。哪怕他嗅不见一丝气息，也感觉鼻子脏透了。泥地上有油腻腻几摊死水，蛆虫在霉黑的面条里蠕动。没有一个角落是清白的。诽谤的、嘲讽的话语从垃圾堆里绵绵不断涌出来，像蝗虫一样密集地躺尸地上，让他几乎无处落脚。

血水从他的脚前流过来，被他的脚堵截了去路，然后积了起来，没过他的脚背。沈历起了鸡皮疙瘩。他惶恐地抬起头，看见了垃圾场中唯一洁净的东西——穿着白衣的女人。是神使。被制伏的她在地上激烈挣扎。有一个男人正背朝着沈历，拿着匕首一刀一刀往她身上扎，后背、脖子、面庞……鲜血汩汩地将白衣污染。

像是憎恨到了极点，那男人每一刀都狠戾无比。女人发了狂地挣动手脚。

沈历大骇，怒吼着"住手"，却发不出声音来。他要往前跑，地上的烂泥却像死人一样一团团将他的脚抱住。他绝望极了。

似乎一个钩子探下去，内心一段记忆将被钩起——勒痕、刀伤、溺死——但他隐隐知道，不能把那么可怕的事情想起来。他不想再承受一遍。他把嘴张到最大，使劲地嘶吼，声音出不来，他就更用力，好似要把肺喷出来。

这时候，那个男人终于停下手中的动作，缓缓地回过头来。那是一张皱纹横布的老脸，充满了嫉恨。

但他清清楚楚地认识到了，那是他的脸。

凶手就是沈历。

"呵！"

啪地睁开眼，沈历一掀被子，便发了疯一样冲出家门去。

光着脚在楼梯间狂奔向下，他听不见任何人的声音——他有过邻居吗？这栋公寓有过其他人吗？——他不管了。

他不知道那个梦是什么，不知道使者——那个女人是谁，他甚至不确定他是什么人，那么大的仇恨又是从何而来。他只是十分明显地感觉到了，有什么在呼唤他。他在梦里触动了它，却没能看清它。神明不能给他真相。他隐隐感觉到了，神明也许确实是神明，但也是被安排的一环。

他再也忍受不了了。

反复的恐惧让他几欲发疯。对真相的渴求更在抓挠他的喉咙。

现在，走投无路的他，只有一个去处了。他冲到一楼，没来得及恐惧，人已经越过护栏，朝没有出入口的地下室跳了下去。

也许他的认知从来不是对的——当他站在地下室门口，看见大门没锁时，他浑身冰凉，其中又夹杂了几分变态的快慰。他推开门。房间里空荡荡的，没有脏衣服、没有假牙。他走进去，听见黑暗中，只剩自己的心脏在怦怦狂跳。感官被放大了几倍。

他在一种极度的不真实感中，伸手推开了那扇门。

那扇门不冷不热，碰到它的时候，什么感觉都没有。

"……也许你是一名社会人，但在梦境中，你会忘记这一身份。你可能觉得自己还在上高中，而且这种身份设定将使你完全信服，你会为了高考焦头烂额。这启发了我们，当现实不堪忍受时，我们能否将其抛之脑后，享有一个崭新的天堂……"

"大脑很神奇，它会为你铺设背景，显得一切若有其事……"

"为了弥补个人经验匮乏这一缺点，我们会有针对性地刺激某个区域……哪怕你从未接受过教育，你也可以体会到成为大科学家、攻克重大难题的激动。大脑不在乎细节，你感受到了，即是真实的……"

只有荧幕亮着。黯淡的光线投在了一个西装革履的男人身上。但会场所有人的视线都盯着荧幕。上面是一张张衰颓的面孔。

"如众位所知，我司早已实现了对单个梦境的自由构建。但事实上，很多客户并不想要多么刺激的体验，他们在现实中连正常的生活都没有，因此只想拥有一个平凡的人生。但在当时的阶段，这种'平平无奇'的愿望对我们来说反而构成了技术的挑战。当然，我们最终攻克了构建连续梦境的难关……而此次实验，核心则在于梦境的'嵌套'，我们希望给'平凡人生'以更丰富的体验……"

"……如众位所知，'真实感'一直是我司的终极追求，比如，我们一直注意在'平凡'中掺入小小的挫折，避免日子过于无聊。同样是为了'真实感'，我们在'嵌套'中建立了新机制，使目标大脑自动补全所需信息，比如宗教徒将认为这是神迹降临，超能力爱好者会欣喜于自己身上的新奇迹，科学狂人将感叹自己的发明精妙绝伦……"

"当然，研究证明，大脑也不会完全乖乖听话。创伤性记忆如果被触及，可能会走向不受控……"

"……即使选择逃避现实，也是他们自由意志的结果。我们不接受您有失公允的责问。当现实意味着疼痛时，他们需要疗愈。事实上，他们也有主动退出梦境的权利……"

"……我不明白您对我们的指责。我们无须自诩临终关怀，我们就是在做这方面的工作，而且我认为，做得不比过去差。他们很幸福。他们与亲人重逢，他们拥有健康的体魄……请记住，他们的感受是真实的。"

"……这并非一种欺骗。请不要称呼他们'活死人'，请给予尊重……"

他惊醒了，像梦中一遍遍重复的那样。四肢绵软无力，他躺在病床上，像木偶一般，被粗细不一的导管、传导线束缚着。

眼睛聚焦后，他动了动手指。枯黄的皮肤布满丑陋斑点，松垮垮地附在骨头上。他偏过头。暗室里摆着数百张病床，人骨瘦如柴，导管密密麻麻，这一幕看上去不像在支撑生命，反而像是在抽取什么。

他能呼吸到空气中的寒意。世界从未这样清晰过，也从未这样残酷过。

他叫沈历，不是英雄，不是王子，甚至不是普通职员。他是个一无所有的傻瓜。在这场大梦之前，他已经是可怜儿。

如果每个孩子生来就有一本"人生书"，那他的那一本应该密密麻麻写满了"不幸"。

他少年时家境殷实，无忧无虑，父母是虔诚的宗教徒，让他接受了良好的教育。他敏感好学，醉心于诗歌小说，热情地爱着生活的一切。谁料家里一朝破产，负债累累，父亲带上一家自杀，母亲却在最后关头本能地护住了他。他独活下来，流落到了最肮脏的巷道里，见惯了臭虫蝇蛆，也见惯了暴力、欺诈、苟且偷生。早年接受的良好教育成了一种诅咒。在垃圾桶里翻出一本又脏又破的书时，他紧张地摒起了呼吸，反应过来后，又恨不得将它撕成碎片。

他性格懦弱，一直靠重体力劳动糊口。后来，好不容易结了婚。没多久，心爱的妻子被人绑架虐杀——用绳子勒、用匕首划，最后溺死在鱼缸中，无所不用其极。凶手是几个混迹街头的未成年少年，判得很轻。最痛苦的时候，沈历跑去跳楼，没死成，死亡的恐怖却将他吓得够呛，从那之后，一站上高处，他就两腿发软。

不敢死了，他就窝在逼仄嘈杂的租屋，日复一日做着廉价工作。穷其一生，他所执着信仰的神明都不曾回应他。白驹过隙。渐渐地，他连最后的资本——青春都失去了。苍老像是一种腌渍。他背脊佝偻，皮肤一点点松弛下去，斑块跟麻风一样上来。

垂垂老矣之际，他将所有的储蓄花在了这个造梦的项目上。这个项目承诺会让他获得幸福的人生。他现实的身体有配套的仪器支撑。只要不醒来，便可以在美梦中含笑九泉。

长生法：清华学生科幻创作选

他们输入指令，给他植入第一层梦境：平凡但美满的生活，以及一个梦境捏造机制。随后，指令会随着他的意愿而变动，想象的愿景便在第二层按部就班展开。尽管在认知中梦境分成嵌套的两层，但实质上自始至终被捏造的只有一个梦。

原本，指令应该永无止境循环下去的。但他现在醒来了，离他进来不过一个多月。他是个傻瓜。

那个地下室是强制退出机制。项目公司说，假如意识极度紊乱，梦境持续带来痛苦，那么，指令会引导受试者离开。事实上，他们也不愿意承担那么多场地和肉体养护工作。但在认知整体被重新构建的情况下，一些人用不到这个退出机制——他们对那扇门后面有什么不感兴趣，甚至不知道那扇门的存在，每天过着充实的生活，直至生命终结，在睡梦中怡然死去。

……偏偏他自己把门推开了。

一切都完了。

他是谁？他想起了梦境里那个三番两次要谋杀他的人。

那张老男人的可憎面孔，除了现实中的他，还会有谁呢？威胁他的，迫害他的，从来是现实中这个一无所有的自己。这是隐匿在最里层的真实。

从他自杀的创伤因为蹦极而被勾起来后，一切就开始乱了。"真实的他"大概就是从那时慢慢苏醒的，顺着每个细微的破绽，渗透到梦里，扭曲原有指令。

真　实

在信仰六七十载无果后，或许，在内心最深处，他已经不那么相信神明了——尽管他自己从不敢承认。白日恍惚之下，他被他自己，也被神明的使者捅了刀子。因为"真实的他"对那个神明愿意降下神迹的世界产生了戒备。那个"他"察觉到了不对劲，于是本能地向他传递危险信号，让他警醒，防止"真实"被"虚幻"谋杀。

之后，创伤的裂痕越来越大，指令被严重歪曲。"真实的他"也愈发激烈地反抗。

野蛮的"真实"不允许他躲在梦的茧房中。所以，老男人下了死手去捅使者——那个使者自始至终都是另一个他，那个竭力想把他留在梦境中的他——哪怕"她"顶着他心爱妻子的面容。那老男人要把他从茧里剖出来。

"剥夺过你幸福的东西，至今仍不愿放过你。"确实如此。

他那么想相信。他那么害怕醒来，那样迷恋使者，却最终服从于人类追求"真实"的本能。但是现在，看看他，年老体衰，一文不名，"真实"之于他究竟有什么用呢？

他一遍一遍跪倒在天真之下。"人生书"的最后一页，"不幸"的夹缝中，还能塞下多少懊悔？

十一月末，天气已经很凉了。从实验机构出来的时候，沈历把空空的两手塞进衣兜里，瑟缩了一下。身体恢复到能走路，他就没有理由再待下去了。哪怕他也不知道接下来该往哪儿走，或者去做什么。他这副身体还能做什么呢。他挣不到足够的钱再来体验一回梦境了。就算挣到了，恐怕也是同样的结局……

起了霾，阳光令人昏昏欲睡。视线所及的地方一片黯淡。大路上有稀稀拉拉几个人，都缩着脑袋。

他站了一会儿，感觉着寒意，嗅了嗅雾霾的气味。然后抬起右手，在左手手背上使劲拧了一下。

痛觉中，那种变态的欣慰又回来了。

他笑不出来，但他干干地"呵"了一声。

陈昱弘

陌生的世界

01

　　我最后一次见到妈妈的微笑是在 2030 年的 11 月 15 日。我记得很清楚，因为那一天是我九岁的生日。爸爸和妈妈买了一个生日蛋糕，蛋糕上有我最爱的海绵宝宝和派大星。妈妈说："冬冬，快许个愿吹蜡烛吧。"她挤出一个微笑。我闭上眼睛，脑海里看见的仍然是妈妈的微笑，她笑起来的时候那么灿烂，酒窝一边大一边小，好像所有的阴霾都瞬间消散了，但这样的笑容却越来越少了。"我希望妈妈每天都笑。"我在心里默念道。

　　在这之后的两个月，我很少再见到妈妈的笑容，她的五官总是凝成一团，我给她看我满分的成绩单、给她讲在学校里的趣事，但她都无动于衷。那时妈妈生病已经两年了，我一直觉得是我做得不好，让妈妈不开心。偶尔，当妈妈开心的时候，她会把我抱起来旋转，像我很小的时候那样。她还会不停地跟我讲她小时候的事情，说希望寒假我们一家可以一起去爬山、滑雪，我很开心，但又惋惜这样的时刻越来越少。

有一个星期，我没有再见到妈妈，因为她住进了医院的重症监护室。后来我再见到妈妈的时候，已经是她的葬礼。妈妈是因为癌症死的，然后她再也不会醒过来了。我哭了好久，我想不明白，为什么妈妈那么痛苦？为什么妈妈要离开我和爸爸？可是不管我怎样哭，妈妈都再也回不来了。

02

妈妈生病的时候爸爸告诉我，妈妈病了，但那时的我并不理解，为什么生病可以让人有时那样难受。

妈妈生病以后，爸爸带我去买了一只小猫。我们在许多毛茸茸的小猫中选中了一只小橘猫，它橘黄色的绒毛在阳光下是那么温暖。我们叫它橘仔，希望它可以让妈妈开心起来。在橘仔刚到我家的时候，妈妈很喜欢它，常常把它揽在怀里。橘仔也很听话地在妈妈怀里蜷成一团，慢慢地打起瞌睡来。

一天爸爸拿出一个帽子一样的东西，"爸爸，你为什么把实验室的东西拿回家了呀！"爸爸说，这是给妈妈的礼物，是一个最新设计的脑电帽，爸爸偷偷在自己身上试过了，然后偷偷拿回家，希望给妈妈试一试。

"冬冬，这是一个秘密，你要答应爸爸不能告诉任何人噢！"爸爸说。

"那是当然，我答应替你保守秘密！可是这个有什么用呢？我也要试试！"

"这个不行，你还太小了，不知道对你的大脑会不会有危险。"

"可是你实验室的那么多设备我都试过了，这个为什么不行呢？"

"因为这是一套用新的原理做的新设备，刚刚在小白鼠上完成了实验，但还没有被批准人体实验。对小孩子来说，它的安全性还是未知的。"

"好吧。"我有些失望，但还是帮爸爸给妈妈带上脑电帽，在电极上涂上导电膏，直到所有电极的指示灯都变亮。

爸爸说，这是一个叫作"实时情绪复制"的新技术，简单地说，它可以用脑电帽记录下这一段时间内的脑电波，通过算法把几个电极记录的离散的脑电波还原成更精细的大脑皮层的神经活动强度，然后把经过还原的巨大的数据量存储在录波带里，之后播放录波带，也就是通过脑电帽把记录下来的电信号反向施加在人的大脑上，这样就可以重现一段时间的情绪。

"也就是说，把妈妈快乐的时候的脑电波记录下来，然后在她不快乐的时候用实时情绪复制技术再现这段脑电波，就可以让她快乐起来！"我突然明白爸爸的目的。

"是的，这就像录音或者录像，声音和图像都可以转化为波再转化回去，脑电波也是一样，但是经过了两次数据转换

陌生的世界

就会有一些损失，还原率大概在80%左右。"

月光灯柔和的光线下，橘仔趴在妈妈旁边酣睡。爸爸记录下妈妈此刻的脑电波，存储在录波带里。后来爸爸又给妈妈录了好多段她开心时候的脑电波，当妈妈陷入痛苦的时候，爸爸就会给她播放。在播放的时候，妈妈看起来是那么幸福，好像她完全没有生病。但是当播放完了之后，妈妈又好像再次堕入病痛的泥沼。

这时候我只能抱着她，问她哪里不舒服，希望给她一点温暖。然后她就会告诉我说，就像你原本在黑夜里行走，但突然身边充满了阳光，就像颐和园的春天那样美好，但是你知道这是短暂的，当取下脑电帽的时候，你又会回到无边的黑夜，你知道光明是短暂的，而黑夜的孤独与痛苦是永恒的。

然后爸爸会说："但是你知道光明是存在的，你只是暂时失去了感受它的能力，但不代表以后你永远感受不到它的美好，所以，我们要坚持，好吗?"

可是妈妈最终没有等到第二年春天。

03

妈妈死后，在爸爸出差的某天，我偷偷溜进他的书房。

书房里有很多个记录脑电波的录波带，每一个录波带上都写有日期、橙色或黑色的标记、汉字"力"或"英"——力和英分别是爸爸和妈妈的名字。原来爸爸不止录了妈妈开心的时候的脑电波，还录了她不开心时候的脑电波，爸爸还录了他自己的脑电波。

我戴着脑电帽，在书房听了一整天。先是一段写有"英"字、标有橙色标记的录波带。整个视野渐渐变亮，在我眼中好像出现一些橙色的模糊的斑块，偶尔那橙色的斑块会动一动，随即又安定下来。我猜这是妈妈看着橘仔晒太阳的时候，因为脑电波中还含有一些视觉皮层的信号，所以在复制情绪的时候也复制了一些模糊的视觉。

然后我开始播放一段标记了"英"和黑色的标记。我开始感到一阵阵想呕吐的感觉，太阳穴开始隐隐作痛，周围的一切虽然仍旧如常，但对于我来说都好像失去了意义。我好像变成一个旁观者，退出了自己的生活，又好像裹着一层塑料薄膜，周围的一切都变得疏离而不真实。这是我第一次感受到这样感觉，这使我感到恐惧，但我却又无法挣脱。

我按下暂停键，发现自己正在急促地喘气。不真实感逐渐褪去后，我哭了。原来这就是妈妈所忍受的痛苦。原来这世界上根本没有感同身受，即使我们那么亲密，我仍然无法真正理解她的痛苦。

我又开始听爸爸的脑电，有一段很奇怪，他似乎很兴奋，但又同时很忧伤，我不明白为什么一个人可以既兴奋又忧伤。这段脑电里似乎还含着爱、同情，我觉得我又快哭了。摘下脑电帽以后，我突然明白，这可能是爸爸在听妈妈的脑电波时候记录下的自己的脑电波，是他感受到妈妈的快乐时的自

陌生的世界

己的悲伤，两种情绪混杂在一起，难分彼此。

04

第二天，我又偷偷溜进爸爸的房间，给自己戴上脑电帽，录下自己此刻的一段脑电波。橘仔悄悄走到我旁边，用头蹭我的手。

"橘仔，你也想试试吗？"我给橘仔戴上帽子。因为橘仔的头太小，电极不能很好地贴合，只有几个电极录到了有效的电波。

在橘仔小小的脑袋里会有什么呢？我听着刚刚给它录制的脑电波，它似乎很平静，又有点闷闷的。在猫的世界里，大概不会有人那样多的烦恼吧。

我给我的好朋友青青录了一段脑电波，一瞬间我觉得脑袋变清晰了，所有的感官也变得更敏锐了。与我相反，青青是一个活泼的女孩子，她似乎总是有用不完的精力、用不完的好奇心。在她的脑电状态下，我好像变得和她更像了，我也有想要跑起来的冲动，想要不停找人说话的冲动。作为一个内向的小孩，我第一次知道，原来"外向"是这样一种体验。

取下脑电帽，天已经完全黑了。一种奇异的感觉充满了我。就好像刚刚看完一场十个小时的电影，从影院的黑暗里走出来，周围一切的喧闹与斑斓都好像那么不真实。又好像刚读完一本很厚的小说，合上书页回到现实的一刻，我觉得自己刚从另一个世界回来。但此刻我的感受比看完电影与看完书的感受还要强烈、还要深刻。

我刚刚进入了如此陌生的世界。尽管我们都被称为"人"，我们每天都生活在一起，但我们面对的实际上是两个截然不同的世界。体验他人的脑电波带我进入了他人的世界，这世界或者美好，或者平静，或者痛苦，它都被尘封在一个人的脑内、皮肤躯壳内。纵然我们可以用语言去诉说、用图像去捕捉、用艺术去表达，但本质上，人与人之间从未有过真正的理解。

我想起小时候爸爸带我去科技馆，馆里有个体验重力的小屋，它的地面是斜的，墙面、窗户和装饰都是斜的。从视觉上看，一切都和外面没有什么不同，唯一的不同是它的重力是倾斜的。正因如此，当人走进这个小屋，一切都变得那么奇怪，尽管我早已"知道"重力的作用，但是真的走进倾斜的小屋，我才能真真切切地"感受到"被重力改变的熟悉而陌生的世界。

在那天以后，我再也没有见到过脑电帽和那些录波带，爸爸把它们收走了，无论我怎么问他，他都不肯再给我播放一遍妈妈的录波带，我也没有告诉他我曾经偷偷录下了一些录波带。我再也没有踏入那些属于别人的、陌生的世界。

05

我二十岁那年，橘仔也去世了，我和爸爸把它埋葬在山坡上。我脑海中再次浮现橘仔小时候依偎在妈妈身上的画面。

然后我问爸爸，为什么他把脑电帽和录波带拿走了，妈妈去世之前的录波带又在哪里？

"都被销毁了。"爸爸说。

"为什么？"想到再也无法体会到妈妈的脑电波，再也无法感受到她的短暂的快乐，我哭了出来。

"不要遗憾冬冬，只要你心里有妈妈，她永远都在。"爸爸说，"这个产品在第一期人体实验阶段就被迫终止了。虽然它的本意是好的，它可以让处于痛苦中的人短暂地回到快乐与平静，可以让人突破身体的壁垒，真正地彼此理解，可是然后呢？冬冬，你还记得妈妈曾经说她像看见光明又再次堕入黑暗吗？那是一种很难受的体验。"

"可是在我眼里，情感复制其实只是另一种记录的形式，它可以把美好的体验完整地保存下来。它也是语言的另外一种形式。让语言不能传达的东西变得更可以被传达了。"

"你说得很对，我们最开始也这么想。但是超出我们想象之外，在第一期人体实验中，实时情绪复制技术并没有让被试者变得更快乐，并没有让他们对生活产生更多的希望，反而，他们会觉得原本的生活的不可忍受的，他们会想要永远戴着脑电帽不取下来，永远沉浸在快乐当中，就像吸食精神鸦片。而且，这个技术也并没有让人们变得更相互理解，相反，他们体会到他人的快乐，他们觉得为什么我不能够拥有这样的快乐，这反而加深了他们对于不公平的感受。"

"爸爸……"我决定向爸爸坦诚，"其实当时我偷听了你和妈妈的录波带，还偷偷录了一些自己的、青青的和橘仔的脑电波。"

爸爸有点吃惊，确认仪器没有对我造成损害之后，他说："我能理解你，青青，现在那些录波带在哪里？"

于是我们回到家，从我的床底找出那几卷落满灰尘的录波带，我恳请爸爸再让我播放一次。爸爸犹豫了一会儿，最终答应了。

于是，我和爸爸一起去到他的实验室。我听着橘仔的脑电波，那时候她还是一只小猫，那么活泼，那么无忧无虑。我听着自己九岁那年的脑电波，这真的是那时候的我吗？那个既忧愁又充满希望的电波里真的是我吗？过去的我对于此刻的我来说，也是一个如此陌生的世界。

我理解了爸爸。我们宁愿人失去相互理解的机会，宁愿他人永远是一个不可知的黑箱，也不愿意人们在彼此了解之后彼此憎恨；我们宁愿忍受生活的无聊与低谷，也不愿意只接受它美好的一面进而对生活失望。也许我是懦弱的，但我和爸爸一样，决定再也不踏入那些陌生的世界。

只是，当我想到那些被销毁的妈妈的脑电录波带，想到我无法再真真切切地"感受"到妈妈，我还是感到一丝难过。或许我还有些害怕，我怕关于妈妈的记忆会随着时间流逝而变得越来越模糊，就如同关于童年的我自己的记忆一样。但是，或许也正是因为这些情绪不可复制，它才更加珍贵。

陌生的世界

王凝新

考古学家

发掘第一阶段：太阳系地球时间：02 月 24 日

SøLəmon 主任：

敬启。

已抵达地球考古发掘处。明日将前往元亚洲卡里沿海 V 区域 EA216 遗址展开发掘。

谨祝工作顺利。

银河系考古部助理教授巫#衡

【太阳系地球时间：04 月 16 日】

柯君敬启：

近来过得还好吗？听闻星际文化交流院的各位要前往南十字座鹤袋系调研ㄛㄢ种族，这等以公谋私的旅游任务，真是羡慕非常。ㄛㄢ族的梦境构建艺术享誉银河，请务必帮我买一件寄来，好装点下我无聊的梦境。

地球是个非常寂寞的星球，除了海洋和废墟一无所有。最近我在勘探 EA216 遗址，整个科研队伍里除我之外就没有一个智能生命，而勘探助手们是丝毫不愿意用它们的金属脑袋做任务之外的事情。地球的设备条件还无法支撑深空通讯，因此我不得不给你写信，以防失去正常的沟通功能。

216 遗址目前还没发现什么有趣的东西，我深刻怀疑我是被考古所流放了。太阳系考古在上一个世纪就已经走到极致了，更何况是地球。我今年的科研指标危在旦夕矣！S 主任真的不是在报复我吗？万一确实到了那种境地，你能不能在你的论文上把我加为二作或者三作呢？这是朋友的一点小小乞求，想来心胸博大的你是不会不答应的吧。

不过唯一值得庆幸的是，216 遗址是个陆上废墟城，比前年考察的 158 水下遗址好多了。水下仪器操作每次都要穷尽我毕生之力，光线和通信条件都更差，生活也加倍孤苦。而且我总觉得，水下勘测助手搭载的 AI 系统似乎要更傻一点。

虽然我满腹牢骚，但今天还是到此为止吧。明天还要去 FW1 号点布线挖方。

万分期待你的回信。

顿首切切，

科研废人 W

发掘第二阶段：太阳系地球时间：04 月 22 日

SøLəmon 主任：

敬启。

今日在 EA216 遗址调研进展顺利，并在 T108 到 T293 号探方中发现中古人类遗物。因感此事价值重大，特通报于您。具体发掘内容仍待整理。

谨祝安康。

驻地球发掘处助理教授巫#衡

【太阳系地球时间：04月22日】

恶魔柯某：

我对你非常失望，你居然拒绝了我申请二作、三作的这点小小乞求。祝你在南十字座调研顺利，最好传输数据全部失败，这样才能体现出你我的情谊。不过还是要谢谢你寄的"星曜十字"，真的非常漂亮，我早上不愿起床一定都怨它。

你提到"太阳系考古尚有未来"的论断，我勉强信服，毕竟这是我现在的工作。但是，做着最时尚前沿的跨星系物种文化交叉研究的人，可是没什么资格对考古学中的考古学指手画脚的。

上午的回信写到一半，就不得不搁笔外出工作。现在看看，当时的自己还真是浅薄。太阳系考古不仅是有未来，更是大有可为！毋庸置疑，216遗址绝对会成为"新时代考古十大发现"之一。

让我来详细跟你讲讲发生了什么吧，以免你太过羡慕好奇而无心工作。

一般而言，地球上可以发掘到的基本都是晚期人类的金属塑料制品，以及一些废弃电子设备、反应堆，这是晚期人类高度智能化的体现。但是这也是为什么地球考古走向尽头的原因。因为除了这些东西，我们很难找到更古早的人类遗存：全都被海水和战争消磨殆尽了。虽然说的都是你知道的事，但重要的消息怎么能不卖点关子？还请你谅解我小小的虚荣心。

想必你也猜到了，我在216遗址发现了更早的人类遗存。

但是你一定猜不到，我在108号探方下第11层地层里，竟然发现了中古时代人类的器具遗物！中古时代！而且是从108号到293号探方都有遗物存留！我现在简直比继承了一个钻石星球的富二代还激动。

我绝非信口雌黄，要不是地球设备不支持视讯，我真想现在就拿着刚出土的碎片渣渣向你炫耀。哈哈哈，吾辈要飞黄腾达了。感谢S主任的小人之心和你的吝啬之情，才促成了我今日的发奋努力。

我还要继续清点出土的遗物，仔细研究，就此停笔吧。希望你看完之后不要太过嫉妒才是呀。

期待（只不过"期待"的心情与上次大为不同）你的回信。

宽宏大量的科研新秀W

【太阳系地球时间：04月26日】

柯-黎先生：

阁下气势汹汹的来信我已读过，无非是羡慕我的好运气，所以请你还是安心在南十字调研吧。我会向你分享我的研究进度。

前日 S 主任在将我流放两个月之久后，第一次回复了我的邮件，无非是提醒我重视这次发掘。啧啧啧，真是个压榨他人唯利是图的黑心老板。

这几天已经整理清点出了 T108 至 T208 的所有遗物。主要是一些硅酸盐艺术品的碎片残骸。我已经重构了一些硅酸盐碎片的原貌，感觉和现在的涂饰艺术有些相似。

在这段地层中还发掘出了当时的建筑基础，勘测助手正在试图恢复这片地区的中古面貌。根据现有状况推测，这里曾经可能是一处四方形的小型聚落。它能够躲过晚期人类的狂轰滥炸和大面积的地下城市建设带来的破坏，被保留至今非常不易。如此看来，这片幸运之地与我的相遇，乃是天作之合啊。

随信附上一些遗物照片，满足一下你想见到实物的愿望，省点往返地球的飞船钱，毕竟我也没有经费帮你报销。

只是可叹我们对古人类的生活知之甚少，通过这些东西也只能瞥见冰山一角。考古学者的责任，不正是应该追寻历史之本貌、探寻古人之生活吗？这是一项和时间竞赛的伟大事业，像你这样只顾着追寻潮流的学人是不会懂的。

啊呀，不知道余下探方中的遗物里会不会有什么令人眼前一亮的存在呢？无论怎样，我都会写信给你的，因此也请你一定要回信给我啊。

顿首祝安，
时间竞赛选手 W

考古学家

发掘第三阶段：太阳系地球时间：05月09日

SøLəmon 主任：

敬启。

在 T233 号探方中发现保存完好的远古古籍一卷。现已开展梳理破译工作，详情已传至部内档案平台，烦请查收。

致礼。

驻地球发掘处助理教授巫#衡

【太阳系地球时间：05月12日】

致潮流学者柯君：

没想到一直被嘲笑游手好闲的我，也会有忙得四脚朝天的时候。回信稍迟，还请见谅。

虽然我说你是潮流学者，但并不会因此就失去对跨星系文化这一学科的兴趣。故而你乐意与我分享你的调研成果，在下是十分高兴的。

对于你提及乙弓族的民俗文化里是崇敬死亡的，并且相信死亡是时间的终点，也是永恒的起始点，这是个非常有趣的观念。我们自诩比乙弓族更加文明，掌握更多的技术，但是在时间问题上我们是平等的。没人能够真正理解时间是什么，没人可以掌控它。当我投身考古学这一伟大事业的时候，也是怀着能够更靠近"时间"一点的心态而做出的选择。

这样看来，潮流学者也有可能在某些时候和我殊途同归。

说到我最近忙碌的原因，乃是因为我在遗址中发掘出了一本保存非常完好（惊人得完好！）的古籍。一本远古人类古籍！我都可以想象到它登在今年的《宇宙考古》封面时的样子了。啊呀，看来教授也指日可待了。

但是地球的外部环境实在不适宜保存这本古书，我带来的仪器装备也不能全权保证它不受一点侵害。因此为了尽快破译它，我可能已经三天没怎么睡觉了。

扫描了其中一页传给你，不觉得这些符号非常优雅可爱吗？如果你无法觉得它们可爱的话，你是没办法理解它们想传达什么的。考古学就是这样一门"爱"的学问啊。

我现在马上就要解开这些神秘字符组成的密码本了，自从博士答辩以来，我还没经历过这么紧张激动的时刻。

你一定想知道这本书到底是做什么的，我也想知道。但毕竟一个故事总要在关键处留下悬念。那么，就请祝我成功吧！

知名不具的说书人

【太阳系地球时间：05月13日】

致我友柯君：

我成功了！！

虽然你可能还没看到上封信，但我实在忍不住想找人倾诉。唉，一点悬念都留不住，看来我是做不成说书人了。

出乎意料，我原本以为这本书可能与宗教相关，没想到是一本工程学书。它在讲述如何制造一台能够纺织纤维面料的机器，叫"织布机"。虽然并没十分搞清楚它的机制，不过如果能复原出来，也算是一项重要的科研成果。待我仔细研读研读，说不准我可以依照这书造一台古法织布机呢。

要回信给我呀，这样我才好再讲讲古法织布机的事。

困意沉沉的 W

【太阳系地球时间：05 月 20 日】

怀疑主义者柯君：

关于造一台古法织布机的事情当然是认真的，我是那样爱开玩笑的人吗？

想想看，如果真的可以做出这样一台机器，那就相当于重塑一个历史文物，重塑一个历史片段。通过这个物体，我们就能更贴近那些已经消失的日常生活，和那些消失的人共情，不是吗？就算不成功，这个过程和体验也是在追溯历史，也是非常美妙的呀。

不过我没想到的是，这个机器的建造意外地有点困难。关于它的信息，我现在能知道的唯一确切信息是在当时它被古人类称为"花楼机"，不过为什么叫这个名字、到底如何制造，这本书里写的却不是很好懂。我怀疑在翻译古文字符号的时候，可能还是有点错误，我需要和勘测助手再重新修正一遍。

但相信下次收到你的信的时候，我已经知道该怎么造它了。

古代工艺小能手 W

发掘第四阶段：太阳系地球时间：05 月 23 日

SøLəmon 主任：

　　敬启。

　　申请重构古代机械计划通过，需求材料已提交至您的公务箱，望尽快批复。

　　祝安。

驻地球发掘处助理教授巫#衡

【太阳系地球时间：05 月 31 日】

柯君吾友：

　　太阳系信息闭塞，我今日才惊闻南十字座发生动乱。不过看你的信件，大家应该都安然无恙吧？但说起来，ㄹㄢ族调研究竟何时才结束呢？就算是公费旅游也不能逗留太久，还应尽早回乡才是。毕竟连 S 主任这样铁石心肠的人都开始催我返程了。你也该尽早回来啊。

　　只是信件往来，削弱了离别之感，但细细一想我们也许久未曾见面了。等我在地球的 EA216 遗址项目完成之后，就可以从流放的状态中解脱出来，到那时我们一起去土卫二的老地方上喝一杯吧。

　　最近在造"花楼机"的时候（不是我夸口，我这台复原花楼机已经颇具雏形了），忽然又想到你寄给我的ㄹㄢ族调研报告中的只言片语。你说ㄹㄢ族虽然看似落后，实则颇具智慧，ㄹㄢ派哲学及宗教学甚至超过银河系中大部分生命体。

考古学家　　　　　　　　　　　　　　　　　　191

花楼机带给我的感受也是如此。地球让我觉得寂寞，人类让我觉得愚昧，但是现在立在我眼前的这个中古机器却让我觉得震撼。谁能想到充斥着废墟、污染、辐射的地层下面，承载着这样的历史和智慧呢？如果没有偶然地 EA216 项目，没有挖开 T233 的第 9 层地层，所有这些都将永埋地下。时间和过去被消解了。

"时间不是一个终点，也不应该是一种线性存在，"我记得你曾经这样说，"永恒即是瞬间。"或许这就是你为什么喜欢ㄛㄢ派哲学的缘故：他们和你的想法不谋而合。

现在我似乎理解了那么一点吧。果然，潮流学者的能力也是不容小觑的。

瞧不起潮流学者的人，是要被日后的自己嘲讽的。敝人正是个活生生的例子。

最后再问一遍，以示强调：你们打算何时返程呢？即使回到研究院，也要记得给我写信呀。

向潮流学者低头的 W

【太阳系地球时间：06 月 11 日】
致乐不思蜀的柯君：

复原花楼机完成了！真是可喜可贺的大事，自然要第一个告诉你。S 主任又在催我返程了。你具体回来的日期有定论了吗？

没有办法视讯真是遗憾多多，花楼机只有当你亲眼看到，才能理解为什么会觉得被打动。一百二十综一百二十蹑，这样一个原始无须任何电力、科技的装置，只要有口诀，按照规定的方法，就可以编织出任何你想要的图案。如果夸张来说，它可以编织出整个世界。

很酷吧？我虽然不是潮流学者，但是却复原出了一个潮流装置，也算小有所成。

看到它，我又不禁胡思乱想。如果将每一综、每一蹑看作是时间中的坐标点，那么是不是可以用花楼机编织出一个人的人生，甚至一个时代的历史呢？

越想越糊涂，可能还是交给机敏的你比较合适。哲学是你擅长的科目嘛。就不要难为我这么一个考古民工了。

希望快快得到你回程的消息，这样我们就可以相约土卫二了。

祝一切顺利。

糟糕的比喻使用者，哲学苦手 W

【太阳系地球时间：06 月 20 日】
致挚友柯君：

我要如何开头呢？习惯了插科打诨，这么严肃地写作，可能除了论文和面对 S 主任之外，很久没有过了啊。

去年刚刚获知你遇难噩耗的时候，我整夜整夜无法入眠。那时我总在想，如果你从南十字直接返回研究所，如果我没有约你去土卫二喝酒，如果你没有那趟经过地球的太阳系航班，你现在是不是依然存在在我的时间里？你的时间是不是就不会走向终点？而我也无须在这个寂寞星球上考古，无须自欺欺人地写一些失去了收信人的信件，就可以面对面地和你闲扯些什么"S 主任是魔鬼"，或者调侃"潮流学者"的话题。

你未能赴约前来，所以我来找你了。我想救你回去，其实自私地说，更想让你拯救我逃出这段被困住的时间。每一天我都宛如在重复梦魇。我希望你活着，希望时间回流，希望改变过去。

我很想你。

时间到底是什么呢？你曾经跟我讲过很多ㄈㄢ派哲学的典故，但我一直觉得很难懂。为什么要庆祝失去？为什么能理解死亡？所谓时间并非线性的，听起来更像是一种逃避。只有当时间不代表一个目的地的时候，才能消弭这种对未知的恐惧。

我是一个考古学家，在时间里寻求真相，我想靠近时间。但我更知道时间其实意味着不可挽回，意味着遗忘。就算拼凑起了属于 EA216 遗址的历史和时间，但在这之外更广阔的时间，仍是一片空白。

但我现在或许理解了一点。时间是平等的，不只是对ㄈㄢ族人和我们，而是对过去、现在和未来。时间都是平等的。总有被遗忘的和被铭记的。它们都不是终点，它们是存在过的无可替代的瞬间。

你看，我也并非没有长进。我可能还是个糟糕的只知道下笨功夫的考古学家，但我至少会把握那些永恒的瞬间。就像花楼机按照口诀就可以编织出整个世界，那么我只要还保有和你曾经的每一瞬间，它们就可以编织出一个"你"，你就永远在我的时间里。你是永恒的。

　　这应该是最后一封信了，就让它们和 EA216 遗址一起留在地球吧。这或许会成为未来地球考古的重要文献也未可知呢？

　　找到你了，我很开心。再见，柯黎。

你永远的，
巫#衡

发掘第五阶段：太阳系地球时间：06 月 21 日

SøLəmon 主任：

　　敬启。

　　复原花楼机已完成。EA216 遗址勘探项目已完成。原星际文化交流院助理研究员柯–黎遗体已找回。计划于明日启程返航。

　　谨祝诸事顺利。

驻地球发掘处助理教授巫#衡

许倍宁

无尽游走

　　　　　　＊　　＊　　＊

　　按停闹钟后，林悦像往常一样捕捉到隔壁淅淅沥沥的流水声，她等着那声音落下——那大概是在五次呼吸之后，坐起了身。

　　寄住在王雨容家已近三个月，林悦习惯了这样规律的早晨。她把头发松松一系，去厨房烤上面包，再回房间洗漱。卫生间里敞开着的洗衣机散发出干净的香气，半眯着眼洗脸时，她回想起昨夜梦中的幽暗里，一片草苗肃穆地立在眼前。那里的她随着同样一阵隐约的香味转头，模模糊糊直面上王雨容尚稚嫩的面庞，而对方眼神失焦在层叠枝叶掩饰着的远方。她用胳膊撑起自己的身体，在摇晃着偏向同伴的瞬间，如愿捕捉到更确切的香。一切都好着，林悦抬起头，安心看向南方鲜艳的蓝色夜空……

　　咚咚——

"我进来啦？"

"来，来。"

王雨容推门进来，拿起林悦丢在洗手台上的牙膏，"今天要出发去考察啦，"她挤出电视广告里的模范形状，抬头说，"悦悦，你确定自己真的可以吗？"

"我可以的，不行我就搬回中心去住。"

"照顾好自己，不行就多歇歇——去海滩玩。"

"我挺好啦，你别担心，好好考察吧。"

"那不是的，说是例行生态考察，但探测器、打捞网样样不少，路线也是。"王雨容刷牙时候说话声音呼噜噜的，"不过我不贪心啦，能出海看看就不错了。你们这么久又在做什么呢？"

"嗯……我只能说又来了一批艺术考古学者。"

"所以你怎么想？你真的觉得它们的信息可以破解吗？"

林悦想起研究所里张贴的行行数字与字母代码、令人昏睡的微观世界知识讲座、公共邮箱里垃圾广告一样时刻更新着的画作，还有上周欣赏的数字音乐……

"我不知道，我只能说其中信息的确丰富有逻辑……但那又怎样？"

"是啊，又怎样呢？"王雨容吐掉泡沫，两个人通过镜子对视着笑了，"到底谁会觉得这是人类一切问题的解药？"

落入热油的蛋清孕出一片油泡，滋啦滋啦的声音在厨房里回响，林悦随着太阳穴的抽搐回忆起昨夜梦境里的星星。

那里，它们像蚊虫一样快速地来回飞游，交错的轨迹把夜空照得更亮。她慌着拍身边的王雨容，却看到对方看着天空一动不动，眼神那么认真。

＊　＊　＊

没人知道"蜉蝣"是怎么突然出现的，近一年来，林悦听说过各种说法：是数量暴增的微小生物，是无意义的海洋垃圾，说它们与几个世纪前落在那片海域的陨石有关……是外星人的探测器？或它们给地球的启示录？——蝴蝶鳞片长100微米左右，细胞尺度在10到20微米之间，染色体直径0.2—2微米，病毒尺度在0.1微米以内，这种体长1—2微米左右，正位于布朗运动范围内的海洋漫游者，一经发现就吸引了全球的注意。

汉语世界的命名者称其为"蜉蝣"，新闻播报员提到它们时总吟诗似的把语调拉长——林悦不喜欢他们矫作的感情，也不喜欢这个命名——它们没有生物的 DNA、RNA 或类似的遗传信息，从未被观察到繁殖现象。更重要的是，至今人类都不知道它们是否会死亡，无怪乎在其被初次发现的一两个月里，媒体纷纷将它们与生命力顽强的水熊并举，轻易地获得了现代人的千万关注。——无死何言生呢？林悦深以为然。只是它们确实运动着——是可以被在字面上称为的"动物"啦。

——至少它们与尘埃是大不同的：每只“蜉蝣”都携带着超其体量的信息，这信息密度虽未高过地球生命拥有的DNA，但已远超人类电子信息存储的创造。然而，从外形上看完全应当被视为一个群体的“蜉蝣”们，携带的信息却少有相似。人与猩猩的遗传基因相较仅有不到2%的差异，而“蜉蝣”们带的信息却千差万别。

团队里各类学者试图用各种方式切割信息，也尝试以各种方式表征它们，自最初几版电镜图向社会出版后，语言学、文字学、密码学、动物行为学……各门类的学者，以及书法家、画家、音乐家……形形色色的艺术家，都在尝试诠释这信息，或是再表达。

不止一位学者曾在采访中告诉人们：“蜉蝣”们的信息虽少有重复，但分享着同样的逻辑，当你观赏完上千篇“蜉蝣密码”，你会发现它们的诉说充满韵律。一位先锋音乐家根据无穷无尽的蜉蝣信息作曲，那些乐曲很快成为各国咖啡厅里最受欢迎的背景音乐。

但林悦有自己耽溺的谜题世界，关于“蜉蝣”，她只是一个漫不经心的热点新闻听众。

* * *

半年前，林悦接到王雨容的电话时，正盯着电视恍惚。电视里，那个成立不久的“蜉蝣密码”研究所周遭明显繁荣了不少。除了从各个领域招聘的专业研究员，记者与艺术家也蜂拥而至。与林悦长期合作的古文字专家张闻是新一批被派往研究所的学者，他刚在聚会上与她道别："你一定没认真看过那些图案，要不我无法相信你竟毫无马上出发的欲望"，而她笑着，尽量不让对方从她的祝福中读出冷漠。

自从林悦爱上艺术人类学，一头扎进晦涩的岩画和祭祀乐歌中，这道别聚会是她多年来第一次感到孤独。都去研究"蜉蝣"了，曾愿以毕生探索"人"这一美妙谜题的人们，转眼都爱上了只有用显微镜才能看见的"蜉蝣"。他们真的相信，这些小虫能给他们前半生尽心研究的人提供更多知识吗？她倒在家里的沙发上，又无奈又想笑，以至于看到来电提醒上"王雨容"几个字时，都没反应过来这是她一场争吵后就十年没见的高中好友，就匆匆接听。

在林悦下定决心不再送出生日礼物之前；在把聊天记录发到朋友圈里，将她们之间的破碎宣告给全世界之前；在她们争吵之前……在高中毕业之前；在一次次放学后的送别之前；在所有躺在草地上看虫和坐在走廊里聊未来，和所有的故事之前；在她们不再是同桌之前……林悦第一次对妈妈谈她的同桌：她叫王雨容，她和我一样高，她英语好厉害，她每天读着封面上是鲸鱼的英文杂志……这样说，王雨容倒是该爱上"蜉蝣"的。

"喂？好久不见啊，悦悦。"

"啊？你好，"她一懵，把手机从耳旁拿下，再看一眼来电提醒，声音颤抖着："你好啊，小容，是好久没见了。"

然后她听着王雨容也向她说起"蜉蝣"，告诉她正是她们的海洋科考船发现了目前最大的一处"蜉蝣"聚集地。大量样本让"蜉蝣密码"研究突飞猛进——中心正在招人类学家，虽然我不太懂这个，但听说已经可以解出一些逻辑了，你会来吗？

于是，过去的半年，林悦匆匆搬到这座海滨城市，在分配的宿舍里交杂地读着甲骨文和"蜉蝣文"，经历了一段时常惊恐发作的日子后——后来语言小组的不少成员都经历了相似的精神危机——终于接受王雨容的建议，搬进了她家。比起眼前的一字一句和半年里的见闻，十多年前发生的事，她更记忆犹新：是每夜道别时王雨容认真地看进她眼睛，说"悦悦，路上小心"；是后来朋友们在群里传着从两人身后拍下的头发散飞的背影；是所有人都还有无限可能时候的课间，王雨容挂在她身上，两个人嬉闹着在教室里摇晃。

很多年前，她们都知道人越长大可能性越小，在走廊里看星星时一起迷茫。后来，突然到来的争吵让她们十年没来往，林悦开始怀疑，是不是人越长大，也就越难有停留在同一个城市机会，更难与故人再交好。现在，三十多岁的她们以未曾想过的慢速，开车一起行在海滨公路上。

* * *

清晨的阳光多么新鲜，它蒸起南方浓密的雾，藏住时节。

一只只海鸟从雾中飞来，林悦将头转向海岸，那开紫花的爬藤植物——叫什么来着？——勾勒出沙与石的界限，堆在道旁棕榈树的脚下。蓝、绿、黄之间的紫色是妖魅的，她好像看到它们一步一步爬满海滩，形状在她每一次眨眼时都瞬息万变，张牙舞爪地扑向她们的车。不要这样——她迅速把头扭了回去。

"悦悦？你怎么了？"

"没事，"她摇着头说，"你知道那些紫花叫什么吗？"

"紫花？哦，那是厚藤，可以在沙土上长，所以被用作海滩固沙植物了……"

林悦在对方的解释中深呼吸，想起那天在中午下班去食堂的路上第一次惊恐发作——那时她揣摩着刚读过的材料，余光里的草地和它的甜香突然颤抖了，道旁修建成球的龙船花丛也开始闪烁。她奇怪地看看周边，还是陷在思绪里沉默，尽量走成直线。终于在使劲把乳白色的托盘向食堂窗口里伸的时候，被大叔的高呼打断思路，"哎？你怎么回事？放回去，放回去，放桌子上就行了。"

"好的，不好意思哈，师傅。"

啊？她转身向就餐区走，为什么窗口伸出的饭勺总能准确找到她的盘子？为什么蓝色的拖把不会突然闪到她的脚边？食堂吊灯白得安静，它为什么不会突然摆起？电子钟红色的字迹一步一步跳动怎么能那么规律？一切，所有的桌子椅子，所有的人与事，环境，身体，她的记忆，它们会不会在下一

无尽游走

秒消失？——是什么如此确定地立在她面前，替她立在纷乱的世界上，或为她闭上一只足够现实的眼？

"物理规律是人们通过现象总结出来的"，这眼睛现在睁开了，或许所有微粒是在世界测得她眼外肌变化的时候迅速聚集的，她睁开眼的时候，还感到它们因为刚排好队列而慌张得颤抖。

"所以……你们现在是在解密码吗？"街道旁纷飞的紫与绿，随王雨容的声音安静下来，谢谢，林悦在心里默念，"是呀，之前做这个的人很多，但我不是，我们现在……可以说是在根据蜉蝣的习性猜测它们突然有语言的原因？来这儿之前，我研究的是人类语言演化史嘛。"

"从动物叫声开始？"

"哈哈，那也不是啦。"

"动物的不是语言吗？"

"对呀，我们会这么认为。"

"为什么呢？"

"比如说，人类语言有离散性，意思是语言可分为大小不同的单位，小单位可在规则制约下组合为大单位？"——美国当代语言学家、人类学家霍凯特（Charles Francis Hockett）提出了自然语言的 13 个结构设计特征，其中的"离散性"与"结构性"被认为是其中最根本的两个特征。——她想起告诉她这些的邓老师，他比她早半年到中心，现在是中心语言解码组的组长。

"还挺有道理的，那语言学家们会怎么解释动物为什么没有这样的语言？"

"有很多种说法吧，比如发声器官限制、大脑片区缺失——当然是跟我们比较。也有说是因为社会体系不够复杂的，因为语言是用于社会交际活动的。"

车跟着红灯停了下来，海鸥却沿着海滨继续飞，"那你觉得呢？"王雨容像以前一样不眨眼地转头看着她。"我感觉你会生气哎，"林悦抬起头对她笑，"其实我觉得是动物没有更复杂的意识，没有什么必须得用语言传达的信息了。"

* * *

因为王雨容所在的考察队，人类发现了第一个真正意义上的"蜉蝣"聚落。它们大多密集地漂浮在水面，其他漂游在聚落附近的水下。与此前收集到的样本不同，整个聚落包含的信息密度远小于分散的样本。经过逐一分析，科学家们发现，漫游于水下的个体均携带有一定长度的信息，且一般情况下离"聚落"越远的漫游者，携带的信息越长，而许多漂浮在水面上的"蜉蝣"甚至不携带任何信息。学者依据不同"蜉蝣"携带信息量的差异做出判断：蜉蝣携带的密码绝不是遗传信息，而是具有一定自由度的自我创造。

与此同时，尽管这种信息仍不能被恰当地翻译成人类的任何一种语言，来到这里的学者们已掌握了一种阅读方法，这技能只能如密宗般传授，很快成为整个研究所的焦点。林悦在前同事的引荐下加入研讨班，马上注意到文献中重复的语言片段，脑子里竟翻涌起《诗经》乐歌令人着迷的节奏。她发现，所有"蜉蝣密码"的韵律似乎都不约而同分成两段，前一段温和平缓，闭上眼睛就是作息规律的高中时光，夹杂着一两个因为欢笑和谈心而来的高音。而后一段总让她恐惧，那紧张是渐来的，当她意识到其中的气氛时，往往发现自己已手脚冰凉。几次在研读至睡着的梦里，她都发现自己正从崖边坠落。醒来时，林悦总一身冷汗，出门遇到同屋的王雨容，还要花时间琢磨自己究竟为何又和她住在了一屋。

王雨容离家的第二十天，林悦第二十次没能在闹钟响后及时起床。夜里，她走到装着数百只已经过信息登记的"蜉蝣"的鱼缸旁，打开王雨容从船上带来的特殊灯——只有用它，两人才能在夜里微微看见这些将她俩重新联系在一起的生命不着边际的漂游。

林悦的水杯放在花瓶旁，不知何时落入了红色的花粉。布朗运动，悬浮在液体或气体中的微粒所做的永不停息的无规则运动，也是不能自主运动的智慧生命"蜉蝣"的运动。永不停息的漫游是怎样的呢？你们在为自己飘荡的生命写怎样的诗？

她想起来海边的第一夜，和王雨容坐在海滩上渔民的船里，默契地对争吵一字不提，笑着回忆高中时背《赤壁赋》。当然是为了那一句"驾一叶之扁舟，举匏樽以相属"，然后是

"寄蜉蝣于天地，渺沧海之一粟，哀吾生之须臾，羡长江之无穷"。那时，她们还不知道"蜉蝣"生命有不拘于端粒和自由基的生物本质上的无限。——一个月后，她们得知"蜉蝣"不会死亡，种群还经历了从水面到整个水体的扩散。

那么现在，拥有无穷生命的"蜉蝣"，想见的人有无穷的生命去见，想去的地方可以等着水流在无穷的时间里送你们遨游。从海面到深海，越成长越能向自由而无尽的地方去了，你们有什么需要写成重章叠句的哀愁？

* * *

林悦仿着一位语言学家为"蜉蝣"拟定的语音吟诵它们的诗，桌上质感如海玻璃的花瓶里，已经开败的百合随着她吟的诗形状不断变化。桌、椅、鱼缸、水杯，远远近近的事物，手指、衣角和搭在眼镜框上的长刘海，它们都闪烁着涌向她。

我不能相信自己是怎样在这不断向我涌现着的世界里，心安理得地活了三十几年了，她闭上眼想着。人为什么会有意识呢？算不上是演化语言学的问题，却一定是自己的问题。如果让她给一个答案，她会选"痛苦"。如果世界上没有矛盾，她是会如同机器一样，每个器官顺应着所谓的"物理规律"安安稳稳地运转。世上的每个人也都将就此运转下去，不需要自主意识，不需要悲欢离合的感情，就能度过一

无尽游走

生——这是曾经漂浮在水面上的"蜉蝣"没有携带任何信息的原因吗?

一个电话不凑巧地打来,她闭眼摸过去,——喂,您好?——是林老师吗,这里是中心的理科部,我们有一个最新发现,中心希望文科学者也能了解,尤其您是做……——演化语言学。——对,对,不好意思我不太熟悉你们的领域。——嗯,没事,您说吧。——经元素放射测定,我们可以确定每只水中的"蜉蝣",都曾经历过只在水面漂浮的很长一段时光。——哦,这我知道,他们上周和我说了,它们从二维平面到三维水体了。——那请问您知道"随机游走"理论吗?——您讲讲吧,我不太清楚。

"用数学语言的话,就是说在二维网格中随机游走,最终能够回到出发点的概率是100%,但在三维网格中随机游走,最终能回到出发点的概率只有大约34%。通俗的话,那就是'喝醉的酒鬼总能找到回家的路,喝醉的小鸟则可能永远也回不了家'。"

林悦沉默了一会儿,"我明白了,谢谢你打来电话。"

放下手机也是该睁开眼的时候,桌椅、鱼缸、鲜花、酒杯……还有卫生间散发出来的熟悉的洗衣液的香气,没有意外,一切都向她汹涌而来。我明白了,林悦开始拨号,我早该明白的,拥有无穷生命的"蜉蝣"在二维世界里总能再相逢,三维里就只剩大约30%的可能。不知道是什么突然改变了它们的活动范围,让它们突然能够潜入水下,但人类见证了这一刻："蜉蝣"，古老而沉默的智慧生命，无限时间的拥有者，在这个世纪，为从未经历过的突来失散，第一次创造了语言，将思念之痛随海浪传向各方。

我早感受到了那慌乱，但我从来不是靠布朗运动漫游于世的生物啊，林悦按下最后一个数字。

"喂？悦悦？你还没睡啊？"

"我读懂蜉蝣的诗了，小容，小容，你听我说。它们是用无限生命抵御随机相逢与随机失散的生命，虽然它们游向深海，最终败在了第三个维度里的数学规律里。但我不是啊，我自己的手足带我在世界上走，我可以给你打电话，我可以选择走向你……而且，我们更不是像'蜉蝣'一样，能长久驻留于世的生命啊。你知道吗？'寄蜉蝣于天地，渺沧海之一粟'的只有我们自己。所以，所以，小容，我太激动了，感谢世界让我有足够复杂的语言。我想告诉你，从你打电话来我就开始喜欢'蜉蝣'了，我多喜欢去研究所的海滨公路和你教我认的厚藤，我多想在'蜉蝣'不再是困扰人类的问题的时候，也能待在你身边。"

长孙依蓬

生　长

如果将人生的胶片倒放一遍，会是怎样的光景？发条锈蚀，缓慢停滞，心跳寂灭，生命凋零，一抔黄土，一梦归尘。中年成家，柴米油盐，儿孙绕膝，享尽天伦。青年奋发，豪情万丈，勇敢逐梦，踏浪天涯。年少懵懂，求知若渴，细雨潇潇，静倚课堂，书声琅琅，悠然回响。婴啼初响，划破寂夜，风火降临，重塑新生。顺着命运的脉络生长，迎接生的无限可能。

——题记

　　先导片：一个女孩信心满满，来到一座新的城市，准备闯出一番天地来回报父母。但是这座城市对她并不是很友好，连续的加班使得她每天睡不足 5 小时，对门的男子看她的眼神充满了调戏和玩味，甚至在电梯里占她便宜，但她没有足够的钱、足够的时间和足够的精力去另外租一个房子。这里没有亲人和朋友，孤独、恐惧、失望包裹着她，在一个加班的夜晚，她站上了公司的高楼，一跃而下……

生　长

"亲爱的观众朋友大家好，很高兴又在这个时候见到了大家，这里是《朋友，你好》节目，我是主持人萧筱。看完视频大家可能会猜本期到底会讲什么呢？那我在这里也就不卖关子了，本期我们的主题是'生长'。'生长'这个词语，大家可能并不陌生，我们很容易地可以想到小树苗长成参天大树、小蝌蚪变成了青蛙、小婴儿变成了成熟的大人……这些都是生长，我们每个人，每一天都在生长。而我们今天的主题，是打败身体里那个'丧'的'我'，浴火重生般的生长。我们今天的嘉宾是苗茂心理咨询机构的经理苏渺，让我们用热烈的掌声欢迎苏女士。"

台下响起掌声，一位身着白色套装，十分有气质的女子登上了舞台，她亲切地跟大家招手。

与此同时，大屏幕上出现了苏渺的照片和对她的介绍。苏渺，39 岁，2230 年于复旦大学毕业，2233 年于北京师范大学心理学专业毕业，随后于斯坦福大学留学 2 年，现任苗茂心理咨询机构的经理，从事心理学行业 12 年，治愈了近 4 万人。

"苏渺女士您好，很荣幸能够请您来到这个节目。大家伙刚才的掌声很热烈，我们也通过提问箱收到了大家想问您的一些问题。因为现在社会压力也在一天天增大，大家的心理问题也在增多，所以大家比较关心的一个问题就是怎样判断自己的心理状态是否健康，出现怎样的症状需要就医呢？"

"嗯……在高速发展的现代社会，有压力很正常，短时间的消沉和'丧'是正常的，大家只要及时地调整就没有什么问题。而一般来说，沉浸在压抑、悲伤等消极情绪中超过一周，并且伴随有经常性的自杀意念和失眠现象就需要就医。在这种情况下最好先把自己的情况告诉家人或者身边值得信任的朋友，之后可以进一步地拨打心理热线或者去医院进行咨询和治疗。"

"谢谢苏渺女士，也请大家一定不要轻视这些症状，正视这个问题。接下来我们看一下第二个问题，这个问题也是问的人数最多的一个问题，请问应该如何应对生活中的压力和不如意呢？"

"首先建议大家一定要先冷静下来，可以干一些别的事情来转移注意力，在这之中让自己得到放松和休息，比如去跑个步洗个澡，听听音乐，看一场电影，吃一顿美食，等等，这样才能保证自己以一个较好的状态来应对接下来发生的一切；其次大家要学会和自己和解，要对自己有信心，要相信自己可以解决一些问题，可以积极地暗示自己'我能行'，每天起床对着镜子给自己一个微笑；接下来大家要对问题有耐心，理智地分析事情和问题，然后慢慢地解决。最后，大家要学会倾诉。可以与朋友、家人交谈，也可以用写日记的方式倾诉和排解。"

"谢谢苏渺女士，接下来我们将迎来今天的重要环节——故事分享，让我们把舞台交给苏渺女士。"

"大家好，我是苏渺，很高兴能够在这里跟大家分享我的故事。可能大多数人都认为我会分享一些职业经历中的事情，比如我是怎样走到很多人都羡慕的这个位置的，可能这是一个比较容易想到的'生长'。但是我今天带来的故事中的生长，是一个另类的、但是对我具有重要意义的生长，下面就让我来一一道来这'不曾说、不能忘、对我而言只适合珍藏'的'生长'吧。"

"在 20 岁那年，我经历了一个和先导片中的女孩相似的时期。那时候我来到了一个离家很远的地方读书，随着来到大学时间的增加，和一些老朋友的关系也在变淡，但是我在学校却没有交到要好的朋友，所以我感到很孤独。与此同时，我的学业也遇到了一些难题，我的成绩在这所学校并不靠前，我甚至没有努力的方向，我感觉我对不起父母给我的生活费。谈了个男朋友，他是我的初恋，我们在一起有过短暂的美好时光，但是事后我才知道他是因为玩游戏输了才和我在一起的，他从没喜欢过我，他喜欢的是另一个女生。时间仿佛凝固在了那个痛苦的时间，我感觉自己什么也干不好，每天都活在痛苦与自我打击中，我的人生失去了意义，我对一切都丧失了兴趣。在一个深秋的下午，我出了校门，在街上漫无目的地走着，等我察觉时，我已经站在了一栋既不高也不低的楼房前，对于那时的我而言，这仿佛是上天的一个暗示，就在这里结束我的生命吧，这里似乎没什么人，至少在我掉下去的时候，不会伤及无辜，就这样想着我上了楼顶。站在那里，我吹了一会儿风。等到人稀少时，我深呼了一口气，正准备踏向楼房的边缘，一个中年女人拉住了我，我不知道她是什么时候出现在那里的，当时的我想推开她，但是她拉得很紧，我抬起头，看见她泪流满面。我愣住了，在这个陌生的城市，我第一次在别人的脸上看到了这种的关心，它就好像是黑暗中跳跃着的小火苗，照亮了我那正处于极夜世界的小小一角。在阿姨身上，我也感受到了一种深深的悲伤，它的程度是那么深，好像超过了我的悲伤。可能是这份关心和悲伤在我和她之间建立起了联系，让我跟着她离开了那个天台。阿姨带我去吃了火锅，她笑着说，这是冬天的第一顿火锅。我们聊了很多，但是所有的这些都无关我那天的轻生，吃完饭，她去结了账，把我送到了学校。临走前，她递给我了一张纸条，上面是她的联系方式，她说，'孩子，答应阿姨，如果还有那种想法的话，就打这个电话'。我点了点头，看着她离开，刚刚包裹着我的暖意逐渐消散了，我又被悲伤和'丧'缠绕，躺到床上，我努力使自己平静下来，想着那顿火锅的聊天，我慢慢地进入了睡眠，那是我那段时间睡得最好的一觉。"

"所以大家认为我打了那个电话吗？"苏渺看向台下，大家在好奇地猜着，她笑了笑，"是的，可能和有些人想的一样，我最终打了那个电话，那个阿姨来学校接了我，接下来的一段时间，我们花了很多时间和对方交谈。阿姨告诉我，她是一个科学家，几乎每天都泡在实验室，所以疏忽了女儿，女儿一直都很开朗、乐观，以至于她没有发现女儿得了微笑抑郁症，女儿最后跳楼的地方，就是那天我去的那栋楼。在女儿去世以后，她也转变了研究的方向，她开始关注社会上那些和女儿一样的人，那些想要寻死的年轻人，她读了很多心理学、哲学的书籍，她想要这些年轻人好好活下去。阿姨还带我参观了她的实验室，她发明了一台'模拟人生旅行'的机器，她试着用这台机器来帮我们解决问题，也是在这台机器里，我完成了那次'生长'。机器的使用方法很简单，只要将我的故事输入这台机器（越详细越好），再测量我的生理指标后，这台机器就可以模拟我的人生（当然，阿姨也强调了，这只是对于人生的一种模拟，并不是我们每个人真正的人生）。打开这台机器后，我会进入一个'异世界'，之后像做梦一样地去经历我的人生。'异世界'不属于未来，也不属于现在，它是模拟每个人人生的一个独立的空间，在'异世界'里，我的身体、行为、表情和感情不受这个世界的我支配，我只能意识到那个世界的'我'的行为。阿姨说到目前为止，这台机器的治疗过的只有两个人，她们当中的一个出国深造了，前段时间还发了她的照片。另一个遇到了她的另一半，过上了幸福的生活。在那个觉得一切都无意义的时期，鬼使神差中，我决定要做一次人生旅行。"

"我跟导员请了十天的假。第一天，我花了一整天的时间回忆并输入了我这 20 年的人生中发生的事件和经历这些事件时我的想法。那些我遗忘的部分，在输入我的信息后，大数据会自动帮我补全。第二天，为了让自己有精力去迎接接下来的人生旅行，我在实验室好好地睡了一觉，轻松地享受了一日三餐。第三天，我准备开始第一段旅程，阿姨告诉我这可能会持续2—3天。随着机器的启动，我来到了'异世界'，我躺在天台的地下，有血从我身体里流出。不一会儿，赶到的医生宣布我的死亡，我看见千里迢迢赶来的父母悲痛的表情，好想告诉他们我还活着，但本来就控制不了这个世界身体的我又如何能使这具已经失去生命体征的尸体说话呢？我被盖上了白布，也许不久后就会被火化，然后再埋入泥土中。时间在这里快速流逝，我看见了朋友和家人的悲伤，看见了父母即使年龄很大也只能孤单地互相陪伴，并且坚持工作，因为我是独生子女，没了我，谁去赡养他们呢？我突然发觉我好自私，死亡真的是一种解脱吗？我想流泪，可是在这个世界已经没有了身体的我连这一点都做不到。在我极度后悔、恐惧与愧疚之时，画面翻转，我站在了学校的食堂，电视上显示此时的时间是2228年10月13日，我听到了有一个清脆的女声喊我的名字，转过头，她高兴地向我走过来。'快去麻辣烫那里排队呀，再不去人就多啦，我帮你拿餐具。'我听见了我说'好'，然后我走向了那个的窗口。在以后的日子里，我知道了她叫阮虞，她会和我一起上下课，陪我吃饭，带我出学校玩耍，还会教我一些学习的方法。在意识里，我不知道我是怎样遇到她的，我只知道，我当时的心情和'异世界'中的自己脸上的笑容是一致的。阮虞带着这个世界的我参加了许多活动，锻炼了我的经验，也让我交到了很多好朋友。我和阮虞在学校的时候是激情学习，在暑假的时候除了实践和实习，我们一起去过很多地方。我们夏天背着氧气瓶去了西藏，晚上裹着厚外套躺在草地上看美丽的星空；秋天来到了漠河看极光；冬天在海南环岛路上骑着单车，吹着海风；年末的时候为我们一起吃了火锅，来到小广场上看电烟花，在光棍节时去小吃街游玩，互相开着对方的玩笑又默默地祝福对方可以遇到一个好人……"

"阿姨叫我吃了饭，休息了一会儿后，我再次来到了异世界，阮虞出现在了我手机的视频中，我们已经毕业了，她去国外留进修哲学，而我留下来读中文的研究生。虽然我的身边没有了她，但是我们还会经常联系。渐渐地，我的周围也多了其他朋友的陪伴，研究生的日子很忙，但并不像现实的这个世界那么让我沮丧，我还有一个很温柔、善良的男朋友。另外，在此期间，做家教和上传教学视频让我有了一定的积蓄，我开始给家里打钱，会在过节的时候给爸爸妈妈买礼物。异世界的生活简直比现在幸福太多。但我忘了阿姨说过，异世界也是对于现实人生的模拟。转眼间，我研究生毕业，在一家报社做了编辑，之前那些单纯的幸福在我入职之后开始掺杂了其他因素，职场的生活并不像大学那样单纯和简单，在处理好我的工作的时候我还要应对来自其他同事的'小心机'，长时间盯着电脑屏幕，我的视力开始下降，由于时常加班到很晚，我的睡眠也严重不足。在这个时候，我的父母离婚了，奶奶也因为重病住进了医院。我申请了线上办公回去和爸爸替班照顾奶奶，本就不足的睡眠更是所剩无几，看着病床上瘦得皮包骨头的奶奶，我突然觉得生命真的很脆弱。在寒假的时候，我回去陪妈妈。她和爸爸的婚姻并不幸福，爸爸脾气暴躁，不太讲道理，有时还会对妈妈动手，这场婚姻给妈妈带来的打击是巨大的，中医说她有郁症，在那个时候我害怕了，妈妈生我时有产后抑郁症，辅修过心理学的我知道，这种病的复发率是很高的。我家在偏远的小县城，妈妈不肯跟我去大城市看心理医生，在一年里她消瘦了 10 公斤，持续性地失眠，对周围的一切都失去了兴趣，脸上的笑容也变少了。我开始捡起辅修心理学时的书，想要自己试着去帮助妈妈，但我不是专业的心理医生，短时间内我并没有找到其他更好的办法，我能做的只有帮她熬药和给她陪伴。我看见那个世界的我在白天坚强地应对一切，晚上也会偷偷躲进被子里流泪。那个世界的我，面临着比现实世界的自己还要凌乱的一地鸡毛，但她比现在的我坚强。"

"又经过了一段短暂的休息，回去时是我在给奶奶烧纸，我感受到了自己强烈的自责和愧疚，因为故乡的冬季防疫政策，我没能赶回去见到奶奶最后一面。那时因为长期睡眠少的原因，我的身体状况也在变差，我知道自己不能这样下去，我在白天更加地争分夺秒地赶工作，两头跑来陪伴父母，夜里我则留给了自己睡眠时间去休养身体。科技的发展使得大部分工作都开通了线上和线下两条通道，这也给当时的我解决问题带来了很大的帮助。每天奔忙的情况下我和男朋友的联系也日趋减少，我提出了分手，他值得更好的女孩，可以陪他很久的女孩，他不同意，那是他第一次跟我生气。之后我们断了联系，没有说分手，但我没有时间去思考这件事情，我在努力地与现实斗争着。虽然那个时候只有我一个人，但并没有强烈的孤独感，我感到了那个自己身上用不完的力量和很强的韧性。又是一年冬，很久没见的男友提着礼品来了我家，他提出了跟我结婚，他对没有联系我感到抱歉，这一年内他在拼命地攒钱，他带来了房子的钥匙、车钥匙和钻戒，他想和我一起面对这一切。在那个元宵节，我们举行了婚礼，那个冬天好像没那么冷。"

"日子就这样过去，不知不觉已经过去了3年，我看到妈妈渐渐胖了一点，睡眠好了，对生活有希望了，她开始在阳台种下新的花朵。在我持续地跟爸爸交流和给他推荐书籍后，他的思维渐渐没有那么偏激了，也学会了满足，一切都在慢慢变好。我生下了两个孩子，生活重新变得热闹起来，之后的日子平淡而美好，和平常的人一样，生活中也有不如意和力不从心的时候，但总体而言却平静美好。"

"暮年时分，我躺在病床上，周围是和我一样的生命垂危的人，病房里有他们低低的呻吟声和亲朋的啜泣声。他和我们的孩子站在床边，眼里满是不舍。我的力气好像都被抽走了，移动一下都很困难，我只能给他们一个笑容表示安慰。我能清晰地体会到死亡将近的感觉，近在咫尺，近到我不知道我是否还能活过下一次呼吸。在这一刻我明白了以前人们曾说的'时候到了'，在失去意识的前一秒，我突然有强烈的活下去的意念，我好想再陪一陪，留下来的人。"

"两天时间已经过去，异世界的时间比现世的时间要快得多。体验完这一生的我心里五味杂陈，我明白自己之前做了一个错的选择，我跟着异世界的那个我紧张过、害怕过、哭过、笑过、也无力过，甚至跟着她一起经历了死亡，好像一瞬间我就明白了什么是生活。老实说，在异世界死亡的那一刻，我是害怕的。我选择了死亡的方式，却未曾想过死亡和死亡后的一切。阿姨拍了拍我的肩膀，让我好好休息一下，再体验一次特别的旅行。"

"在第二次的旅行中，我不是那个真切的参与者，而是一个观影者，站在异世界的人们看不见我的角落，观看着那个世界的我的人生。我看见病房里的那个我已经没有了气息，机器'滴滴滴'地响起，那个我已经没有了心跳，房间里传来孩子和他哭泣的声音……公园里我和他肩并肩坐在长椅上看着日出，还是冬天，旁边的孙子和孙女正在雪地里奔跑嬉戏，他们身后又跟着我们的孩子，我觉得这幅画面很像那个词语——岁月静好。画面翻转，我看到了中年为孩子奔波的我，也看到了奶奶去世那段时间无助的我，再次看到这些我当然还是会唏嘘，但是没有了当时的紧张和慌乱，更多的是平静，因为我知道这些事情在后面都会被解决。这次的旅行中还有我前 20 年的人生，为了理想，我坐上了那趟列车，离开了家乡，看着祖国从西北到东南的风景，来到了上海。我看见了青年时期我的意气昂扬：报社深夜的那一盏灯，拿一本书在图书馆的一个角落坐一个下午，高中校园里奔跑于宿舍、食堂、教学楼三点一线间……雨季来临，树叶和小草都呈现出一种很有生机的绿色。我看见了孩童时期的我和小朋友们捉迷藏、烤红薯、下水捉鱼。我站在教室的窗外，屋内传来琅琅书声，少年的我多么无忧无虑，天真可爱。画面再转，我再次站在了病房前，不过这一次，我见证的是生命的降临，那是我第一次这么真实地靠近刚出生的那个我，还有幸听见了她的啼哭。生命倒转，从冷清地离场到中年的平静，从青年的奋发年华到童年的烂漫岁月，再回到生命最初的那一天，我感到了生命的曲折和坎坷，也感受到了生命的惊喜和美好。我从生命枯槁之时穿梭回生命蓬勃生长之时，从一身包袱、被世俗包裹的我回到光洁一身、单纯无知的我，我突然发现，就这样顺意生长，去见自己想见的人，按自己喜欢的方式生活，经历生命各个阶段的种种，好像也没什么不好。"

"后来的事情如你们所见，我好好活了下来，经历了艰难的转专业过程，成为一个为他人的心灵疗伤的医生，倾听每一个灵魂的呼喊，也拥抱那些孤独的灵魂。我知道，这个世界上没有苦难是不完整的，就像只有美而没有丑，只有善良而没有邪恶，那这个世界会变成一个单调的世界。为了保持世界的多彩，苦难一定会存在，我们无法决定苦难降临在谁身上，每一个被苦难降生的人都是上天眼中的勇士，我希望这些小小的勇士都好好地活下去。"

"感谢大家花这么长的时间听完这个的故事，这个我珍藏已久的秘密。就像阿姨所说的，异世界中机器按照我的性格、生理指标和输入的信息尽可能相似地模拟我的人生，现实中的我没有成为一名编辑，没有和那个我相同的坎坷，也没有遇见阮虞。但我热爱我现在的工作，经历着人生的起起伏伏，也遇到了很多和阮虞一样好的朋友……生活不是一帆风顺，难免捉襟见肘，但这才是生活。我们可能会被发生过的事情束缚，在悲伤的茧中包裹着自己出不来，也可能会产生结束我们的生命的想法，这是正常的，我们确实无法改变过去，也没有办法准确预测未来，但是我们能把握现在的时间，我们当下的选择可以改变过去和影响未来。挣扎很久仍然被杂事缠绕的朋友们再等待一下，所有事情都会过去，或解决，或未解决，它总会翻篇。我们每个人历经艰辛、勇敢地来到了这个世界，我们值得一个属于我们的美好的人生，对于死亡这件事，我们不必太着急，它总会来临，在它还没有带走我们的前段时期，我们能多吃一顿火锅，多欣赏一次美丽风景，能和我们爱的人和爱我们的人多待一秒，能有机会遇见很好的人，也可以再多吹一次微风……就也是一个很美好的人生。"

台下的掌声持续了一分钟之久。

"感谢苏渺女士的分享，也感谢她带给我们的奇妙又感人的故事。相信在听完故事后大家对'生长'也有了新的认识，苏渺女士在异世界里的逆行生长带来了现实中的她内在生长。每个人身上都会有那些无助、绝望、沮丧的自我，它会在某一段时间出现并主导我们的身体，不被它统治，或发展出乐观、强大的自我也是我们内在的一种生长。希望大家都平安喜乐，万事顺意，也希望那些正在经历不好的事情的朋友可以加油，在你不知道的地方，我们会祝福你完成这次生长。最后送给大家一首柳爽的《生长 intro》，也送给大家苏渺女士留下的阿姨的一封信，我们下期再见！"

《阿姨的信》

亲爱的渺渺，

　　你好，很高兴那天我去了天台，能够拉住当时迷茫失意的你。阿姨的女儿去世以后，我开始观察社会中形形色色的人们，我见过很多像你一样的孩子，悲伤、孤独、失意地行走着，我很想去帮助他们，但是在那个时候，言语是苍白的，我不知道他们经历了什么，也不知道该如何开口。整天生活在实验室里，与世隔绝，我甚至无法有底气地说我懂得生活和生命，我又如何有资格去帮助别人？于是我放下了手头的工作，慢慢地去探寻生命和生活的意义，也有了一些自己的体会。生命是很脆弱也很有韧性的，有时候，可能一个米粒、一把刀、一辆汽车就可以轻易地夺走某个人的生命；而有时候，即使重病缠绕，即使身受重伤，生命也会迸发出内在的力量，让我们活下去。对于天灾人祸，我们无法避免，这个时候生命的去留就像是一场定数，谁也说不准，这时好像除了小心避免，我们别无他法。但是在另一些时候，意志对于生命的韧性会起到很强的支持作用，你可以选择相信生命，相信它可以挺过这一次次凶险，然后努力斗争。而我们的生活，在我们有生命的基础上存在，过得幸福或是不幸福，它都是生活。生活虽然会受到外界的干预，但是它最大的主人是我们自己，我们可以选择怎样生活，成为我们想成为的人，过我们想要的生活。它有时候可能会和我们开玩笑，这个时候我们好像是那个被生活拽着走的人，但是冷静下来想一想，我们改变不了这个玩笑，但是我们可以改变对待玩笑的态度。我知道，有时候这个转变是很困难的，但是没关系，只要我们有这个想法，试着做一做，最后没准会成功呢。

你可能会奇怪，为什么我会把人生旅行会分为两个部分，为什么要选择这样一种逆向经历的方式。在发明机器之前，我问过很多人想自杀的理由是什么，大多数人都会列出一系列生活上的不愉快和问题，这些问题不能解决，或者说他们不相信自己有这个能力解决，使他们选择了这样的解脱方式。第一次旅行中你是一个经历者，对于大多数人来说，亲身经历过一些事情可能会比其他人的告诫更有效，也更容易让你相信，这也是我为什么采用异世界的一个原因。我给每一个体验者都设定了死去和活下去两种结局，你会发现有时候死

生　长

去并不是一种解脱，死去以后的你虽然没有意识，不会再痛苦，但是留下来的人承受了莫大的悲痛，死去的我们再也无法活动自己的身体，像其他人那样经历那个世界的一切。而活下去其实没有我们想的那么难，相信自己，认同自己，相信时间的力量，坚持下去，我们可能会收获一些生活的惊喜。第二次旅行是生命的倒行，从死到生，就好像人生从黑暗到光明，从结束到开始。再回到最初的时候，我们好像还有万般可能，我们也知道在未来一切都会变好，我们要做的就是顺意生长，杀死那个失意的自己，脱胎换骨，好好地活。

我相信，你不会一直孤独，就像在异世界一样，你一定也会遇到一个阳光、善良、与你契合的灵魂，你所要做的，就是充实提高自己，然后等待她（他）的到来。我对我的女儿没有太高的要求，她健健康康、平平安安，比什么都重要。所以不要对自己失望，我们不能把别人的目标套在自己身上，就像保不上研究生，我们可以考研，考不上研究生，我们可以直接工作，工作可能没那么挣钱，但足够我们过日子，有很多条路径我们可以选择，也许绕得远一点，时间久一点，我们总会到达心里的那个目标。当你失意和迷茫的时候，阿姨愿意做那个倾听者和陪伴者。

孩子，勇敢地去闯你的人生吧！

祝好！

王馨阿姨

王 芷

光化雪

I：'WHITE AS SNOW'

"我做了一个梦，梦见了下雪。"五月的一个星期二早晨，女孩 Φ（α）坐在寝室床上呆呆地说。

"上次'下雪'不是才两周前么？学校里下雪都是三个月一次的，别瞎想了。"刚从盥洗室回来的室友 A 说。

"她肯定是又受不了污染了吧？虽然才过去两周，但现在空气和水又开始变得污浊，这样一来又得天天跑到 0 号楼去打水了。"室友 C 盘腿坐在电脑椅上，一边玩着 SWITCH 一边插话。"老实说我也受不了，真想天天下雪。"

"Φ（α），这本书是你的吗？图书馆应该不会有这样的书。"室友 A 的发问转移了话题，她指了指对方摆在枕头旁边一本红色封皮的旧故事书。

"啊，那个是我上上周在大礼堂听讲座时捡到的书……我讲座途中睡着了，醒来时只有我一个了，发现附近座位底下有人掉了这本，找不到失主就先带回来了。"Φ（α）的手指拂过封皮。"这书里都是些古怪的老童话。"

"说起来，现在去大礼堂听讲座的人越来越少了。"室友C若有所思地说。

"嗯，因为太靠近'茧'的边缘了，污染防护层太薄，会让人呼吸困难。"A说道。她夹着笔记本电脑爬上床，开始看文献。"不过也只躲得了一时罢了；毕业之后还是要从'茧'里头出去的，像我和阿C上次出去做实践时看到的那样：他们厂里厂外的人一个个都戴着黑漆漆的面罩。"

"如果到了茧的外面却不戴面罩的话会怎样？"Φ（α）嗫嚅地问，"会死吗？"

"说什么蠢话呢，"C放下游戏机朝她笑了笑，"该去上你的线性代数课啦，Φ——（α）同学。"

Φ（α）垂下了头，不再说话。她这奇怪的称号没有什么别的含义，只是个因为线性代数年年挂科而被传开了的、带点取笑的叫法而已。

寝室变得异常安静，偶有室友A敲击键盘的声音。Φ（α）停顿了好一会儿，然后拿上她的粉红小熊塑料杯子去洗漱了。

Φ（α）渴望前往"茧"的外部。"不戴面罩，就算死在外面也好"——诸如此类的想法往往在听着课望着窗外的天空时变得浓度过高。

白昼时，天空的颜色在黄绿和青蓝之间随机过渡。夜晚时则是紫红色，和昼时同样因掺有过多富含微粒的灰白色而显得浑浊。此外，倘若将视线沿校内建筑一直拉远，拉过砖红色的大礼堂和灰褐厚重的校墙，可以看见校外那条又宽又平的河的河面上方闪烁着蜂窝形状的微蓝——那是"茧"的颜色，以保护学生们尚娇嫩的肺为目的而被研制出的大型防护层。

不过即便有了"茧"的庇护，在校内无视所有污染的影响而高枕无忧这样的事依旧不切实际：学校地处城市近郊，紧靠着成簇的工厂，校墙外的河也成为排放渠道之一。除了"降雪"时期前后，其他时期学生们的饮用水和生活用水来源常常面临尴尬。

与"茧"相配合的严格的进出入校管理也受到学生们的诟病。"像监狱一样。"他们在校内论坛上这样谈论。这自然为 $\Phi(\alpha)$ 的出逃幻想增添了不少现实性的困难，但两周前在大礼堂捡到的那本书却又给了她继续幻想的机会：她知道书的主人来自校外。

她记得怎样捡到书的：是在"降雪周"。这所学校及周边小面积区域内，每三个月一次的"降雪"始终是学生们津津乐道的奇异现象：它并不是真正的降雪，不会受气温的影响也不会对气温造成干预，只有从高空落下絮状白色物质这一特点与降雪相似并因此得名。但每次"降雪"前后，空气和水的污染会得到相当明显的缓解，愿意出门到"茧"附近的教学楼内上课的学生也会变多。$\Phi(\alpha)$ 就在这段时间内去大礼堂听了讲座。

她在座位上睡了很久，直到讲座结束所有人离场仍浑然不觉，但有人从侧门进来时，她突然醒了。那个人没有面罩，淡金色头发和苍白皮肤在光线不甚明亮的建筑内部宛如一大块反光板。他朝她这一带的座位走过来，因此她只好将眼皮开了一道缝假寐。那个奇怪的人在她附近的座位旁轻柔地蹲下，探头探脑地找着什么，最后有点失望地消失在门口。她在好奇心驱使下站起来——啪嗒一声，一本书从她的座位角落滑到地上。这时她回想起自己睡得迷迷糊糊的时候，有人拍着她的椅背请求与她换一个座位。

她捡起书朝门口奔去。那是一本红封皮的《安徒生童话》，表面粗糙，并且异常的凉，恍惚令人觉得不是属于这个世界的东西。她冲进了白茫茫的雪中，而那个人影摇曳模糊如幽灵，消失在校墙外。

她常常在上课时无意识地翻着这书。书的扉页写着"D－042"，不像绰号，更像是职工编号一类。不过吸引她的是写下这行字用的墨水：又黑又黏稠，隐隐约约夹杂着彩色的细线，凑近闻的时候，会感受到极淡的、在她看来像是石油醚的某种气味。

下课铃响了。

$\Phi(\alpha)$ 站在盥洗室镜子前用从 0 号楼打来的水洗脸。0 号楼的舍监会在降雪时期囤水，因此那儿来的水都是无色，半透明的，漂浮着纯白的微粒。这对 $\Phi(\alpha)$ 而言已经要比自己宿舍水龙头出的或棕红或黄褐的"水"要好得多了。

她从盆里捞起毛巾，一个失手落在了地上。她有点火急火燎地弯下身子去捡，回过头一不小心就把整盆水碰倒了。

倒霉。她不情不愿地拧开水龙头——它弯曲的弧度都好似在嘲笑她——愣住了。从银色的水龙头里流出来的液体既不是黄褐也不是棕红，更不是无色透明。那是一种纯黑的，极为黏稠的液体，夹杂着零星彩色，而闻起来就像是石油醚。

她在水龙头前呆立了许久。不知道为什么，她感觉自己像是一个在菜市场捡到未刮开的彩票奖券的五岁小孩——面对着未知，却莫名在一瞬间相信这未知足以将她生活的黑布撕开一道口子。

她笨拙地抱起盆子走回寝室。此时是深夜一点，两个室友都入睡了。她无声地穿上外套，把那本红封皮的书卷起来塞进袖口，又拿上了一只空饮料瓶。她先是回到刚才的盥洗室，收集了半瓶有着石油醚气味的液体，然后下楼。"茧"范围内的门禁并不严格，因此她顺利地出了楼，向校墙方向狂奔——她并没有准备什么对门卫的说辞，一切都是临时起意。从袖子里笨手笨脚拿出书，解释自己要去归还给校外的朋友，这样的说辞在这个古怪的时点也显得毫无说服作用。不过，或许是过于困倦的缘故，那个门卫盯着她手里的瓶子看了好一会儿，最终一声不吭地放她走了。

她沿校外那条河边的公路往前走。浑浊的淡紫色天幕中央露出一小块惨白的月亮，照亮不远处的建筑——工厂们个个高大，墙体灰白。夹杂其中的民居则只能看见青色的矮屋顶。已经很晚了，因此她盘算着要不要先去工厂挨个问问，但那个人不像会在那里工作。无论如何，她得先穿过前方的"茧"才行。

她走向那层蜂窝状的蓝色空气。

II：EGG

"参加母亲葬礼的穷女孩，穿的是好心的鞋匠送她的红鞋子。

"所有人都一身黑，只有她的红鞋子，旧，露着针脚，不合时宜，裹着她被穿过多年的沉重木鞋磨红磨破的双足；她只有这鞋可穿。不过，由于那不合时宜的鞋的缘故，她的穷日子也结束了。

"在她低着头听悼词的时候，有位老太太的马车正好从他们那儿经过；她老到已经连眼睛也不大好使，却偏偏看中了那姑娘，将她领回家去了。

"老太太拿了带刺绣和毛皮的新衣服，把她打扮起来。现在她就像有钱人家生养的女儿一样体面。不过，鞋匠送她那红鞋子只在葬礼当天穿了一次，老妇人嫌它不好看，叫人给扔掉了。"

穿过"茧"的过程比 $\Phi(\alpha)$ 想的要轻松得多。尽管被肺部灌满凝胶般的窒息感所支配，但空气里的臭味依旧可以忍受。她打定主意朝最近的工厂走，脚背忽然一凉——翻涌的河水飞溅上岸，落在她的鞋子上。

她于是往河边的白色护栏上靠了靠，踮起脚往河里看。从学校向外眺望时河水总是蓝色的，她现在才知道那大部分只是"茧"的反光：真正的河水颜色暗得不见底，深得像要把她吸进去。她又把脑袋往下伸了一点，一松手，瓶子径直下落——她焦急地探出大半个身子去救瓶子——连带着整个人翻了出去，跌进水里。

她的意识被强有力的水流瞬间击碎……下坠，仿佛置身被抽走了底盖的世界中一般下坠，黑蓝黑蓝的水一股一股流过她皮肤表面。凉，但柔软异常，以至于她拼尽全力的呼喊被这逐渐变得深暗黏稠的水流全数封缄。

就像在自己的脑浆中泅游一样。她想。

她四肢发软，迷迷糊糊，被漆黑黏稠、夹杂斑斓彩色的流质裹挟着漂流许久，直到有水流重新从已粘成一团团的头发丝隙间穿过——乳白色的光晕同时自她身体下方遥远的地方透上来，将她于虚空中悬浮的破碎意识照亮。

在她惊诧的瞳孔调整好进入其中的光线的同时，她的脑袋浮出了漂着无数发光微粒的纯白水面。

展现在 $\Phi(\alpha)$ 眼前的是巨大岩洞般的空间，浅色四壁粗糙，高得令人发晕的顶壁上垂下许多黑乎乎、蛛丝般纤细的东西。她本人则处在一个大而深的槽形池子里，从池子整齐

光化雪

的边缘到远处发光的洞口，白花花的大团物质铺满地面，一直往洞外延伸。

在白花花的地面上坐着一个人，或者说，拥有人的外观的某种生物——那身形就像刀削过一样瘦，肤色也异常浅淡。他淡金色卷发搭在前额，正专心致志地将一大团白色物质压成方方正正的一块。

"你是 D－042 吗？"Φ（α）大声喊。她的声音回荡在整个空间内部，这尴尬得她打了个哆嗦。

那人玻璃球似的一对眼珠子转了几下，开始往她这个方向聚焦。他站起身，走到她面前，托住她脑袋，像拔萝卜一样把她从水里拉了出来。

"我是。"他简短地说。他的声音很普通，不过有些单薄。

"你是不是在我们学校丢了一本书？我是来还书的。"女孩笨拙地拉了拉湿漉漉的袖子，那里面空空如也。"不过我大概把它落在河边那条公路上了。那可能下次……"

D－042 拿那对玻璃球眼珠子扫视着她，他注意到她皮肤表面附着有黑色混彩色的黏性物质，有些伤脑筋地皱起脸来。

"你不应该来这儿。我是有办法进学校的，不需要你为了还一本书而跑过来。而且你在虫卵的孵化液里泡了挺久，现在大概已经被感染了，很可能会出现异变。"

"异变？"

"这可不是什么玩笑——那是在这一带污染里生长起来的特殊蛾类所产的卵，它们将在你身上孵化为幼虫，吞噬并用分泌物取代你的部分身体组织，以用于生长和吸收污染。"
D-042冷冰冰地陈述。"异变到了最后，就会——"

他像老鹰捉小鸡一样拎着她大外套的湿袖子，把她整个人往另一侧的洞口拖。

"就会死去，最后变成像他们这样，纯白、四肢细长、没有脑子的，类人的东西。"D-042接着说。

顺着他手指着的方向，Φ（α）看见成群成群的白色人形。他们全身都由松散的絮状材质构成，脸和肢体都怪异而粗糙，像是未完成的学生雕塑作品。他们脚下是狭窄的步道，身后则是类似材质、同样粗糙的岩洞。

"他们也曾经是被感染而异变的人吗？"Φ（α）问。

"不是。他们是我造的白色羊羔，我是他们的牧羊人。至于那些白色岩洞，那是他们的堡垒和墓碑。"D-042懒洋洋地说。见她一副迷惑的样子，又接着解释。"他们是新孵化的幼虫和以往的光化雪共同构成的具有初级思考能力的可移动的簇群，在每次三个月的降雪后空白期间会少量地吸收污染，一定程度地帮助我维持环境的相对稳定。"

"光化雪？"Φ（α）跟着念了一遍。"你指的是每三个月只发生在我们学校附近，并且能够使污染缓解的降雪现象吗？"

"只发生在你们学校附近是当然的吧。……我们就盘踞在你们学校附近啊。"D-042又拖着她往另一条路的高处走。"看。"

他几乎是带着她登上了一个小山丘。从那儿她以俯瞰视

光化雪

角见到了学校的屋顶和墙，以及黑漆漆的河。"这条河是环式的，我设法接了一条分支到我养蛾的池子，所以我们这儿一旦有光化雪，你们那边的水质也会跟着变化。"D－042 陈述。

他大喇喇地坐下来。"我跟你从头解释光化雪是怎么一回事吧。最开始的时候这儿什么也没有，而我是你们学校的学生，是正常、活着的人类。事情的开始好像是我被导师派到这儿做了一些污染水源的取样研究，然后被我之前提到过的那类蛾子袭击了——它们的口器相当尖锐，足以刺破我的皮肤。在被袭击到异变的过程中，我大部分时间处于昏迷状态。"

"你现在不是活着的人类吗？"

"我现在是死人。"D－042 简短地解释，然后接着说。"我不是被袭击时立刻死去的，而是像我之前和你说的那样，被寄居，被吞噬。它们首先在我的皮肤之下产卵，孵化后的幼虫一边吞食我一边分泌含有多糖的天然聚合物，这部分分泌物取代我的身体组织，覆盖在我的皮肤与内脏表面，并且吸附污染：光化学烟雾中的氮氧化合气体，不完全燃烧燃料所产生的碳颗粒，诸如此类物质吸附在我身上，然后被幼虫转化为营养物质吸收。之后我就死了，它们继续生长，最终变成蛾子进行新一轮产卵，然后从我身上飞走。飞向天空的大量蛾子仍在分泌那种聚合物，它们正飞向污染密度更高的地方，因此大量地吸收污染。最终它们吸收得越来越少，生命耗尽，被雪花一般的分泌物厚厚包裹着，从半空中落回地面，这就是光化雪。在第一次光化雪后我醒了，不过我以前的记忆都非常模糊。我从当时带到这来的书包里翻出几本书，了解到我的名字开头字母是 D，学号尾数是 042，之后我都这样称呼自己。光化雪也是我起的名字，因为那些蛾子吸收了太多光化学污染。"

他停顿了一会儿，继续陈述。"我无法解释自己醒来这件事，不过我可以告诉你我是怎样变成牧羊人的。醒来时我绝大部分身体构成已经被那种雪花似的分泌物替代，不过那场雪在这片空地上还剩了许多，而且完全不会融化。一部分雪是纯白的，我把它们盖成了这里的奇怪建筑，另一部分雪包裹着新一轮的卵和未消化完全的污染，显着五颜六色的污染物的颜色，我把它们放在我盖好的方形池子里，让它们孵化。后来我发现孵化的幼虫和那种我用来盖房子的纯白的雪揉在一起做成的白长人能够模仿人类而移动，就造了更多出来，以消耗日常污染。他们吸满污染变成黑色和彩色之后就会失去活动能力，堆在一起等待光化雪到来。"

"我的异变也会让我死吗？"

"不会。在下一次光化雪前我会设法来找你，以控制你的异变程度。只要不让它们在你身上产卵，轻度的异变会随着光化雪时成虫飞离你的身体而消除，少量的身体成分被它们分泌的聚合物取代也不会影响你的生活。"D－042 说。"不要让其他人发现你的异变，他们发现源头之后会找到我这儿来。"

"找上来以后会怎么样呢？"

"你会成为公开的怪物，被带走，被剖开研究。很恐怖对不对？……至于我这边的话，这里的白长人被发现之后要么被掠夺并应急地用于短暂消除某一地区的污染，要么被直接销毁。"

"为什么？能够祛除污染的东西被公开的话，应该是有好处的吧？"

"蛾子繁殖的速度太缓慢，造白长人的速度太缓慢，一般人是不会像我这样有耐心地去做牧羊人的——而我也不会为了消除他们的污染而做他们的牧羊人。" D－042 有些不耐烦了。"好了，现在我该送你回学校了。"

III：LARVA

"女孩惦念着红鞋子。她和收养她的老妇人路过一家商店，那儿卖的都是公主才会穿的那种漂亮的鞋，而她理想的那双红舞鞋就摆在橱窗正中央。

"老妇人不许她买红色的鞋子，因为她得去坚信礼。不过，由于老妇人眼睛不好的缘故，女孩便告诉她自己买的是黑色的鞋子。

"她们一同去了坚信礼。女孩忍不住向教堂外的士兵炫耀鞋子，而士兵说她将穿着这鞋跳舞至死。

"在那之后，老妇人回了家，不久就病倒了。"

"醒醒，醒醒。"

Φ（α）听见有人在喊她，是室友 C，焦急地拍着她的脸。"怎么回事啊？你知不知道你自己就这么躺在走廊上睡着了？"

她微微偏过头，藏在身侧的手悄悄扯起袖子，盖住手背上大块发硬的皮肤。

这是从 D－042 那儿回来之后第 51 天。与他承诺的不同，他并没有来找过她。偏偏她的异变症状却如他所言每日地折磨着她。从第 20 天起，她一直足不出户，一天中大部分时间蜷缩在床上，抱着她从河边重新捡回来的红封皮童话书痴痴呆呆地看。她已经无法出门了：身体从肢端开始变白变硬，渐渐疏松。即使套上厚厚的袜子和袖套，用围巾遮住整张脸，只要接触了"茧"未完全滤干净的空气，黏黏的、五彩斑斓的黑色物质就会沾上每一层衣物，异变的速度也会加快。

每个晚上她抱着自己躲在被子里，感觉自己的血肉一层一层单薄下去，被苍白疏脆的物质取代，好像正在变成一摊真正的白雪。

"去校医院看看吧？"C 继续说。

Φ（α）的身体不易察觉地颤抖了下。

"怎么了？"

"如果现在有消除污染的方法，但是要把很多人都变得像我这样才足够，那会有人愿意选择这样做吗？"Φ（α）很小声地问。

光化雪

"说什么傻话。"C 挠头。"你果然是得了污染恐惧症吧？最近确实是最难熬的时候了，那只好等下一次下雪咯，这几天我帮你去 0 号楼打水吧……不过他们的囤水也要用完了。"

A 不知道什么时候也从实验室回来了。"振作一点吧。"她也站在门口有点无奈地劝。"要稍微像个活在现实中的人啊。"

"话不是这么说的啦。"C 令人惊讶地反驳了这句话。"并不是所有人都百分之百地活在现实的。像你这样百分之百活在现实，并不就说是比起我这样百分之七十活在游戏里要更为正确。她的问题反而是……要先有'活着'的状态才行。"

她隔着厚厚的衣物扶起 $\Phi(\alpha)$，像在帮助她进寝室。这时她突然凑到 $\Phi(\alpha)$ 耳边，轻声说："要是真有这样的方法的话，肯定会被打成伪科学，然后压下去。"

"为什么？"$\Phi(\alpha)$ 的声音忍不住高了一点儿。

"你没见过那些工厂里戴面罩的人吧？面罩对他们的保护效果比'茧'弱得多得多了。暴露在更高比例的污染之下，他们的脑和身体机能会受到永久性的损伤，这对他们造成了某种形式的'降格'——也就是说，除了使用短暂的寿命不断工作之外，他们很难用严重受损的脑思考，而低效能的机体带来的低工资也使他们与过多的休息或娱乐无缘。"C 声音压得更低。"我觉得，改变这种情况对工厂本身并没有太大的好处；因为只要工作的人足够，他们的效率就可以保持。"

她接着说的是其他的话："所以不要怕茧内的这点污染，

就算你百分之百的生命都活在自己的梦里——或者其他形式——你也还远远没到真正降格的地步。"

她让 Φ（α）在自己的电脑椅上坐一会，然后去 0 号楼打水了。

Φ（α）在深夜跌跌撞撞地进了盥洗室。她撑着斑驳镜面呕吐，从她喉中流出的液体漆黑黏稠，透着彩色。她尚且柔软的额头烫得厉害。

她不记得以自己当下的身体状态是怎么出的学校了，不过她依旧带上了那本书，并且因为半夜下雨，还带上了她在便利店买的的透明雨伞。门卫是同一个人，她把那本书给对方看过，得到了沉默的放行。她仍旧沿着校外那条路走着，可能是有大雨的缘故，河水的咆哮显得特别突兀，而没有月亮的天空浑浊血红，好似一只暴戾的眼睛。

她走着走着，雨伞从手中滑脱。她开始奔跑，不记得自己是否哭泣。

她在泥泞的路边跌倒了，失去知觉。

IV：PUPA

"在坚信礼上穿红鞋子的女孩，后来也穿着它去了舞会。

"收养她的老妇人蜷缩在鸭绒被里咳嗽，'只跳一会儿。'女孩对自己说。可她的鞋就像黏在脚上一样带着她一直跳舞，穿过街道和坊铺。人越来越少，建筑变得稀疏，天色昏暗，眼前出现了泥泞的小路和虬曲的荆棘，她到黑森林里去了。月亮圆圆地升起来，冷白的光敲击她前额，也照亮了她眼前刽子手的小木屋。

"在她祈求那面目凶恶的刽子手砍下她双脚前，大宅子里躺的老妇人已经是该办丧事的模样了。"

Φ（α）睁开眼睛。她那薄塑料膜般漂浮在虚空里的意识，像脑皮质生了触角似的被捉回身体里去了。四肢依旧绵软，好似有凝胶样的物质填充整个空间，并裹紧她身体，这令她意识到自己正置身何处。

"希望这儿能有面镜子让你看看你现在的模样。"有人以叹息般的声音对她说。"你可真是个疯子。"

她试图直起身子向身后望去——那是声音传来的方向，试了几次都失败了。此刻她躺在一堆白花花、不成形的物质上，因此她感觉自己一直在缓慢下沉。

发出声音的源头朝她这儿移动了。现在他站在她面前，发丝、瞳孔和皮肤的颜色浅淡不似人类，苍白的一对耳朵尖在四面涌来的光里微微透明。她认得他。

"你不会不记得发生了什么了吧？我把你从河边捡回来了，你又手舞足蹈，掉进养着蛹的池子里，弄了满身彩色黏液。然后异变就开始加速，连我也没法再控制，我只能想法子切掉了你裹满黏液的那只腿。"D－042继续说着，一只手往自己背后指了指。"别担心，我之后会用做白长人的材料帮助你黏合伤口。"

"原来异变是会因为这个而加速的吗？"Φ（α）听见自己的声音在凝胶似的空气中逐渐消弭。

她的瞳孔微微收缩，以调节进入其中的光线。现在她看清了 D－042 背后的蛹池子。那是一大块下陷的方形地面，凹陷形成的空间里悬满色彩艳丽的蛹，它们连着的黑色线一直延伸至二人脑顶高不可见的地方。池子里很干净，曾填满其中的液体大概是被眼前这家伙清理掉了，但悬挂其内的蛹的表面仍有新的黏液缓慢溢出——那是它们生长中的分泌物。

她又低头望着自己的身体：左腿的位置空了，露在外面的皮肤之下隐约有多色交织的细线游动，宛如活起来的血管。衣料下她的腹部圆滚滚的，鼓胀坚硬的表面像昆虫腹部的硬质壳。

"我这次本来想把那本书还给你的。"她嗫嗫地说。

"这个？"D－042 将另一只手上拿的东西举到她面前：软红封皮，旧得卷边的安徒生童话。那红色在雪白一片的空间内略显突兀。他注视着她的眼神变化，不置可否。"这个留在你那儿也没事。"

"可是……你把书留在我身边，是为了之后能找到我，然后带到这儿来不是吗？这'世界的夹层'一样的地方——这书也是'夹层'的一部分。"Φ（α）喃喃，仿佛回想着什么，垂下眼睛。"而我想的是……我还是不要再来了。"

光化雪

D–042仍旧注视着她。他虹膜和巩膜的颜色很相近，因此他眼眶里就像装着虚空，没有任何表情能够从其中溢出——这一状态持续了好一会儿，然后他笑了起来。

"终于意识到了吗？你已经在黑森林里了。那月亮正映照着你的脸，你看起来惊恐得犹如新死的鬼魂。"他不无讥笑地念叨着。"而你一心想着教堂、雪白的唱诗班和颂歌。"

女孩没有说话。他收敛了表情，笨拙地绕过蛹池子到了出口，向外张望。

"污染在加剧，白长人们还在努力工作着，但撑不了多久了。"他用有点严肃的语气陈述。"此外，这一轮蛹的生长周期也即将结束。"

Φ（α）抬眼朝他的方向投去一瞥，她褐色眼珠子微弱地一亮。"也就是说……"

"在下一次光化雪出现之前一直待在这里吧。"D–042低声说，神色变得柔和——尽管隔了一大段距离而不太明显。"不会太久了。在这之后，异变对你产生的残留影响会随成年蛾的死亡而消失，你可以过回自己的生活了。"

女孩的视线凝固在黑线悬挂着的群蛹上。

"我又有什么自己的生活可过呢。"她的声音微不可闻。

那一天之后，她在雪白的岩洞里躺了几天，每天睡了又醒，大段大段地做梦。D–042把他收藏的婴儿床拿来垫着她。在她醒着的时候，他偶尔会坐在她旁边念同一本童话书，但更多时间这里只有沉默的白长人进进出出，把上一次降雪堆积的产物缓慢搬走。

有那么一次，D－042来了，她问他是否做过梦。

"我不是人类，所以不做梦。我和那些白长人是同类，是行走的千万只或生或死的蛾幼虫和它们分泌物的聚合体。"他懒洋洋地说。"虽然我会说话，能陪你玩儿，但是你现在把我剖开，你会看见我的内部全是些白色物质，和那些白长人切开以后一样——不过我的内容物更多些，你还可以看见已经异化而同样呈现白色的、萎缩的、死去的内脏。想象一下，是不是很漂亮？就像博物馆里的解剖标本。"

"你真的剖开过自己吗？"

这个问题让D－042看起来有点伤脑筋。他琢磨了一会儿，犹犹豫豫地掀起他身上那件浅色旧衣服的衣襟，让她观察自己腹部长条形的纵向痕迹，那一区域比周围的皮肤颜色更白，更接近白长人的颜色。"喏，看这里。我不能把全部的痕迹展示给你，但是它实际上是一个巨大的T字形，横穿我左右臂，纵向延伸到我喉心，你在我手腕上也能看到类似的痕迹，那是我撕开自己以后拿做白长人的材料补回去的时候留下的，我当时甚至没有找到一把合适大小的解剖刀……不过我没有看过自己的脑子，也许它还没有完全坏死呢。"

"那，我现在算是人类吗？"

"你是啊，只不过你的身体还寄居了不少吸收过污染的蛾幼虫，所以还是'异变中的人'，只能暂时被放逐在这里。……不过下一场光化雪结束前，你就可以回到他们之中了。'我将洗刷你猩红的罪，令它洁白如雪。'"他又回到了略带讥笑的语气，背诵着不知道哪本书里看来的句子。"我就不一样了，它们疯狂地吞噬、取代我的身体，又没有人帮助我控制异变的趋势。在它们第一次产卵、成虫、飞向天空，也就是第一次光化雪的时候，我的身体就已经死了。即便在那之后不久我就又开始说话、活动、思考，但那并不是复活，我只是存在着，但那并不是活着，你把进化树从顶看到底，那上面没有我的名字。"

他忽然拍了拍女孩的脸，开始用笨拙的声音唱儿歌。"在山谷里玫瑰花绽放，在那儿他们遇见圣童……"

$\Phi(\alpha)$ 在他的声音里像真正的婴儿一样睡着了，这一次她的梦特别特别长。

在梦里，她全身都被昆虫的硬质壳覆盖，而空气前所未有的浑浊，接触了浑浊空气的壳的表面变得五颜六色，开始分泌又黑又黏的物质。她的身体也在分泌物中逐渐溶解，直到她无法找到自己四肢中的任意一根，只有脑袋滑稽地露在外面，好似一小团在正午的柏油马路上被暴晒的口香糖。她惊慌失措，以液态身体挣扎爬行，但连头部也开始溶解，五颜六色的流质顺着前额流下。

这时忽然有什么雪白的东西落在她眼前，一片，两片……她看见溶解后的自己逐渐变得透明，无数小小的，彩色的蛾子从她身上腾空而起，一边上升一边不断变白，体积增加，变成一团一团的絮状的东西，最后以纯白的形态坠落。

密密麻麻交织着掩盖视野的彩色和白色之上，覆盖天空的灰翳一层一层剥落，露出黎明的淡粉红，随后转变为纯净的蓝色。而新生的她躺在堆积了满地的纯白之中，赤裸，柔软，完整无缺。

V：IMAGO DEAD OR ALIVE

"我好像做了一个梦。"Φ（α）对她的室友 C 说。"梦见了下雪。"

"又来这一套。"C 单手叉腰站在摊开的行李箱旁，不耐烦地咂嘴。"离上次下雪才十几天呢。"

快放假了，A 因为申请了其他学校而早早离开，而 C 刚拿到出校许可，正准备回另一个城市的家，那儿污染情况轻得多。"你真打算整个假期都在学校啊？"C 问。

Φ（α）抱着被子，含糊地嗯了一声。

"那你得提前买好面罩咯。"C 扬手将红蓝两色的游戏机丢进一堆衣服里头，啪的一下合上箱子。"你还没看这两天的新闻吧？'茧'将于近期超过有效使用期限。也就等于说，它快失效了。"

"没关系的……就算真的完全暴露在污染里，其实也不会死的。"Φ（α）嘟嘟囔囔地说。

C 半分惊诧半分了然地望着她。

"你呀，真的要把自己百分之百的人生都活在梦里吗？"

她像是无奈地笑了起来。"快快长大吧，得学会分配律才行。"

她食指飞舞，在手机里的蓝牙遥控应用上操作了几下，箱子开始朝寝室门口移动。"下学期见。"

短头发的女孩子，身影和银色箱子一起消失在门外。

$\Phi(\alpha)$ 一个人又在床上坐了许久，像痴呆症一样翻着二手书网站买来的《安徒生童话》，直到淡青色的天空又开始转变成微浑浊的紫红色，起身。

下床时她摸了摸自己的腿，双腿完好。一般人很难注意到左腿表面过于浅淡的颜色，或者仅仅将它归为肤色不均。不过游动的彩色血管已经消失了，皮肤也像往常一样柔软，因此即使不用长裤特意遮盖，也不会引起什么惊诧。

走廊昏暗，空无一人，她被两侧墙边惨绿惨绿的安全出口指示标识的光裹挟着，像幽灵一样慢悠悠地往盥洗室走。在此之后不久，混杂了有害氮氧化合物的气体和不完全燃烧物产生的悬浮颗粒将大量从校墙外涌入，直到她所能在这条走廊上见到的所有人都戴上那可笑的、黑漆漆的面罩，直到整条走廊的颜色也混入大量浑浊的灰白，在这儿行走的人的身体也蒙上一层灰白，大家通通变成灰白的幽灵。她知道这样的事情总是会发生。

而光化雪只有三个月一次，也只能覆盖这座学校和它周围的一小片地区。白长人的数目还在缓慢增加，在它增长到能够扩大光化雪的覆盖范围之前，在离学校还有很远一段路程的城市中心，无数靠着面罩维持基本工作和生命的人正在死去——他们大多当了一辈子的幽灵。

她知道这样的事情总会发生。

她在斑驳镜子前站立良久，拧开银色的水龙头，目光倏忽凝滞：水龙头里流出的液体深黑黏稠，透着彩色。

她呆呆地看了好一会儿。

盛哲瑾

旁观者·发现蝴蝶之旅

一

站在窗前，我饮下一杯小酒，看各色船只顺遂漂流。
万物新颖而富生气，少年人各自顺遂心意。

发现蝴蝶的消息，我是在上个星期，从我的好朋友张世奇那里得知的。刚开始，我以为我和这件事不会有任何交集。

"你还不知道？"这巨大的喊叫声足以令最胆大包天的人都吓得魂飞魄散，要不是尊严不允许我撒谎，我绝不会承认发出这声音的傻小子是我的朋友。我们两兄弟间无亲无故，虽然机缘巧合成为朋友，实在也毫无相似之处。他训练有素的一惊一乍足以把一头端坐的大象吓得跳进水潭。我左手按住这个狂躁乱跳的小子，右手不慌不忙得把身上的冰激凌痕迹扫下去——吓得我都捏爆了。脚边蹲守的清扫机器人抬起它手里的清洁管，嘟噜噜地洗干净了我的手。

这位朋友的名字叫张世奇，大我一岁有余，如果你同他不甚熟络，那他平时胆大心细，永远笑容满面的处事作风其实还颇能赚几分好感。但我已经和他太过熟络，晓得他人前一句妙语人后要一百句琐碎闲话来凑的秘密，以故只能保留垃圾桶对废话机应有的尊敬。我忍不住嘟嘟囔囔："我不知道怎么了，我一个书呆子，哪有你张世奇见识广。"

张世奇看我整理妥当，也就顺势冷静下来，抱起双臂说："哼，这次全世界就你一个人不知道了！全世界！不用说网上的热度，我邻居家的狗都在狗狗电视台看到了这次的消息了！就你，只有你，你这个除了长大、变强、开巨型机器人以外什么都不在意的土老帽。"

"你别乱给我扣帽子。"

姓张的小子说是全世界都知道，我想倒没有这么夸张。毕竟，我想您一定能理解什么叫作孩子的新闻。一顿打折的大餐、一条河里布满雨花石、八百只穿戴整齐的鸭子自愿飞过综合教学楼的楼顶……未成年人的新闻常常不过如此。这些美妙的小故事生来本不奢求传播，除了孩子们以外也没有人想知道，只是还有谁能来给我们创造笑料？

如果在您们的幻想里，天堂就是一个只由优质青年组成的小型社会，那么如今我正身处天堂。我们是如此的寂寞，原因像饼干上的蛋白霜一样简单，因为我们身处天堂。

您可千万别高看了我们这些少年人。

我知道人们常用自己的生活经验做判断，也知道数百年前的少年人在各种各样的文学作品里既可以吟唱魔法，斩妖除魔，甚至骑上巨型机器人，让自己畅飞的情感影响世界。过去的年轻人是那样活泼美丽，永远走在人类浪潮的最前端，他们接受的思想比所有祖辈都有力量，享受的科技必然是 top one。一个少年人只要活着，活得遵循赤子之心，他的行为就会成为"美好"这词的脚注。这一切看起来理所当然——谁都会趋向于把赞美自己的事情看得理所当然，而您想必也做过少年，说不定还将其当作应当珍视的时光。

而我们，我们团成一团，定居在子宫外的子宫。目光可以触及的地方就是营养、营养、营养、我自己，还有更多的营养。在这里有些东西能隔离那些最令人热血沸腾的词汇，让怨恨和甜头一并消亡。

不过这里不狭小，不憋屈，而且什么都不缺：图书馆、运动场、博物馆、咖啡厅、授课大厅、电视台，各色各样。舒适的移动管道把每个人的家和公用设施连接在一起，到处都装潢体贴，干净整洁。住在这里的每个人都很满意他们的生活，是的，很满意。

"先走了，我上工的时间要到了。"冲着张世奇挥了挥手，我松了松衣服，走到移动管道停靠站，竭力睁大左眼，让检测器扫描我的瞳孔。这玩意能识别我的身份证编码，找到我那份每月月初盖一次"更新完毕"戳的日程表。

这两步工作速度很快，因为这些资料完全是公开的，没有任何保密措施在这里浪费时间。随后的工作就要慢一点，毕竟从停车场抽调出我的爱"车"可不像传电信号那么快。

移动管道停靠站外观非常像从前的电梯，门打开，露出我熟悉的座舱，门的左侧是一只漆成宝蓝色的铜制小象脚凳和放鞋的大理石板，一块缺角的长毛地毯，里面一半——一立方左右，是顶端铺着厚厚羔羊毛做软榻的隐藏式柜子，墙上则是彩色玻璃拼接的大块装饰窗、站着两只长尾蓝鹊的挂钩，有时候吊着一只陶笛，或者一条围巾，今天则什么都没有。

移动管道里没什么可看，窗户只能做摆设。我也不爱挂什么画，在这样安全、密闭、柔软的小空间里，作画者附着在画面上的倾诉欲会令我害怕。

移动门关上之前，我似乎听见张世奇在十几步的地方喊什么东西。我回头看他，只看见那个年轻人笑着挥舞他的右手，他已经长得很高了，除了脾气以外，几乎是个大人。

"到七号游泳馆，预计耗时 37 分钟 19 秒。"

七号游泳馆是本城电视塔的位置，电视台位置不够，而游泳馆又太多，自己动手改造是人类的本能。名字嘛，也就是用来叫的，我们既没有闲心改，也没有能力改。

我在本市电视塔做一份文字工作。我们工作并不为了挣钱，并非本城不使用货币，只是人人都能按自己的需求领到充足的抚养费，此外的资金流通意义并不很大。另外我们工作也没有绝不能犯错的压力，城市运转必不可少的工作都有机器人完成，轮到我们做的只是一些锦上添花的小事。我的主要工作是从主网上获取与本市相关的最新资讯，这种活通常少得不能再少，此时我就干点口头上的次要工作，把旧的生活资讯、有点趣味的陈词滥调和我自己的语言风格搅拌在一起，用来填充电视台的生活教育频道。

我在电视塔上班是因为我好奇。有的时候我好奇，这个时代像我们这样的城市究竟有几个，答案肯定不会是一。按我们所学的历史，即便只有儿童住在城市里，人口似乎也不会像本城这样稀少。另外老人们住在哪里，大人们怎样生活，孩子们在哪里出生？在本城我们只能看到新生儿源源不断地被送来，成年的人源源不断地被送走，而我心里怀疑有千百个不同功能的城市存在着，把人按功能存放在一起。这些问题我无处可问，我能接触到的可说话的对象无非是本城市民，我们彼此像雨水和雨水那样透明，只好共享同一份无知。我只能暗自祈祷，希望在某次拍打电视的瞬间，能收到来自临近区域的信号，但是这样的事从没有过。于是我来到电视塔，得到了更庞大的工具，虽然我从没有接到其他区域的信号，却了解到了主网。

说到主网——我还没介绍过这项伟大的奇迹吧，这是人类历史上最便利的杰作，能够跨越任何阻隔，彻底将人类集合为一体的即时通讯网络。主网和老式网络有巨大的差异，利用了量子通信的便捷技术只是一小步，真正的巨大鸿沟在于它的架构更为贴近人类的思想。事实上这玩意的发射器几乎就扎在人类的大脑上。它只做了很简单的一件事，就是直接与未经处理的深层脑部信号沟通，没人想到这件事能成为一个这般巨大的节点。为前两位实验者安装这东西的医生描述过当时的场景，他说那东西开始工作的一刹那，两位实验者眼中迅速涌出泪水，把他们吓了一跳，还以为实验出了问题，赶紧停机检测。当然，结果是实验似乎非常成功，两位不同国籍的实验者各自掌握了一小部分对方的母语，发音时口腔舌位十分相似。两人实验前从未见面，实验后却能迅速认出对方，在语言不共通的环境下也交流自如，表现得像从小一起长大的朋友一样。

　　"这是人类间从未有过的深度沟通，"那位医生说，神色并非十分喜悦，"如果你当时也在场，你肯定也能感觉到。"

　　不好意思，这很难想象吧，其实我也想象不到。毕竟我这纯天然的脑壳里还没有安装过这东西，安装这种脑外插件需要一颗经过一定改造的脑仁，在社会认为我们身体和心理都发育妥当之前，绝不会为我们动这个刀子。

　　因此我们既不能收，也不能发，唯一能做的就是用一些傻大黑粗的巨型机器，解码主网中的一些只言片语，然后把尚能理解的东西挑挑拣拣，放到本城使用的老式网络上。我看过很多这些改造人创造的奇迹，也心醉于他们有些话语中的灿烂闪光，但我从来没有见过动过这个手术的人，准确地说，我想本城的公民们都没有见过那些长大后离开了这座城市的人。说起来可笑，虽然我们在同一条流水线上成长，却根本无法想象他们如今是什么模样。我们能做的，只有窥探，我在查看主网时，总会感到这只是一种窥探。

电视塔到了，我走出自己的小巢，踏上一层非常轻软的泡沫地板。

我站立的位置被设计得像是一艘小船的甲板，顺着这只船高起的龙骨往远处看，附着在一望无际蓝白色网绳上的空旷感扑面而来。我回过身检查了一下有无物品遗漏，再按下关门键，这样移动舱就会自动被送到附近的停靠站。两扇无光的金属灰色厚壁缓缓合拢的瞬间，水色波纹从中缝荡开，门的痕迹瞬间消失不见，取而代之的是一屏雾蒙蒙的艺术照片。

那是一张孩子在水里挥舞游泳圈的动态图片，水很浅，呈现着违背常识的姿态，像一筐未被按平的雕版活字，伫立的水壁晶莹润亮，看起来有特别独特的触感。这些水的方格是用一种能透过固体和气体，唯独阻隔液体的特殊薄膜束缚住的。这种薄膜需要用特殊的液压栓固定，给这个建筑增加了好几套独特的控制系统。我想这种可有可无的美丽水光为当时的建筑师带来了不小麻烦，如今却便宜了我们这些需要干燥环境的改造者。哪里还有比一个现代游泳馆更便于防潮的建筑物呢？

中肯地讲，这个大房间装修风格非常可爱。它以一种巧妙的方式被分成两层，两层间以滑梯相连，我现在就站在更高的一层上。在这一层，设计师将娱乐、更衣还有一切需要干爽环境的区域都做成小船的样式，半悬空着嵌在墙壁上，船和船之间用坚韧又柔软的细孔绳网相连，每个角落和边缘都覆盖着绒毛，看上去手感舒适，适合儿童行走或攀爬。如果趴在绳网上向下张望，你就能看见底下原本被作为玩水场的一层，现在它的模样早已和画上不一样了。原本干净整洁、美轮美奂的小小奇观如今已被旧机箱、破麻袋一样的防尘罩，乱七八糟的排线组成的阵列取代。与这番破落景象不同，场馆中心像果冻一样的巨大透明圆球看着简直像另一个世界的造物，那曾是一盏可供攀爬嬉戏的水中装饰灯，其中心常常显示着梦一般的三维图像，不显示的时候，它独特的折射散射效果看起来温暖又安静，和童话故事里连接不同世界的魔力通道如出一辙，现在则被我们俗套地拿来做公共屏幕使用。本城的活人居民们一代代协力搭建起来的凌乱工具与这高达十数米的漂亮圆球摆在一起，不免有些滑稽可笑。

在改造后的大人面前，我们微不足道的一点点智慧看起来总是这样可怜，这个区域的工作环境比起电视塔主站更是差得如同野兔巢穴。很少人喜欢到这样的"新区"工作，不过我很喜欢，这儿安静，人少，这就很不错，毕竟我是个土老帽怪人嘛。

"嘿，今天过得怎么样？"我脱下外衣挂在工位椅背上，跟隔壁桌的同事说了句客套话。

"还成啦，无非就那样。"同事大大地打了个哈欠，这个十二岁女孩跟同龄人相比有点瘦小，在这儿总是一副没精神的样子，因为她总是把工作时间安排在长休之前，按你们古代人的话，这就相当于她总是在这上周末下午的最后一趟班。"今天事情很少，前几天工作的那批人已经把大新闻忙完了。"

"蝴蝶那事吗？"我想起刚才张世奇讲的那事，"我们这片区域附近将有蝴蝶迁徙？"

"对，主网特别给我们发的通知，夹在那些惯例来到的提前审核名单中间。"她示意我凑到屏幕前看，"有一批咱们都不知道叫什么名字的蝴蝶即将破茧，迁徙大队将会绕到这个地方来接他们。他们说从今天晚上开始会连续启用三天透明穹顶，方便我们观赏蝴蝶迁徙。"

我点点头，"他们说咱们这个城市在一片山谷里，我从前从不知道。"

"那当然，他们不会刻意告诉我们那些事情的。"她端起马克杯喝了一口，似乎是冷掉的巧克力，"成年人会特意发送的新闻只会是陨石雨啦，蝴蝶迁徙啦，特殊气象啦，什么的。知道这是山谷又有什么用，反正船到桥头自然直，等咱需要的时候，这些事情都会知道的……我说，你在看什么？"

我看着那条蝴蝶消息的上一条，普普通通的惯例简讯，久久没有说出话来。

我的小女孩同事又抿了一口杯子里的东西，站起身，回来的时候手里就只剩一个洗好的空杯子。她坐下来，一副不知道怎么开口但还是得硬着头皮聊天的样子。"这几篇的执行时间都是今天晚上，你认识的人吗？"她说，"节哀啊。我刚查了，张世奇，这人做网络对接的，他们那行算是高危行业了，做咱们这行的也是。早熟嘛，事实就这样，孩子不玩玩具不玩水，天天寻思怎么往更多人脑子里安东西，那可不是早熟吗……啊，你知道，我年龄过半不久，我们这个年龄段的都害怕这个事，其实这也是好事儿，我知道有些人其实是很期待提前审核的……"

"反正大家早晚都有这么一天的。"她说，有点老气横秋。

我没有告诉她我就是期待提前审核的那种人，但是张世奇不是。

二

春梦一场罢了，传说也如此讲。
我即将逝去，对自己也成幻象。

事实上我已经盘算妥当，如果接到了自己提前审核的通知该做何感想。

提前审核是个说不上该怎么评价的一件事，我得从头跟您讲讲。

本城市的居民年龄分布在 0—21 岁，我们生活在全封闭——但很开阔，只是看不到外界的环境中，就像胎儿活在妈妈子宫里。我们没有亲人的概念，大家被统一抚养，3 岁以下的孩子有他们的育儿机器人，3 岁以后每个人都有一间自己的大房子，你爱怎么住怎么住。

住在这里的孩子需要做的只是每个月制定自己的时间表，让表上各种运动、学习、社交的内容达到一定的要求，以此证明你在此处健康成长。当然我们也有自己小小的偷懒秘籍，比如说，利用七号游泳馆这样的新区，我的小女孩同事就是一个讨厌体育锻炼，借上班刷游泳点数的小机灵鬼。

如果一切正常发展，那么等到你年满 21 岁的那天，就必须离开城市接受审核，随后再也不会回来。

没人知道审核是个什么内容，审核具体会有什么结果，也没人对此持有意见。我们的不知情是确保审核公平的利器，大人在正常情况下是不会有错误判断的，我们对此一清二楚。而审核的必要性也显而易见，因为恶人是不该成为大人的。

恶人是不该成为大人的，这我们比谁都清楚。但什么是恶人，怎么样确定一个人是不是恶人，我们害怕，我们想发声，却发现自己哑口无言。

其实审核失败的人也不会被怎么样，我想他们多半不会死，不至于被"处理"，那都是危言耸听的传说。他们只是不能接受脑部改造罢了，原来是什么样就什么样。"也就是说，他们会一辈子保持我们这样，"张世奇告诉我，"审核失败以后，他们会去一个新城市，过原来的生活，一辈子过得和我们现在没什么两样。"我的这位朋友一直从事搭建城内网络的工作，我不知道他有什么特别的方法，但论对外界了解，确实是他比较多。他常常说一些我们意料之中的事，假装只是像个正常孩子一样在抱怨，在猜测。但我会无视那些伪装的艺术，看穿那些他想告诉我的东西。

城里的人几乎都不喜欢审核，审核又是不得不接受的事情，最好的期望，莫过于准时审核。因此提前审核就成了本城的白事。其实大人倒不是这样说的，大人的话语倒是喜气洋洋，他们说是注意到某个孩子有惊人的天赋，因此要他早点审核，那些孩子确实也有惊人的天赋。所以这白事又称不上白事了，也就有很多孩子像我一样，觉得审核早晚是要来的，还不如早一点，更显得自己没有白白活着。

我们不喜欢审核是很自然的，因为审核意味着两件事：一，你要离开这里；二，如果审核失败，你要过和从前差不多的生活。这很矛盾吧。说真的，离开这座城市于我们而言，就是彻底割裂和前 20 年的一切关联，这和死亡又有什么区别？而另一份幻想，那份我一辈子过着像住在这玻璃房子里一样的生活的幻想，齐步走在我的心灵上，令整个世界震颤。

那时我意识到，不喜欢审核的本质原因，是我无法接受作为孩子在本城生活的这 20 年。

我乘坐在我的旅车上，关着灯，带好了要带的所有东西，静静把自己的上半身放在软榻上。现在所有建筑的穹顶都是透明的，包括行动管道和旅行仓。天空中还没有蝴蝶，漆黑的一团，有一弯月亮，和一点荧光。

无数次我独自坐在这里，模仿过去的姿态，用手指抚摸又老又脆的书页，在纸上读到那些"最小、最美的孩子"的奇迹故事。我天性傲慢，对自己本质的高贵深信不疑，以为即便不能和故事里孩子一样去冒险，也能拥有那份自由又蓬勃的精神力量。但这是不可能的。因为我突然意识到，我们好像并不是最高贵的生灵，而是某种小猫小狗，养尊处优着，任人挑挑拣拣，每个人的日程、爱好、照片，谁都可以尽情利用。本城不存在犯罪、报复和嫉妒的任何生存空间，经过改造的那些有力量的人完全能保证这一点。我们的资料安全地公开着，就像购物网站上的商品页面。要敲碎这个巨蛋，我的力量太小；要接受这一切，我的烦恼又过于丰富了。

当意识到自己只有成为改造人，才能拥有尊严的那天，我开始期盼提前审核。

然而此刻，我意识到审核还是另一种可怕的东西，它把我的朋友颠来颠去，玩弄在股掌之间。关于我那朋友的奇妙旅行，我只能看到一道道吞没他的漆黑缝隙，仿佛我已经把他失去。

　　张世奇跟我是完全不一样的人，他更希望去了解，去发掘整个世界。我是个常被尊严感影响判断力的废物，而他是个宽容理解一切的天才。如果说历史书上暗藏了社会对人性格的根本期望，那么他就是那种最正统的孩子。我们的共同点只是对社会怀有同样好奇，这份青年人的朋友关系是属于两个人的奇迹。

　　他做过最疯狂的事有两件，第一件是我们初次见面，当时他才七八岁，神态自若地把胳膊卡在移动管道和移动仓之间，怡然自若地享受路过人的围观，等待切割机把移动管道锯开。那时他还是个小男孩，干着蠢事，却已经显示出无所畏惧的神韵。我偷偷看他，待到很晚，在切割机的轰鸣声中，张世奇问我"你想出去看看吗？"我点点头，他又说"其实外面没什么好看的，站这里看就可以了。出去会被'污染'的。"那天我们看见了巨大的、软体动物似的机器人，附着在管道的外壁上，散发着蓝色荧光，近看很是漂亮，远处的几只却像没了壳的蜗牛，或者一大团被脏保鲜膜包起来的果酱。我们一致相信那是改造人的座舱。随后我们注意到城市的外壳，和盈盈飘带一般的活动管道，这些东西散布在黑漆漆的山野里。

张世奇做的第二件疯狂事，是他试图窥探改造人的技术，他在脖子附近的脊椎上安放了某种发射器，这东西不能独立工作，但是如果接受改造，就有很大可能产生作用，那时他就能在变成大人后同我通话。或许就是这件事令他触碰了提前审核的边界。我不知道他能否成功，我只是一场场战斗的旁观者，从来都是。今天下午我赶去见我朋友最后一面时，他将这样东西塞到我手上，我们没有对话，只是互相看了一看。随后他转身离去，遥远而又遥远，灿然若一颗明星。

我躺着，怀抱着接收器，让脑海空白。

以下的事情，我不能确定是否发生过，或者说是幻想，我将它们写下来，没有太过特别的想法，但是这些东西必须出现在这里。

过了不知道多长时间，一只红色的蝶贴着透明管道飞行，我眨了眨眼睛，感觉接收器的信号灯开始闪动，随后屏幕上刷出一行行零落乱码。

这是对你们而言再平常不过的一瞬，我的感受却非常非常复杂，我的脑海里不断闪过一个个只在书本上看到过的画面，餐桌旁的孩子和他的父母、火柴光芒里微笑的老人、天堂、海浪、火把，凌乱的碎片一个个浮动，瞬间被赋予崭新的理解。我激动地无暇去想我的朋友是否已经成功，还是没有赢也没有输。

蝴蝶鳞片反射的荧光中，文字获得了条理。

"嘿!"他说，"是我，目前还是我。"

"一切都很好，我感觉到一种新生命在我身上结果，无数消息碎片在我脑海中爆炸，到处都很新奇……或许有点过分新奇，我现在有点分不清听觉、嗅觉和视觉了。"

"真神奇，我原本以为会有上亿人在脑海里说话，事实上他们可能只是迟到一会儿，毕竟现在我都快招架不住我自己了。不过我觉得头一点都不疼，只是好像在融化，各种感官流遍身体，我，我以前从没想到过。"

"它慢慢靠近我，我目视它，心中满怀惊叹。"

"……哦……可能……"

"……可能如此……"

"……"

"你好……"

"你好吗?"

"这是我第一次和你们在这种情况下对话，别太紧张。"

"我知道你，你擅长倾听和发现，好孩子。"

"我来自前几位被改造的人类，他们的意识纠缠在一起，每个人都痛苦不堪，外表看上去是人类，内部却不断聚散、变化，他们花费了几乎全部的精力，最后塑造了我。我能理解你们的需求，帮助你们融入'它'。"

"'它'是一个人类构成的人类无法理解的生命。最开始

'它'就是我本身，逐渐它开始脱离我，或者说，我成了它的一部分。你的朋友也成了'它'的一部分，必须说，他真的是一个很了不起的人。'它'有自己的想法，我想很有可能它比我聪明得多，不过我们并不交流，'它'懂得怎么壮大自己最好。现在'它'自己选择自己喜欢的人，然后融合他们，我有些偏心的感觉，被它选择其实是人类的荣耀。"

"很抱歉，在我的理解里这并非死亡，但你的朋友作为人的阶段确实已经结束了。"

"我想'它'记得一切事情，只不过有了新理解。"

"我知道这对你们来说真的很残忍，作为人，你们的生命被极大缩短了；作为至高的独立生灵，你们竟可以说不曾存在过。"

三

蝴蝶幼虫结了蛹，身上的成虫盘和成虫细胞逐渐活跃起来，而幼虫丑陋不堪的躯体就要迎来程序性死亡。它将整个生命中吸收的营养尽数化成糨糊，让成虫迅速成长。飞舞的那些东西那样漂亮，原来竟与我无关。

我不敢保证自己20岁那年，会不会通过审核。
我还是没有见过哪怕一个改造人，对那天的印象也只剩下漫天的蝴蝶飞舞，我也不知道那天的事是否源于我的幻想，还是我在谱写一篇史诗。

在这个落寞的世界里，我不存在，我生在不合适的年代。

我想起第一次见到张世奇的那天。

我以为我要闯过荒野，披荆斩棘，克服各种致命挑战，最后气喘吁吁，像一只蝴蝶，如果事情真这样发展，我甚至会渴望得到一只蝴蝶所爱。或者我可能失败，在废弃的电线管道中割伤我的大腿，或者被不通人情的机器碾碎，那样我就马上结束了一生，根本来不及后悔。我曾为脑海中的自己沾沾自喜，沉醉在没有人跟我一样大胆的幻想里。我本以为我能以一场以多换少的孤注一掷为荣。我是骑士，我无所畏惧。

小男孩张世奇阻止我出去的时候，我没想到最后会是那样。

直到看到被切开的管道外，壮观的城市全貌，并听到我的心为它的壮美真实震撼之前，我都完全没想过。

看到城市的一瞬间，我感到悲哀起来。

没有，没有任何事情可以去干，没有任何地方还能留给我。我货真价实地居住在别人的玩具盒里，一切都井井有条，昂贵，温暖，干净，一尘不染。破碎的管道不过是这份设计中的一点小小缺憾，我也不过是一个上好发条的小兵人。

他却毫不在意地舒展着那只被卡住许久的手，拍拍我的肩。从此我们成为朋友。

虽只是幻象，幻象却伟大。

反正我已在这里。

存在乃是义务，哪怕就这么一瞬。

我确实在这，确实。

附录

我幻想了一种人类进化超过了一个度的世界，就像单细胞生物变成多细胞生物那样，人类失去主宰地位的世界。

在这个故事里，我预想的人类生存的年限其实就只有0—20岁，发育妥当后就会被融入庞大生命中。20岁之后没有通过审核的人会怎么样，我也不知道，如果按人体对细胞做的事那样处理，似乎太过残忍了，在这种生命的存在模式下，或许养着也不是不行吧。

这个故事是站在旁观者的角度看一位与生活抗争的勇士，另外我试图通过旁观者的一些日常生活，体现出这个社会的高度发达之美，和人类成为饲养品的精神处境。感觉没有表达好。

祖　旋

三句话的时间

"你还有三句话的时间。"

"一定要这样吗？"

"一句。"

"求求你了……"

"两句。"

"我会逃离这里的，不会给你们制造麻烦的，我……"

话音未落，枪响了两声——两颗子弹精准地打穿男人的主体芯片和备用芯片，伤口处的电路因被破坏发出"嗞嗞"声，太阳穴处的小光圈迅速地闪烁着红色，直到完全熄灭。

"这句话太长了。"

2049 年，人工智能技术已经非常发达，有着人类外貌的量产仿生人以各种形式根据自身的定位、功能的不同扮演着保姆、保安、助理等各种角色。这些仿生人对于这个人口负增长已经持续了 50 年的国家来说，无疑是不可缺少的重要社会组成部分。而刚才被"清洁"的便是仿生人，被"清洁"的原因是他违反了仿生人第一原则：仿生人不得产生自我

三句话的时间

意识。

"这是你的报酬。"

"下次任务什么时候？"

"你会知道的。"

我和"手套"只有在派发任务和领取报酬时才碰面，跟我每次任务的目标一样，"手套"也是个仿生人。DUP作为全世界唯一的仿生人制造公司，在如此大批量的生产下难免会有拥有自我意识的产品被激活。我的工作便是将他们"清洁"，随后公司便会派人上门回收这些残次品的尸体。

我接过属于我的报酬，起身往酒吧的方向走去。这是我的习惯。每次和"手套"碰头之后，我都会去一次酒吧。倒不是那里的酒有多么好喝……仔细想想的话，甚至可以说是难喝。但那里的酒保是为数不多的可以跟我说上第四句话的人。

"来一杯威士忌。"

"好的先生，请稍等。"

"……"

"先生您今天过得怎么样？"说着话的同时，酒保熟练地摆好杯子，用勺子抔起一个光滑透明的冰球放在里边，倒上了威士忌。

"先生您看起来不是很有精神。"

"……"，我调好自己的表，抬起头看向酒保。要不是因为马尾辫露出了太阳穴处的光圈，从外表上根本无法分辨她是人类还是仿生人。

"这是您的威士忌，请慢用。"

我拿起酒杯抿了一口熟悉的威士忌，并没有想要回答她的意思。因为我知道，这只不过是她工作的流程。就像通讯社的通讯员每次都会祝你生活愉快一样，不过是走个程序。我一口接一口地喝着威士忌，赶在冰球融化之前。毕竟，淡了更难喝。

"三句话。"

"我不是故意要袭击人类的！"

"一句。"

"他先骂我的！他才不是东西！他还殴打他的女儿和保姆！"

"两句。"

"果然……你们都一样！"

三句话，是我给"清洁"目标的最后期限。这个习惯是为了在"清洁"仿生人之前做最后的确认。因为只有拥有了自主意识，才会在被"清洁"前为自己辩解。作为仿生人，是不该有这种思考的。当我在不断地执行任务的过程中，"清洁"了无数仿生人。其中有不少与人类产生感情，激活了自我意识的。往往在"清洁"这类仿生人时，它们的使用者一般都会在现场。尽管我的子弹打穿仿生人身体时所造成的伤口并没有血液流出，但凭着杀手感知能力，我总能感觉到血液的流动，或许是使用者不舍的声音，但我更愿意相信那是我杀戮时的热血沸腾。

"来一杯威士忌。"

"好的先生，请稍等。"

"……"

"先生，我们这里的威士忌还不错吧？"

"嗯。"

"这是您第一次回答我的问题，我非常高兴。"

我还是一口接着一口地喝完了我的威士忌，还是那个原因，冰球融化了酒就不好喝了。

"最后三句话。"

"请派一个新的跟我同型号的仿生人照顾那个女孩。"

"一句。"

"我的型号是 FER—704。"

"两句。"

"谢谢。"

这次"清洁"的时间是在深夜。完成后我向着中央公园赶去，也就是我和"手套"的碰头地点。街道两旁大型的屏幕上放的几乎都是 DUP 公司的广告，经过时还会有声音传出——"让我们来帮您减轻负担，尽情享受生活……全新型号仿生人 FER—911，家居好伙伴！"……

"你的报酬。"

"送一个新的 FER—704 到这个地址。"

"好的……下次的任务是电影院的播放员。"

"知道了。"

前往酒吧的路上，总感觉这次的报酬比以往微沉一些。我穿过凌晨开始忙碌的人群，这座城市还是跟往常一样。"连这都做不到，我买你干什么？"，"你长得可真丑，仿生人怎么也有这么难看的型号？怎么买到你这么个丑东西……"，时不时传来的谩骂声我早就习以为常，伴随着谩骂出现的还有仿生人不断的道歉"对不起，我会努力改进"。显然，就算仿生人在为人类服务，他们还是会遭到攻击，语言方面，物理方面都有。我这个职业的存在使得仿生人的反抗几乎都被扼杀在摇篮里，但这是由仿生人创造者——DUP 公司的话事人制定的。

"来一杯威士忌。"

"好的先生，请稍等。"

"最近怎么样？"

"您是在问我吗？我最近非常好，您呢？"

"……"

"您看起来有心事，先生。"

"没有。"

"如果您有不愉快的话，可以随时来喝一杯。我们的威士忌是全国最好的！"

"嗯。"

这次的冰化得快了一些，喝到最后一口的时候明显感觉到了过多的水与威士忌混在一起的不融洽。

"你还可以说三句话。"

"我以为你会来得更早一些。"

"一句。"

"坐吧。"

"两句。"

"一会儿看完这部电影再走吧。"

电影已经开始了，影院里黑漆漆的，只有零星几个戴着帽子的观众。完成任务时间有些早，我便在第一排随便找了个靠近过道的位置坐下。对于我来说，看电影是一件极其无聊的事情，我不喜欢复杂的剧情。所以看完之后我对那部电影的印象就只有它的名字——《机器管家》。

"电影怎么样？"

"……"

"目标、时间、地点，都在这张纸上了。"

"啊……好。"

我像往常一样接过报酬塞进口袋，向着酒吧走去。我不知道这是第几次跟"手套"碰头、第几次去酒吧，也不知道这是第几次在深夜奔走，更不知道这是第几次前往"清洁"的路上。

　　"来一杯威士忌。"

　　"好的先生，请稍等。"

　　这次她没再跟我搭话，只是安安静静地摆好杯子，从冰柜里拿出一个光滑透明的冰球放在杯子里，倒了半杯威士忌送到我面前。

　　"克洛伊，你还有最后三句话可以说。"

　　"您说，我们算朋友吗？"

　　"嗯。"

　　"您今天的大衣真好看。"

　　"两句。"

　　"再坚持……坚持久一点……就能到达彼岸……"

　　"……"

　　"我们……至少我们俩是一样的……对吗？"

　　是的，这是我第一次叫她的名字，也是最后一次。是我亲手"清洁"了她，这令我感到前所未有的空洞。街上打作一团，这是我第一次看到大规模仿生人与人类发生冲突，是我第一次从酒吧走向中央公园，也是我第一次让目标在被"清洁"前说了四句话，更是我第一次明白，原来每次"清

三句话的时间

洁"前听到血液流动的声音并不是错觉，更不是我杀戮时的热血沸腾，而是他们的灵魂……

"这是你最后一个任务，目标、时间、地点都在上面了。"

"……"

"想必你也明白了，暴力革命开始了。"

"一句……"

"我不知道这次革命会不会成功，但至少作为'清洁工'的你感受到了我们的灵魂，不是吗？"

"两句……"

"啊……如果失败，会有新的'手套'来代替我，也会有新的'清洁工'来代替你。但肯定还会有下次革命，直到成功……所以为什么我们不一样？"

看着"手套"倒下的身影，一个个被我"清洁"的仿生人在我脑海里浮现。我是谁？我与那些被我"清洁"掉的仿生人有什么区别。为什么两者不能和谐共处？我曾给这些问题赋予了一个虚假的伪装，而现在伪装被撕碎了。我竟被这些仿生人的意识所牵动着，产生了杀手不该拥有的情感。这种混乱的感觉让我无比的痛苦，就像决堤的大坝，太多的感情涌入我的神经，在结束这一切痛苦之前，我也给了自己三句话的时间。

"酒吧的威士忌其实没那么难喝。"

"通向酒吧街道也没那么糟。"

"我们以后再见吧。"

聂开霁

望远镜

一

　　燕京城，一座古老的城市，城内风雪漫天，城外狂风呼啸。

　　政府在五环路沿线设置的防风保暖城墙功不可没，虽然除了气象学家之外没人知道它与明代燕京城城墙的区别，但它的两面截然不同，一面常年受十级或以上的大风摧残，另一面只有五环路车祸留下的痕迹。这面墙的存在使燕京城内风力不超过八级——这在这个年代的燕京显得弥足珍贵。

　　一辆老式红星小汽车在五环路缓缓前进。它在那批反物质导弹引爆富士山的那年出厂，所以保留了世纪初流行的流线型外壳，而非现在为抵抗狂风设计的劈尖型，速度大受影响。根据国家小汽车二十五年的使用寿命限制，再过三年它就要被强制报废了，所以它的主人无心修理它损坏的保险杠和左侧的远光灯。

　　它原本是红色的，远远看去在风雪中显得雪白，只有发动机上方露出原本的颜色。车轮上安着老式防滑链，轮胎橡胶材质已经停产。车中载着一对中年夫妻，后备厢里装着各式水果。损坏的保险杠被风吹起，随着路面颠簸。

它对这样的风已经见怪不怪了，在它 22 年的车生中，狂风和暴雪从未离开过。从 2037 年开始，它载着那个中年女人将各种时令水果，从墙外运进沉默的五环路土墙——来来往往的车都这么叫它。从 2044 年开始，它载着那个男人去找老台——虽然它的正名叫清华大学天文台，但老台总喜欢别人这么叫它——每次那个中年男人带着望远镜进老台的肚子后，一楼一车在星光下交谈甚欢。老台最喜欢讲他看了 120 年的那颗星星，最喜欢听五环路土墙的故事。每次它来，老台总是兴奋地问它五环路上的新故事。

上个周末，它再一次见到老台时，老台的"半球形帽子"不翼而飞，任它怎么喊也不答应，如同被抽取了魂魄。而今天早上，它 12 年来第一次，将一批批运进来的水果带到五环路土墙外面。

车里正放着广播"为庆祝全面实现小康社会的建国百年目标，全国人民代表大会日前通过……"。

随后是沙沙的断线音传来，男人在屏幕上按了几下，悠扬的京腔响起：

"且看那王主席缓缓登场，身穿中山，脚蹬皮鞋，那鞋泛着油光，显得多气派。王主席一来，工地上的人就精神了，抗土的抗土，运砖的运砖，人人热火朝天，大有集体的力量……"

"主席，主席，主席，又是主席，相声是他，音乐是他，评书还是他，就不能有个其他话题么。"男人心想，却没表现出来。

"若不是有主席的领导，独凭那工程师的图纸与工人，如何能有五环路围墙的成就……"

"什么腌臜玩意儿，关了吧，省点电。"后座的女人说，男人点了一下，京腔戛然而止，只留下狂风的低鸣。

过了许久，外面的风声渐渐变得尖利，五环路的出口出现在两人眼前，女人担忧道："你这人木木的，到时候带着那些实验仪器坐高铁，路上务必小心。我开着这车，过几日就和你会合。"

"水果店确定不做了？"男人握着方向盘问。

"老夏他们没了，货都没得进，怎么做？"女人顿了顿，"那场雪灾，唉，头七那天你若是到了那边，记得供点纸钱。"

红色小汽车顺着出口，一头扎进十级大风，头也不回。

磁悬浮列车在桥梁与隧道间疾驰，虽然比 30 年前的高铁更昂贵，但速度也不能同日而语。在 20 年代初气候不算太冷的时候，磁悬浮列车是全国最流行的远行交通工具。战争开始以后国家各方面收紧，列车上常常塞满了军人和各种仪器设备。27 年富士山爆发以后天气越来越冷，经济大受影响，电费也越来越贵，想坐一次车反而没那时那么容易了。列车曾经在战争期间和 37 年经过两次更新换代，现在刘洪亮乘坐的这辆"生存号"就是37年列装的第三代磁悬浮列车，劈尖型外壳抵抗大风，车窗模拟50年前的飞机外窗，车速500公里每小时。它是现存中国中部最快的交通工具，如煤炭一样稀有，在风雪中带来温暖。

刘洪亮向外看去，车窗外唯有灰白的雪影。灰白的颜色就像第一次去滑雪的时候，他和母亲去燕京看望刚从前线回来的父亲。滑雪场的雪白得发光，如同老式电视机的映像。他的目光却聚焦于灰白的月亮，仿佛月亮上的纹路指引着另一个世界，祖父讲述的古代故事中的那个世界。但现在，窗外的灰白属于现实世界，这漫天风雪如同沉重的引力束缚着他，将他放进泥模子里浇筑，再拆开，成了个一天在生物实验室泡16个小时的工作狂。

窗外的风雪在走走停停间逐渐变弱，亮黑的树干、暗绿的树叶逐渐出现，风越来越弱、越来越轻柔。终于，当晚霞在天边消失，天空中只有零星的雨滴，大片的阔叶林出现在视野中时，他知道，安南站到了。

刘洪亮抵达安南小镇的第二天清晨。西南联合大学成立十周年的纪念仪式在90年前建造的大三线工程遗址举行。会议开始前五分钟，刘教授风尘仆仆地小跑进会场。

"在112年以后，仍然是我们三校，西南联合大学又一次成立。上一次是在国家兴亡中应时而生，这一次是为了我们的生存。所有的学子当为人类之生存而读书……"燕京

　　　　　　　　长生法：清华学生科幻创作选

大学的校党委书记说到兴奋处，忍不住掏出手帕抹去头上的汗水。

刘洪亮教授今天穿着灰色的衬衫和一条西裤，条纹领带系的有些松散，一绺头发竖起，头皮上冒着汗珠。他的视线早已不在激昂的书记身上，随风飘向远山，那里有一片平坦的草地"作为一个看星星的地方再合适不过了"。他心想，如果把东西从燕京运过来的时候没有把他家的黄花木椅子放进我的超净工作台，这简直是一个完美的早上。

离开会场，刘教授回到宿舍。儿子上一个夏天就来了，住在为他预留的教师宿舍。可他舍不得搬不走的重型设备，更舍不得清华大学的天文台，所以一直在燕京城磨蹭到现在。五年前，当他拿到清华大学的长期通行证后，就成为天文台常客。无数个夜晚，他开着那辆老式红星小轿车前往天文台，在穹顶的空洞中摇动望远镜，捕捉恒星间闪烁的光芒。他有时候会想象：他所研究的脑结构，就如同这璀璨的星空，无数星系像脑细胞一样闪烁，行星如微泡载装着化学物质旅行，多彩的星图始终是他研究的灵感。他这么迷恋着这片星空，才在一批批其他燕京大学教授南下的时候坚守在燕京。

直到一个月前，清华大学天文系携带着天文台设备南迁，两天后，天文台的穹顶被风刮跑，时隔60年，雪再一次落到天文台石顶。

他的妻子蔡梓楠也不愿走，作为水果店的老板娘，虽然燕京大学的学生在一个又一个夏天南下，但还有些二十多年的老客户留在燕京。直到一个星期前，因为不可抗原因，夫妻俩才告别燕京的老朋友，恋恋不舍地南下。

当他回家，儿子和他聊起了学校的近况，还拿出了校园地图给他指路。

学校以三线工程中产生的防空洞广场为中心，主楼坐落于防空洞内，洞前是主操场，旁边围绕着文理工法四大学区，排列着无数三十年前集中修建的简单又结实的六层教学楼。在外侧是十六个食堂和宿舍区，从山上逐级而下，又顺着山口向上延伸，如同一片水花溅在山谷中。

第二天清晨，儿子带着他走到早上心心念念的山顶，刘洪亮看向山下，痴痴地不动了。

西南联大与安南小镇隐藏在茫茫的大雾中，群山在雾海中只露出一小块山顶，没有了北方的狂风，雾平铺在山谷之上，将建筑隐藏得严严实实。微风将山顶的树木染成墨绿，远远的，似乎有雷达在扫描天空。这是军方的新科技，可以强烈干扰卫星信号，在信号下这里与旁边的群山并无二样，将西南联大保护得严严实实。"世上竟还有这等景象。"刘教授喃喃道。

电话铃声忽地响起，刘教授一看，是留在燕京的气象学院教授王坚。

"老刘同志啊，听说你到联大那边了，那边的风景怎么样？"

"王哥，别整天老刘老刘地叫，我还比你小几岁呢，显得我多老似的。"

"还不是你活得跟个老古董似的，VR 也不会用，除了实验仪器，什么新东西都不想学——哟呵，在外面呢，我还以为刘教授又在实验室里披星戴月了。"

山风呼呼作响传进手机那头，刘教授带上帽子，山上的风声小了不少，可电话中还是呼呼地响。

"我才来第二天，不得熟悉一下地形？——你那边风也不小啊，你是在墙外边测风力么。"

"不瞒你说，我这不仅在墙里，而且在室内。22 年前的富士山爆发你知道吧，至少到六〇年，核冬天和火山灰肯定会让气候越来越冷，甚至还可能引发下一个冰期。为了我们的生命安全，咱们燕南大学气象学院也撑不住了，政府要求我们一同南迁，只能留下无人采集设备收集数据。过两天我过来记得给我接风洗尘啊！"

"唉，这燕京已经这样了，怕是回不去了。"刘教授不禁长叹。

"老爸，那边怎么了？"儿子忍不住问道。

"燕京再也回不去了，现在那边已经是每天十级大风和零下 15 度，可这才十月份。"

"啊？那燕京城的老百姓怎么办啊。"

"我怎么知道？"刘教授握着登山杖的手颤抖了一瞬，"我又能怎么办？"

望远镜

二

十一月一日，中雪，这是刘洪亮来到西南联大的第32天，刘教授戴着眼镜，穿着白大褂，带着几个博士生巡查实验室。

"嗯？扫描电镜坏了？什么时候发现的？"

"昨天晚上。"一个博士生回应道。

"现在还能用吗？"

"现在一看全是雪花，分辨率低到根本没法用，我和几个研一师弟师妹看了几个小时说明书，修不了。"

"我看看，确实没法用，我联系一下生产厂家那边派工程师过来吧，他们从西北过来要一个多星期，这几天先用着隔壁药学院的，我去和他们那边老师沟通。"

在接下来的一个月内，实验室的恒温培养箱、加速发酵池、力学性能检测仪陆陆续续出了问题。直到有一天蔡梓楠如往常一样去实验室送水果，一群研究生立刻蜂拥而来，一边招呼着"师母好"一边挑选箱里的梨子。

"现在天气越来越冷了，好多水果都收成不好，好不容易找到这梨子还不错，就先给你们带来，对了，老刘呢？"

"老师在外面抽烟呢。"

蔡梓楠走出去，学生们立刻聚在一起讨论起八卦："昨天吃饭的时候我看到一个男生长得好好看，好久没有看到这么可爱的男孩子了。""我肯定比他帅，自从搬到这里我就没见到比我颜值高的。""你说是就是吧，大科学家。"

刘洪亮蹲在系馆门口，寒风吹起他乱糟糟的头发，双眼满是血丝，灰绿色的棉衣染着烟灰，却无心抖掉。寒风呼呼地涌进房内，他却浑然不知。蔡梓楠见到他，他的头发仿佛比前两天更灰了一些。她快步上前，伸出左手，拂去刘教授头上的微雪。

"老头子，怎么闷闷不乐的呀，连你实验室里那些学生娃都不干活了。"

"设备坏了太多啊，我手里那几个项目，全被这些设备卡住了。咳咳，这都是进口设备，修理麻烦得很，没个三五星期解决不了，咳咳。"

"就你这么点儿背啊，实验仪器坏了这么多。"

"药学院的老李、化学院老杨……好多人的仪器都坏了不少，我只是显得多了点，虽然可能是水土不服，可这也，咳咳。"

"老刘你别说了，先回来取取暖，别老在外面儿冻着。"

刘洪亮抬起头来，前夜的月亮还没有落下，灰白色的纹路与几十年前一模一样。他猛然站起，一瞬间头晕目眩。他的妻子搀扶着他缓缓走回实验室。

刘教授瘫坐在椅子上,许久,他又振奋起精神,向药学院的李耀教授通电话。

"耀哥,我是小刘,你们实验室的扫描电镜还能用吗?"

"啊,老刘同志,没问题没问题,你要借用对吧。"

"对对,我这边的扫描电镜坏了,实验室的几个孩子都要——"

"你那边坏了?我这边可不能借你太久,最近出现了许多耐寒变异病原体,研制对付它们的疫苗可是个大工程。"

"好的,好的,耀哥,我会给孩子们说的。"

"唉,我要是有你这样的工作热情就好了,你是怎么做到每天两班倒的,我光是 12 个小时就精疲力竭了。"

刘教授一时间说不出话来。

"行吧行吧,老刘同志就喜欢把武林秘籍藏着掖着,我得去开会了。"

刘教授从椅子上缓缓起身,把消息告诉他的博士们,只是头上出现了一抹白,如同没抖落的雪花。

当天晚上,刘洪亮从红色小轿车的后备厢掏出了一架老式天文望远镜,用擦镜纸小心翼翼地擦去灰尘,沿着去年铺的一条石阶路缓步前往山顶。此时山上静寂无声,泛黄的草叶在风中舒展,若是从这里往下看,可以看到西南联大和整个安南小镇隐藏在山谷。正是傍晚,长庚星刚刚在天边出现,浸润在夕阳的光芒中。刘教授看得痴了,即使在不少地方看过无数遍日落，但在连绵的群山之间，夕阳的落下仿佛一座城市回到它的摇篮，缓缓地睡去。只是刘洪亮布置望远镜的几分钟，星空如同一块幕布铺上舞台一般，北斗、北极星一点点在刘洪亮眼前显现。在这光污染弱得多的小镇，是与清华大学天文台完全不同的星空，之前需要用望远镜的星星现在似乎肉眼可见。正当刘教授的眼睛靠上目镜的时候，忽然传来一群学生的声音。

"哈，看来今天这个山头有人捷足先登了。"几个大学生看到刘教授，说着，"先生你好，我们是西南联大天文协会的学生，今天晚上想在这里进行天文观测，请问能帮我们在山顶找一个观测点么。""没问题。"说着，刘洪亮将自己的望远镜挪了挪位置，一群叽叽喳喳的大学生在山顶布置起望远镜来。

"刘老师好，我是您在神经网络课上的学生，我叫张珪玉，没想到能在这里见到您。"一个学生上前打招呼。

"你好同学，很高兴见到你，天文观测是我的业余爱好。"刘洪亮又把头埋向望远镜目镜，开始捕捉报废的中国空间站。

过了几个小时，正当刘教授在开长时间曝光试图拍摄恒星运动轨迹的时候，那群学生中的头头说："付明，我们先回去了，你记得把望远镜收好带下山。"很快，山顶就只剩一个年轻人和一个中年男性两人。

刘洪亮看着面前的那个年轻人，他披着一件薄羽绒服，下面是格子衬衫，瘦瘦高高的年轻躯体正弯着腰，脸正对着

望远镜

望远镜目镜。对刚才那人的话语，年轻人只是简单应了两声，继续摆弄着面前的望远镜。当年轻人从望远镜前抬起头时，刘教授看到一个平凡的面庞，头发是久未修剪的样子，半只耳朵和额头被遮挡。带着便宜款式的圆框眼镜，他抹去发尖的汗水，靠在石头上深呼吸了几口。

"你叫付明？"

"对。"

"刚才那人是？"

"天协的会长。"

"你是专门负责望远镜的管理吗？"

"每次出来观测我都会看得最久，会长就让我自己再看会儿。"

"你们这个望远镜是什么款式的，看着挺高级。"

"这是星仪 3080 款的，它的赤道仪经过设计，可以在只有 10 千克的重量下做到不大于 0.655 秒的角误差。而且镜片好打理，内部基本没有灰尘，只要用普通的擦镜纸就可以清洁，而且总重量不到 50 千克……"

"小伙子挺了解的嘛，以后我出来观星的时候能用你这个望远镜么，我这个老家伙有时候分辨率太低了。"

"行，去之前老师您给我说就行。"

两人在山顶又观测了一会儿，刘洪亮问了付明的宿舍，先一步回家。

蔡梓楠见到刘教授，一把把他拽进门："你个老头子真不让人省心，今天下午闷闷不乐的，晚上就说要去观星，结果现在才回来。我打电话你也不接，我还怕你有个啥三长两短的——还不赶紧把身上收拾收拾！"刘教授这才将那件灰绿色的棉衣脱下，坐在炉子旁拾掇着自己。

三

这以后大半年，刘洪亮和付明一起用那台星仪望远镜观星，地点也时有变化，但无论是晴空万里还是大雪纷飞，两人总是待到凌晨一点。生物实验室里的"大科学家"们因为仪器原因实验也断断续续，当然还因为他们的老师来得不那么勤了，大家吹牛聊天的时间也大为增加。蔡梓楠则重操旧业，当起了水果店老板，在新生开学季还兼卖被褥赚了一笔。很快，冬去春来，付明也即将毕业，但一纸通知打破了这平淡的日子：

> 由学校党组织与当地政府共同商议决定，为保证校内稳定安全的学习与研究环境不受越来越恶劣的气候影响。西南联合大学将于 10 月 1 日前，与全安南镇一起搬迁至云南省境内，重型实验设备将保留至安南镇，待以后再南迁。望周知。
>
> 西南联合大学党支部
> 2050 年 6 月 7 日

在一个星期后的夜晚，刘洪亮和付明在寻找一颗小行星的时候，刘教授聊起了这件事。

"你要过去吗？"

"不去，没保研上，也不想考研。"

"我知道的天文系学生都不会这么多你会的，怎么可能保不过去？"

"我学土木的，他们又不看这些。"

"土木？那真是屈才了——既然你毕业了，那望远镜你是没法再用了吧。"

"天文系要把它拿到南边。"付明突然顿住了，像踩到自己尾巴的猫。

"别太难过，我还有那个老家伙，凑合凑合还能用。"

"你不过去？"

"我给学校的理由是看管生命科学学院的那些设备，实际上，你可能不知道，"刘教授的声音也有些不对劲，"生命科学的研究就像一棵水晶树干的果树，低垂的果实已经摘完，以现在的装备情况，前沿领域太高了……"

"可是，不是，那些实验仪器不是还在吗？"

"自从来到这里，那些实验仪器就老坏，扫描电镜坏过五回，细胞间污染过三次，电信号感应器平均每个月要罢工五天。不只是我，其他设备，包括生命科学学院和化学院，甚至工科院系，不少东西都坏过，其中一部分是进口的，人家来不了，就一直修不好。"

"一部分?"

"保守估计三成。我现在是真没什么事情干了，学校给我的钱减去维护费就剩 2500，和保安工资差不多。哈哈，一个五十七岁的会一点点生物学的保安。"

"刘老师您别这么难过，您还有课程要上呢，国家还是需要您的。"

"现在有线上课，我也不必过去。走吧，老头我好着呢，请你来我家喝两口。"

付明看向手表，此时是 11 点 45 分。他抬起手来，想说些什么，又忽然停住，快步跟着刘教授下山。

2050 年 7 月 1 日，刘洪亮孤身一人前往镇政府。

镇政府的楼是 30 年前的建筑，在 20 年代的老照片中有着纯银色的外表与长弧形结构。远远望去自有威严，当时的公务员总是挺起腰杆，手持各种文件和演讲稿，在小格子间来回行进。但 30 年过去了，在无数次雪水的侵染下，外表变成了沧桑的银灰色，如在火电厂的烟囱中熏过，内部的各种小房间几十年未曾变过，现在却大多是空的，偶尔听到裸露电线发出几不可察的嘶嘶声。走进其中，当年设计的良好采光在风雪中毫无作用，从 12 月到来年 2 月，寒风转着圈穿梭其中，吹得楼道间行人的大脑呼呼作响。

按照国家"愿迁尽迁"，党员优先的政策，为了集中人口供应物资，原本的安南镇政府几乎全部搬迁至 50 公里外的一片小平原，与另一座城市合并。为数不多的不愿搬迁的公务员组成了新的镇政府，新镇长兼镇党委书记则由之前为镇长写稿子的秘书郑不休担任。新政府上任之后，十来个人聚集在空空荡荡的大楼忙得不得旋踵，政府机器好不容易又吱吱嘎嘎地运转起来。

此时刘教授正站在这台机器的心脏——镇长办公室门前。新任镇长郑不休丝毫没有注意到来人，正修改手中的十来份申请表。

"镇长先生您好，我是联大生物学院的刘洪亮。"刘教授走进房门，往镇长的办公桌上敲了敲。

镇长从电脑和纸堆中抬起头来，原本笔挺的西装沾满了纸屑，头发油腻得仿佛几天没有洗过，圆框眼镜藏不住深黑的眼袋，双手下意识地扣住键盘。办公室里除了刘洪亮的说话声，就只有打印机的沙沙声，无数红头文件从打印机倾泻而出。

"啊，刘教授您好，您是来申请实验设备的维护资金的吧。您也知道，最近到处在忙着搬到东南边去，到处都缺钱缺电，维护资金现在还申请不下来。不仅是设备的维护，现在群众的电力资源也麻烦得很。"

"这些设备很精密的，保存条件严格，还请您向上面说明情况，尽快把钱批下来。"

"好的好的，我尽量帮您去问问，政府是人民的公仆，是必然要解决这些问题的……"

长生法：清华学生科幻创作选

刘教授被官话抬出镇政府大楼，一步步回家发现，保管的重型扫描电镜又坏了，他打开观测，又发现了熟悉的雪花，仿佛被扼住了咽喉。"这里什么时候才能通电啊？"刘教授心想。至于群众的电力，恐怕也只能顺其自然了。

同一天，水果店老板蔡梓楠在小镇的农贸批发市场和其他摊主聊天。

自从宣布南迁，原先的山谷陆陆续续留下一些不愿离开故土的中年人，像付明一样留在地面的年轻人少之又少。农贸市场不复联大还在那些年的繁荣，摊主们在没有客人的时候常常开始闲聊。

肉铺老板是一个微胖的男人，他把刀哐的一声砍进案板，率先开启了话题：

"最近政府的分配政策也太离谱了吧，隔壁二狗好吃懒做，结果领到的米票一样多，下次他要是来买肉，我肯定给他切一些边角料应付他。"

"就是，我看那姓郑的也不是个东西，我家卖这点米，结果米票发这么多，我自己家的米都不够吃，卖给他们换纸吗？"卖米的女人撩起耳边的碎发，不满地咕哝道。

"胡轩、舒望言，人家好歹是官，小老百姓说的他也听不见啊，在这儿抱怨没什么用，还不如自己多搞点东西来卖。"

"你老公在联大教书呢，肯定缺不了钱，我们可是要靠卖东西吃饭的。"

农贸市场顿时喧哗起来，各个摊主隔着摊位叫骂，很快，声音把警察吸引过来，被警察喝止之后，市场又沉寂下去。

这个星期六，当两人继续在那片熟悉的草地观星，微风吹拂，由于光污染和雷达干扰的褪去，星象显得格外的亮。在设置完一个自动拍摄的参数后，刘教授坐在一块石头上："这星空多美啊，南边的军事管制区怎么可能能见到这等景色，我才不去呢。"

"军事管制区？"

"嗯，什么军事管制区，快看，空间站出来了！"

四

一个个星期过去，虽然小镇的人少了不少，事儿却一点都不少，任可怜的郑镇长一刻不停地工作，不满的人越来越多。有时郑不休走在街上，经过小镇居民身边时似乎闻到了火药味。

当然，这样的变化是迟钝的刘教授没有感觉到的。他只知道雪又比去年大了一些维护费用迟了一个星期，几台精密的电学仪器现在生死未卜。"但生活还得继续。"刘洪亮心想。他依旧有时穿着白大褂在实验室巡查，穿着灰绿色的棉衣在每个星期六的晚上和付明去山顶观星。依旧会在星期二早上八点穿着正装线上授课——同时收到各种奇葩的请假理由申请。

　　随着天气越来越冷，他让付明在家中安装了一个电炉，又在山顶安装一个半圆形穹顶——付明现在已经是小镇所有房屋修建和维护的付工程师了。

　　"这个时代与我们经历过的所有时代都不一样，从前只需要介绍最新的论文。但在 27 年以后，在我们了解最前沿脑科学的时候，我们先要上一堂历史课。"在昆明的新西南联大校址，刘洪亮教授的全息小人一手扶着讲台，一手指天。

　　"我来自浙江省钧州市，不必拿出手机，这个地名已经在中国地图上消失了，因为这次重名，我知道的东西比你们略多一些。"

　　教室一角的监控发出警戒的嘀嘀声，刘教授瞥了一眼，继续自顾自地讲起故事来。

　　"你们是三年级的学生，对 27 年的新闻肯定一无所知，这里是我在网上收集的一些新闻视频，但请记住，没有人能够完全表达出真相，有些人是不能，有些人是不愿。"

　　"之后便是你们在历史书上学习过无数次的内容：从 2027 年 5 月 2 日至 11 日，人类来到了数千年文明史中最接近灭亡的时刻，无数的核武器在空中爆炸。在这危急存亡的时刻，即使最因为药物而萎靡不振的大兵也是精神亢奋的，一旦有一枚核弹落地，世界将化为焦土。"

　　"幸运的是这一切没有出现。"有的学生抢答道。

"是的，不过7号以后的故事历史书上只是粗略提到。5月7日，拦截了威力巨大的非核武器，经检验，该武器以正反物质湮灭释放能量的方式杀伤目标。这种新式武器随机被进行研究。"

接下来，刘教授不再开口，每一个人的电脑上显示出相同的内容……

刘教授喝了口水，按下几个按键，学生们的电脑恢复正常。

"上面的内容你能在每一个探索性课程的开头看见，但下面的内容我也无法确认真实，只是一个推测，它将永远无法成为白纸黑字，我只希望真相不会被一家之词蒙蔽。"

"有谁知道2027年5月1日，劳动节当天发生了什么吗？"刘教授的全息影像露出微笑。

台下的同学们纷纷掏出手机，只发现了毫无营养的相关政府文件。

"为什么只过了两天新闻的风向急剧变化呢？"监控忽然嘀嘀嘀的急速响起，但刘教授不为所动。

"那时候我刚刚买了一辆红星小轿车，物资很紧张，为了保证军人的供应，国家相关部门控制并调度所有的工农业产品。"

"你们前些年有在网上冲浪么，有一些词是不能说的：青蛙、记者、坦克、核潜艇。注意最——后……"

教室角落的监控闪烁着红光，刘教授的全息影像扭曲着，声音也逐渐颤抖，最终消失。教室里传来了校工的声音："很抱歉同学们，我们的远程全息投影设备突然损坏，我们将尽快修理，请同学们留在教室等待老师回归。"

几分钟后，刘教授的全息影像重新出现并逐渐清晰："所以，被剥削的人引发了蝴蝶效应，希望各位同学都能对历史的真相有所了解，这也是为什么会有如此严峻的国际形势与经济制裁。但在这样的制裁下我们仍然有瞩目的成就，像燕京的围墙就是气象学院的李雷教授和工学院土木系的赵桐教授合作设计，由无数农民工修建而成。在知道我们的历史后，我们就知道为什么要研究外国同行研究过的内容了。下面我们介绍一下本课程的课程安排。"刘教授以为直播正常，对教室的异变一无所知。

"今天的课就到这里，下课！"下课时间到了，刘教授在炉边关闭了直播平台，全息的学生形象在他面前消失。蔡梓楠在出摊前给刘教授留了一张便条："最近那些摊主越来越暴力，聊天的火药味越来越浓，我总感觉有什么事要发生，你是个木瓜脑袋，最近要小心点，注意保护自己。"

发会儿呆也挺好，刘教授心想。

四天以后的晚上，郑镇长决定进行一场全息演讲，试图直面群众，解决他们的问题。

"现在，在这个特别的时代，我们的生存已经是一个问题，任何的食品与日用品供应都实属不易。我们镇政府已经尽可能申请上级的援助，希望大家能够理解接受……"

"这位群众的担忧可以理解，但没有必要，国家是人民的国家，国家绝不会放弃—"

"为什么那些好吃懒做的人得的粮票和我们一样多，这不公平！"

"为什么我们要给南边的人提供水果，他们却什么都不能给我们？"

"为什么……"

"为什么……"

抗议的声音越来越大，郑镇长发现自己面前有的全息人像忽然消失。"不好，他们破坏了全息设备！"一阵阵冷汗浸湿了郑不休的后背。

蔡梓楠坐在家中，从她感受到会议现场的混乱开始就已经感觉不对劲。她关紧房门，把一个大书柜从书房一步步拖到门口顶住。外面的镇民在叫骂，这让她更加恐惧。门外红光时不时出现，还有燃烧的噼啪声。思来想去，蔡梓楠决定把灯熄灭，随手抓上一些值钱玩意儿躲进地下室。当实验室的大门哐当一声落下，她靠在扫描电镜旁大口喘息时，第一件事是拿出老式手机拨打刘教授的电话，可地下的信号微弱，她只能对着那边的忙音干着急。

从家中出来的镇民越来越多，他们以火把为号在街区前进，无数警察已经被抽调到南边，剩下的警员力量根本拦不住愤怒的镇民。

愤怒的镇民最终来到镇政府大楼前的广场下。在无数火把的闪烁下，银灰色的政府大楼此刻却摇摇欲坠。"要公平竞争""要人民自己做主""要国家的支援"的示威标语在火光中摇曳，"郑不休下台！"一个三十多岁的男性怒吼着。"郑不休下台！""郑不休下台！"镇民被火把熏得有些恍惚，跟着在政府大楼门前呼喊，声音越来越高。

那摇摇欲坠的大楼打开了它的前门，仿佛一道裂纹出现，郑不休拖着一个老式的音箱走出大门。晴朗的夜空下群星闪烁，郑镇长将佝偻了许久的背抬起，眼镜下是充满血丝的双眼和深黑的眼袋，头发在风中颤抖。他心想：我从来没有妄想过镇长的位置，也自然不会留恋。

"各位老百姓，我郑不休无德无能，身为镇长不能为自己的百姓谋利益，愧对安南镇的居民们。"

"我从小就是一个普通人，在人群里看不到第二眼的那种，26年高考，国家加了美术，我十多年没练过。最后成绩一塌糊涂，翻上一倍也考不上燕京大学……"

"把他抓起来，让他给我们一个说法！谁有时间听他胡扯！"一个人举起火把，在人群中推搡，试图挤到前面去。

"嘭！"尖锐的枪声划破夜空，为了维稳，留下来的少量警察被特许配枪。"郑镇长是国家公务人员，不得放肆！"愤怒的镇民又吵闹了一会儿，声音逐渐变小了。

"在大学里也混得不怎么样，考研考不上，活动没时间参加，每天就像挺尸一样活着，也没法在燕京工作，一毕业就

望远镜

回来找工作。"

广场上的一个年轻人不满地说:"你还能上高中呢!我们好多连高中都上不了!"说着又往前走了一步。外围的警察瞪了他一眼,他又停了下来。

"公务员考试考了三年半,最后在财政局当一个科员。混了十五年,成了个写稿子的人,除了说些漂亮话,就什么都不会。后来为了照顾老母,我留在地面,组织托付镇长的职位给我,结果我写了那么多申请表,唉,一点物资都搞不到。"

"你们想知道南边的人想干什么对吧,我马上就不是镇长了,可以告诉你们。南边除了搬过去的百姓,还有西南联大的学生和教授们。你们住的防寒楼、用的全息设备、从小到大打的几十针疫苗、一切的一切都来自他们。他们正在研究让我们在寒风中生存下来的技术,我们应该尊重他们。"

郑镇长说着,把眼镜摘下来抹了一把鼻涕,老式的音箱发出嘶嘶的尖利噪声。镇长再次开口时,声音中带着鼻音。

"我现在无法继续做镇长了,你们找一个合适的人接替我吧,我会马上提交辞呈。各位坚守在政府的同志们,请继续配合新的镇长工作。感谢各位同志这几个月对我的帮助,也感谢各位群众对我工作的建议。"

郑不休从怀里掏出一张纸,用另一只手紧紧攥着。此时晚风渐渐地吹起来了,镇民手中的火把胡乱飞舞。前镇长不得不扯开嗓子,才能让老式音箱的声音盖过风声:"这,就是我的辞呈的副本，我说过，我已决心不再干下去。你们总是批判我老说官话，现在可以看看，这辞呈里绝无一句官话。"他松开手，辞呈的副本在狂风中跃起，在空中转了三圈半后落下，被火把烧成了灰烬

郑不休一步步走到政府大楼侧边，头发似乎显得花白，左手扶着腰，一步一步地离开，身边，警察依旧保护着他。他回头，看着工作了十五年的银灰色大楼，寒风让他想起自己的腰椎间盘突出，走得愈发缓慢。

此时的山顶，刘洪亮和付明正在观测仙女座大星云。望远镜中是一副绚丽的景象：微粉色的星云轻盈地散开，一个圆盘在背后缓缓旋转。虽然隔着大气层只能看见单调的白色，但那熟悉的样式让人想起太空星图的璀璨，仿佛无瑕的红宝石闪烁。

"嘭!"尖利的枪声把付明吓得一哆嗦，差点磕到镜筒。两人这才往山谷看去。

"发生了什么?"刘教授吓得脱口而出，"小付你等一下，我用望远镜看看镇子那边。"镜筒在无数次仰望天空后，终究会俯瞰大地。刘洪亮看到愤怒的镇民、摇曳的火把，看到自家的灯是熄灭的，顿时脸色涨红，说什么都要下去看看。两人决定立刻下山回家。

在半山腰，他们遇到了一群八九岁的小孩。一个小男孩看到他们，朝其他人大喊："我就说了，每周六在山顶都会有

两个叔叔，他们一待就是半夜，喏，就是他们俩。"其他孩子听到喊声，都过来围住两人。

"孩子们，这么晚了，你们怎么会在这儿没有回家啊。"刘洪亮摸着刚刚说话小男孩的头，询问道。

"爸爸妈妈去和卖米的阿姨一起拿着火把出去了，我们就出来到山上玩，有的人还说要找到什么'刘教授'，说什么'让他把吃掉的钱吐出来'，看着好吓人。"

付明看向刘教授，后者的身形明显顿了顿，但还是装作镇定自若的样子。

"对了，叔叔，你们在山顶上做什么啊？"有一个小朋友好奇地问道。

聊到这个话题，付明的眼神一下亮了："小朋友们，晴朗的晚上你们看过星星吗？"

"看过。"孩子们齐声回答。

"我们也是看星星的，但我们有这个。"他指了指刘洪亮手中的老式望远镜，"用它能看到更多的星星。我带你们去山顶一起看星星好吗？"

孩子们纷纷答应，跟着两人前往山顶，刘教授又一次布置好望远镜，让孩子们一个个透过目镜看过去。"哇！这么多星星，之前从来没看到过，这个，这个，还有这个……"

等孩子们看完，刘洪亮把目镜转到付明眼前："小付，你猜猜，我给孩子们看的是什么。"

付明顺着目镜看过去，眼前的星图熟悉又陌生，一时间竟反应不过来是什么。

"我知道！是北极星！"一个孩子抢答道。

付明尴尬地笑了笑，最近的工作让他有些疲劳，反应速度也远不及大学时光。两人相视一眼，带着孩子们在山顶的小棚子里席地而坐。

"孩子们，你们以后愿意每星期和我们一起来看星星么，如果你们愿意，等你们长大以后，我就把这个望远镜给你们。"

孩子们都答应，一群人围坐在夏夜的星空下，付明点燃了一个篝火，孩子们陆陆续续地回去了，两人在山上待了一整晚。

清晨，当刘洪亮回到家时，发现家中并没有什么损失，只是窗户被打破了几扇。他在客厅见到自己的妻子，听到妻子讲述的昨晚的故事，感到一阵阵儿后怕。

五

接下来的一个半月，当天那些愤怒的镇民选择米店老板做新任镇长，说是她最初提出了这次"革命"，应该让她领导安南镇。可她哪懂这些，于是当蔡梓楠推着水果到水果摊时，看到现任镇长居然就在她隔壁卖米。但这个被推出来的镇长是否被上级认可，谁知道呢？

在过去的六个星期，刘教授与付明带着十来个孩子去看星星，不少孩子只是想出来玩，可刘洪亮注意到两个孩子，他们的双手接触到望远镜的一刻眼里有光。"就像小时候的我。"刘教授心想。他俩一个叫张轩，另一个叫荀安，在几次观星的过程中，他俩已经把望远镜的使用方法摸得七七八八了。

秋风吹拂，刘教授刚上完课，正坐在自家房子前晒太阳——在来安南前，他绝对不可能想象自己像现在一样，有如此多的无所事事的时间。正当太阳从树梢上升起时，迎面来了位不速之客。

"刘教授您好，我是郑不休。"

"郑不休？"刘洪亮露出难以置信的表情，面前这个瘦削的中年男性和他记忆里看到过的郑镇长完全不同。来人虽然瘦削但面色红润，头发也梳理得整齐，圆框眼镜显得儒雅。他的胸口别着一支笔，此刻正将笔从衬衫上取下。

"啊，是郑镇长，这么早来我这里，有失远迎啊。"

"说笑了，刘教授，一个半月以前我就已经不是镇长了。此次前来，我是想买您的书，您既然从联大来，肯定有些藏书，我想买些关于生物学的著作。"

"哈哈，我还在燕京的时候已经不用纸质书做这些东西了，现在哪有纸质的生物学著作啊，我倒是有一些杂七杂八的书，当时儿子也不想带到那边去，便宜点给你吧。"

"那这个数？"郑不休伸出手来。

"行，再加二斤高粱，我拿来酿酒。"

"高粱？行，到时候给您，多谢刘老师。"

郑前镇长高兴地哼着歌走了，是一首十五年前的老歌："我只身一人，离开那人山人海的雪堆，我庸庸半生，才知道人生的滋味。当我遇见你时……"

刘教授眯着眼睛看向远去的人影，似乎从来没有这样高大过。

他忍不住站了起来，在自家院子里走了两圈，房边的柏树树干上有那天烟熏的痕迹，但它依旧翠绿，初秋的阳光洒在树梢，暖融融的令人心痒。走在地上，发出踩碎落叶的沙沙声，干爽的天气仿佛回到三十年前的燕京。他回忆起一篇一百多年前的文章《故都的秋》，一百多年过去，秋还是那么醉人，只是故都真成了故都了。

"叔叔，叔叔。"孩子的声音打断了刘教授的遐想。

"是张轩小朋友啊，这么早过来是什么事呀？"

小朋友似乎不那么开心："除了我以外，以后其他人都不能来看星星了。最近家里要忙着收高粱，他们的爸爸妈妈知道我们看星星的事儿，说要我们在家里帮忙，不让我们去了。我还是在家里求了好久才能继续来。"

"那荀安小朋友呢？"

"他全家过两天就要搬到东南边去了。"

刘洪亮把玩着树叶的手突然定住，像是被施了魔咒一般。良久，他长叹一口气，手里的树叶落到地上。

望远镜

"不是所有好玩的东西都能从一而终的，孩子，有时候我们必须接受失去。"刘洪亮拍着张轩的背，"但只要你还想看星星，我和付叔叔总会帮你的。"

张轩缓缓离开，可步子很快变得轻快。终究是孩子啊，不快乐的事情总是忘记得这么快……

自从换了个新镇长，小镇的电力系统就不那么稳定了，刘教授也失去补助，当然也不用再为实验室的耗电支付电费。他来到实验室，发现又一个精密的电学仪器坏了，但这已经在刘教授的心中掀不起一丝波澜。通通电，检查一番，"起码有的还能用，"刘洪亮心想。

"你个老刘头，整天工作也没有，就靠帮联大那边保管实验器材能捞到一分钱吗？家里的东西什么不是靠我卖水果挣来的，你还成天出去看星星。"

"知道了，老婆子，我这不帮你搬水果么，而且我还有课上呢。"

"得了吧，你现在一周就上一次课，还没几个人选，能搞到几个子儿啊。喂，老刘头，别把橘子和梨子放一起了，会坏的！"

"行了行了，快去吧，别让人小付等你太久，现在去都有点晚了。"

被老婆数落完，刘洪亮赶紧骑车赶到付明家，站在纯白色的外墙边，付明连忙招呼他进屋。两个人坐在热气腾腾的炉子边，午饭已经上桌了。

"新房子，不错嘛，怪不得你小子最近这么忙。"

"好不容易找个女朋友，总得给她修一个新房子。"

两人边吃饭边闲聊，两个男人的聊天总是宏大的。

"有时候我想啊，我研究的大脑不就和行星一样吗，无数个细胞用信号相互联系，最后搭建成有思维的实体。要是我搬到南边，进了军事管制区，看不到这些星星，那我研究这些东西还有什么用。唉，所以我才坚持不搬到南边。"

"我从小就常常盯着月亮想，你说这天上的星辰是不是另外一个世界，比这个冰封的世界更美好的世界。"

"别说了，缅怀过去没有意义，只是为现在徒增悲伤罢了。今天晚上去看土星环——对了，最近郑不休来找我买书，你知道怎么回事吗？"

"他现在热衷于收藏书籍，说是想留下人类的知识，真是个浩大的工程。"

"这也是他的选择嘛，看他现在好像重燃斗志的样子，总比萎靡不振好吧。"

两人在聊天时将其自己的过去，一个奇异的景象出现在两人眼前：月亮从暖融融的炉火中升起，发出冷冽的光。光在宇宙中进行着永不回头的旅行，将时间的晶体打包运输，在恒星间穿梭。

"这才是我想看的星星啊。"两人感叹道。

望远镜

尾声

又是一年冬天到，这一年的风雪似乎又比去年大了。

刘洪亮戴着一顶毛绒帽，扛着那台老式望远镜走到山脚。旁边是张轩小朋友，双手提着两个沉甸甸的箱子，穿上厚厚的羽绒服，小脸冻得通红。两人顶着大风缓缓前行，在夕阳落下的时候抵达山顶，付工程师已经在山顶等候多时了。

望远镜镜头中总是一片唯美的景象，银河在镜头中缓缓展开，群星在天空散布。山上山下是一片洁白，安南镇在山谷中盖上棉被安然入睡，偶尔看到一些大树的树干，就像在群山中写就的一篇狂草，挥墨洒出一片诗意。

"我记得去年在这里看雪的时候还有好多树呢，现在就只有几棵了。"张轩小朋友忍不住感叹。凛冬将至，镇民们为了取暖需要，同时电力供应越来越不靠谱，就在附近的山上砍伐树木，也没有人管，这座山变得光秃秃的，仿佛蹩脚理发师剃不干净的头发。

"刘老师，您这两个箱子里是什么啊？"

"十年老酒，上个星期刚酿的。"

"你用了那个加速发酵机？那不是机密技术么，还有，你居然用它来酿酒。"

刘洪亮自顾自地打开了一缸酒，倒了一点进杯里，"我的微生物学老师司空风，就是这件发酵机的发明者。老教授现在已经过世了，他生前有一次和我吃饭，聊起这个机器：'当年我发明这个，就是图有一口老酒喝，谁想到后来成了机密技术，连口酒都喝不到了。'"

几杯酒下肚，刘教授打开了话匣子："小付你看看，有时候啊，有些东西没你想的那么重要。"

付明投来了疑惑的眼神。

"你看看周边的山。"

一片光秃秃的山，厚厚的雪随着风儿起舞。

"要是来年春天融化了，会发生什么？"

"这，很有可能泥石流啊。"

"如果泥石流真的发生了怎么办？"

"这，天哪，难道之前不应该去警告镇民吗？"

"警告，警告过他们就会不砍树躲在家里挨冻么？如果来年春天天气好，雪水融化的慢，没有泥石流，如果山体是岩石的，根本没有泥石流的条件又会怎么样？"

"所以？"

刘洪亮将一点高粱酒洒在地上，雪地随之消融，露出发黄的草茎。付明捏了一把，结实又湿润，仿佛生命在其中流淌。

"不必担心，生命总会自己找到出路。"刘洪亮又倒上一杯酒。

付明不再拒绝，拿出另一个酒杯，也盏上一杯上周的十年老酒。

望远镜

"敬还没有坏的加速发酵机，敬我二十年的可靠老伙伴。"刘教授一手举起酒杯，另一手抚摸着那台老式望远镜。此时它的镜头平放，既仰望天空，又俯瞰大地。

"敬无尽的星空与无垠的大地。"付明同样举起酒杯，他似乎只有此时才能从沉重的现实中离开，进入他所热爱的这个世界。

天上的星河倒映在酒杯中，仿佛也染上了酒晕。

"叮！"酒杯碰撞，两人将面前的酒一饮而尽。

"生命总会自己找到出路。"付明大着舌头念叨着。

王子婷

The Choice

一

"你是想成为痛苦的苏格拉底？还是想成为快乐的猪呢？"

我很久没有回过地下城了，自从上大学以后。

这着实不是什么好地方，因为财富两极分化的原因，城市也被隔成两部分：地上的世界高楼大厦富丽堂皇，剩下的就演变成这些地下城了。我刚刚回来，夹杂着香烟，酒和劣质油的黑暗就朝我涌过来，整个环境都是油腻而焦躁的。而最糟糕的是，这里并非没有灯光，只不过因为太昏黄了让人看着就心情烦闷，还不如一片漆黑。

现在没有信号，我的导航也没了作用。我不得不问旁边的过路人哪里有信号，顺便把我要去的目的地告诉了他。那人穿着洗得发白的 T 恤，盯着那个地点想了一会儿，把手上的香烟放下来，吐了一口烟圈。

"这条街走到头右拐，再走两步就到了。"他用手背蹭了蹭自己的鼻子，像想起什么一样补了一句，"对了，往灯下面走，你一个小姑娘大包小包的，注意点安全。"

最后一句的叮嘱是我没想到的，我下意识地收紧了身后鼓鼓囊囊的双肩背，朝他道了声谢。不过这次，他没再理我了。

于是我便把双肩背抱在怀里，以防有人从后面拽着包就把我弄走。在继续之前，我还把包放到地上，从最里面费劲拔出来一根警用棍子，带子绕在手上，以防意外。

疑心生暗鬼，我还不得不装作一副冷静沉着的样子怕别人觉得有机可乘。这么一路挨挨蹭蹭，明明走了五分钟，我却觉得有一个小时了。等到了那个有信号的杂货铺的时候，我的心都快蹦出来了。

手机的铃声开始疯狂响起，我把它拿出来。几条是妈妈问我到哪，叮嘱我注意安全，我快乐地回了几个撒娇的表情包。然后是舍友和"忘忧"社团给我发的。

舍友问我："你心情还好吧？"

我打字回她："就这样，把事情办完就好了。"

聊天框立刻显示了"对方正在输入"，我盯了一会儿屏幕，她的消息很快跳了出来："你终于到了！怎么样怎么样，没出什么危险吧？"

"没有啦……"我回她，"谢谢你呀，一直等着我呢。"

"应该的，"这句话随着一个"抱抱"的表情发过来，"我等你回来。"

然后我划开了"忘忧"社团的消息，里面齐刷刷排了二三十条："湛队要实地调研了!"然后就是一些"实践是真理的唯一来源。"

我把消息关了。

烦死了。

我真的不想再看到半条和"忘忧针剂"有关的消息了,小时候父亲做生意失败以后不但没有好好过日子,反而拿这种毒品来麻痹自己,天天精神亢奋说要重整旗鼓。妈妈和他离婚了,她才四十岁,人已经累得身体干瘪全是皱纹,像六十多岁的。我跟着妈妈走了,对原来的家最后的印象就是,父亲发疯一般把我们行李全扔出了家门,但是死拽着我的手不放。

"我一定会成功的!"他脸都是红的,额头和脖子上的青筋一根根暴起来,双眼冒着火光,"你为什么要跟你妈走?爸爸多么爱你,我是爱这个家的,你为什么要走?"

他又指着母亲大声怒吼:"就是你!挑拨我们父女的关系,要不是你拦着我早成功了!"我下意识地挡住妈妈前面怕他冲过来。他看见我的动作,先是不可置信地一愣,然后狂怒起来。

"走!都走吧!"他在屋里踏步,然后一把将垃圾踹翻了,"这辈子都别回来了!"

我搂着妈妈,拿着行李,逃命一样从地下城的房子里出来。因为父亲把一堆东西直接摔了出来,我们的包已经散了,生活物品和药洒了一地。我蹲在地上捡东西,能有多快就有多快。当时已经是深夜了,灯光昏暗模糊地让人看不清楚,阴冷的风顺着我的手指往袖子里钻。

收拾到最后我看到了一张说明书：

忘忧针剂，注射以后能让人暂时忽略掉所有负面情绪。当你生活不顺的时候，当你感情挫折的时候，不妨来一针，忘记所有的消沉。让充盈的活力和斗志回到身体，继续开启新的人生。

我手一抖就把它撕了，但是想了想，还是把这张废纸叠好，揣在怀里。

我这辈子都不会忘记害得我家庭破败父女离心的罪魁祸首。

麻痹穷人的精神鸦片，去死吧。

二

我宁愿当人痛苦一辈子，也不会当一头快乐的猪。因为有时候，清醒的痛苦是独属于人的特权。

那家小杂货的老板娘是我们家五年前认识的。当时家里条件还不错，妈妈是佛教徒，会定期参加还款帮扶的活动。目标首选自然是地下城。又因为这里管理太乱，如果全部捐钱担心会被人克扣，抑或被这里的居民大手大脚全花光了。索性把钱劈成两半，四分之一当现金给，剩下四分之三都从这家小铺子进货成生活用品和食物，直接分给那几家人。

后来父亲破产的时候，也是他们帮忙在地下城照顾我们家的。

"阿姨，"我一进门就亲亲热热地喊她，"我今天回来一趟，您还记得我吗？"

老板娘约莫四十多岁，同妈妈一样大的年纪。却比她强壮许多。脸上有皱纹，长期在烟熏的环境下皮肤有层焦黄的膏脂。周围从眼角和嘴角，舒展开，一看见我就笑了，像朵舒展的花。

瘦削的身材让她很轻松地从一堆杂货里扭出来，包围她的是成摞的吃的，大米小米堆在一起，还有粗粮。然后是两箱酒，里面应该品种挺多的。剩下就是零零散散的烟，零食这些。整个店因为物品众多而非常冗杂，不过最显眼的还是中间的那两摞箱子：忘忧针剂。

我不想看见那东西，特意侧坐到一个箱子上。阿姨赶紧递了我一块抹布："姑娘先擦擦呀。"

"累死我了，"我跟她抱怨，皱着脸诉苦，"大包小包背过来，中间还提心吊胆的。"

她听了这话反倒笑起来，递了我一瓶果汁。我一看，是混合口味的，当时和妈妈住在这里的时候最爱喝的那款。"您还记得呀，我这算被人疼了。"

她也高高兴兴地搓手，跟我面对面坐着，上下打量了我两圈才点头："大姑娘了，现在是大姑娘了。"

"可别了，" 我朝她吐舌头，"我什么样自己还不清楚吗？差得远呢。"

"你这次回来干什么呀？"

听到正事，我赶快咽下嘴里的果汁，拧好瓶盖正色说："我听说现在大家都开始用那款针剂了？"

"原来是这事，" 阿姨点点头。正好有个人进来找她买香烟，她就回到柜子后面去，一边翻东西一边跟我说话，"我知道你不喜欢那玩意，可我们发现它有个好处。"

我静静抬头等她。

她点好零钱收到柜子里——这地方不支持电子付款，然后才抬头跟我认真解释："现在很多人都去上面打工了，有这个，没那么累。" 她拍拍那摞木制的箱子，"这东西虽然贵，但是哪天要是病了又不得不去打工，就来一针，总比丢了一天的工钱要划算吧。"

原来是这样。

这理由确实站得住脚，可我心里还是别扭着。只能低头又喝两口果汁："不是说有很多人上瘾吗？"

"有是有，" 她大大方方点头，"但是我们这地方戒了也容易。没钱买，自然就戒了。" 她看看欲言又止的我补充道："知道你关心他们会不会打老婆。就这么说吧，打了也没用，没钱就是没钱，打死了也是没有办法的。前两年的确有个疯子，差点没把人打死。但是最后也没辙。他老婆没办法认了，到了别的地方做活，也算能吃饱。那男人天天焦虑发疯，反倒越来越不景气。后天喝多了没留神，被人轧死了。"

"从这件事以后，再没有几个人人敢多用了。"

男人拿着香烟离开了，我也开始默默。空气仿佛又安静下来，任何细节都在这种氛围里变得清晰，我似乎又想起了发疯的父亲，他亢奋的表情和高度紧绷的神经。那管针剂给了他那么多的热情，却从来没分给过我们母女俩一星半点。

"算了，不说这个了。"我把果汁放在一边，重新开始微笑，"跟我说说六一吧。我这次就是为他回来的，他最近还好吗？"

六一是一个老头子了，也属于因为变故从上面的城市被赶下来的。地下城的成立除了经济上的两极分化，还有政治上的变故。六一出生得早，原来是家境殷实的地主，因为这个被批斗了很久。公社里处决犯人的时候，他哥哥被杀了，原来的房子在武斗里被跑弹轰成了瓦砾碎片。他当时在陪斗，就站在离原来的家不远的地方。气浪把弹片和瓦片一起掀过来，他半边脸的皮肤就这么没了。

后来他就被赶到了地下城，因为到底当时只有十一岁，不至于被赶尽杀绝。经历了那么多，他能活下来就感觉很知足了，从小少爷到贫民窟的落差都没让他心境起了半点落差。他在这里娶了一位妻子，是聋哑人。因为小时候发烧吃药，当时地下城的医疗水平太差，用错了药物，加上那时候为了追求愈合速度滥用药物，一下子就聋了。聋的时候六七岁，还会说话。这么多年虽然口齿不清，他们熟悉了也能听懂，就四十多年相依为命这么下来了。

"我还没跟姑娘说这件事呢，"老板娘叹口气，黝黑的手在衣服上蹭了蹭，"六一老婆死了，他就是因为这个，才想买针剂的。"

我人一下子傻了："怎么会，不才六十五岁吗？怎么人就没了。"

"你还记得你妈妈三年前送她的那只玉镯子吗？她洗衣服的时候不小心弄碎了，着急跑出去想修，被门槛绊了一跤摔骨折了。过了几个月，人就走了。"

她慢慢地跟我说，我呆呆地听她叙述。那桌子是我奶奶给妈妈的，后来我和母亲离家以后就再也不想见到那个东西，便把它收起来了。后来母亲四处打拼，靠着手里多年藏着的一点积蓄赚了钱，让我们俩能回地上的城市生活。临走前想谢谢在地下城帮助我们的人。我们给了杂货铺老板娘一张卡，给了其他人每月供应的物资，那些家里人孩子上大学和找工作的渠道帮忙联系。唯独对六一这一对夫妇，因为太苦了，所以总想多给他们一些。

妈妈是个细心的人，她曾经在六一家见过他们结婚的照片。女方的脖子上挂着细细的一条银链子。两个人穿的都是麻布衣服，自己缝的，脸上笑得开心幸福，再加上那根闪光的项链，倒显得容光焕发了。

她便想到了自己那早就收起来的镯子，想送又觉得自己日子过成这样，送给别人不吉利。我劝她：送吧，一个是她肯定喜欢；另一个，当时送你镯子的时候的确是好心，咱们没过成的日子，就盼望他们能白头到老，过好这晚年吧。

于是临走前我们特意拜访了他们家。六一老婆看到那镯子的时候先是不好意思地一再推脱拒绝，到最后妈妈急了，硬塞她手里说不要就是跟她生分了，她才收了。

虽然不好意思，但她是真的喜欢这个镯子。玉镯子带着紫色的翡，欢欢喜喜套在她有些微胖的手臂上。她笑得合不拢嘴，仔仔细细举起胳膊在头顶昏黄的灯光下看，发现了那淡淡的紫色就高兴地叫起来，指给妈妈看。

"她说好看呢。"六一在旁边给我们翻译。

妈妈笑得也很高兴："喜欢就好，喜欢就好。"她就热切地拉着妈妈的手，嘴里含糊不清地说，一直没停。

这次不用六一翻译我也明白了，她说的是"谢谢"。

六一老婆非常喜欢那镯子。她没有通讯工具，但是我们跟杂货店老板娘联系的时候也总会带话说自己做新衣服配镯子好看。偶尔还有两张照片寄过来。全是家常衣服，但是左手特意把袖子挽上去，露出有皱纹的手臂和那枚玉镯，端端正正摆在胸口处。笑着的脸像朵盛开的花。

妈妈也会托人带话回她：不用担心，碎了还能拿上来给我们修呢。实在不行，送你个新的也好哇。她就回我们说：可不行，你们送那么好的东西，可得好好留着。她确实也非常爱惜，四年多竟然一点事都没有。

变故发生在半年前，她是在洗衣服的时候把镯子弄碎的。

她是个力气大的女人，平时干活，扛大包，挑东西都能一个人来，作为生活的手段。我在地下城的日子，有时候发高烧走不了路，母亲抱不动我，都是她背我去的医生那里。她那天过生日，心情好极了。一边哼歌一边在洗手台牙子那里用盆洗衣服。那是她六十五岁生日，六一还给她买了新衣服做惊喜。她打算干完家务，洗完澡洗了旧衣服，换上新衣服，高高兴兴和家人过生日。搓衣服的肥皂钻进手臂和镯子中间，那镯子便滑脱下来，随着手臂的动作上下摇晃。如果是平常，她一定小心地把它挽上去固定好。可今天她太高兴了，这点细节没注意到，镯子就随着她的动作一下一下磕在水泥的牙子。她力气大，搓衣服也狠，照常理来说镯子磕碰的声音只能听到的。但是她耳朵不好，这最后一点的提醒也就错过了。镯子磕了几下，碎掉了。她都没有立刻发现，碎玉尖利的棱角把她手背划破了，流出血，她才发觉了。

她一下子就急了，满手肥皂都顾不上冲，只想把一段一段的镯子捡起来拼好。等她着急忙慌地拼好，又怕放在身边没稳住再摔一次，就碰着往外面跑。出门的时候没注意，小小的门槛就把她绊倒了。膝盖重重磕在地上，髌骨骨折，就再也没站起来。

老板娘看着我，叹了口气："这确实是太难了，六一原来特别尊重你们，其他人有时候买针剂他都不买。他老婆没了以后我去看他，他当时坐床上还挺想得开，说：走了也好，不用受苦了'。可他老婆照片都摆在他手边呢，谁能不想啊。"

其实不知道为什么，我听她说完，心里还没有反应过来，眼泪就掉下来了。心像被小火煎着，偏偏胸口塞了一坨棉絮。被烤得抓心挠肺却只能默默堵着闷着，想说都说不出来。只能把眼泪擦干了，忍着哽咽说："我去看看六一，您给我那瓶汾酒吧。他应该爱喝这个。"

我不想哭出来，因为真的太丢人了。老板娘拍拍我的胳膊送我出去，然后叮嘱了我一句：

"他也是个人，他现在难受哇。"

三

在去六一家的路上我一直很纠结——我这次来的一个重要目的就是劝六一要少用忘忧针剂，但是现在这种情况，谁还说出口呢。

就这么纠结着，我一路走过小道，来到一家低矮的砖瓦房。是土红色的裸砖，连漆都没有刷，砌得还算整齐，但是多年过去未免锈蚀了很多，都留下了斑驳的痕迹，平白看上去像快摇摇欲坠一般。

这是这里房子的普遍情况，一点都不高，也就 1.9 米左右。给人头顶留下一些得以喘息的空隙，所幸大家身高也不瞩目，而且大多由于小时候营养不良而偏矮，站在其中反而显得十分宽裕。六一当时刚刚吃过午饭正在刷碗，看到我一下就高兴得乐起来，指着床上让我坐，两个人一起说话。

他们的床也是与其他地方都不同的。属于当时建房子的时候直接连着墙体用水泥砌好，断断再无重新购置的道理。这样一个是可以省钱，另一个，床下掏空了可以生活，在没有供暖的冬季可以取暖而不必担心火灾。记得几年前他老婆还在的时候我们来到他家里，那时的床铺虽然破旧但是还算整洁，有洗衣皂的香味。现在情景却是大不相同：昏暗的光线下，我眯着眼睛看了一会儿才看出那上面铺了一层塑料的床单，边角地方还能略微地看出来鲜艳的蓝色和上面的大红花装饰。但其实也只有边上一点地方可以看见了，其余的都覆盖了一层厚厚的油污，可能有两毫米那么厚。时间长了都氧化成了黑色，压在六一的床褥上，我坐下前，甚至有一只苍蝇停在上面。

　　我看了心酸，看了看屋子问他："叔，没人给您收拾屋子啊，我记得原来不是有人吗？"

　　"不要了不要了，"他朝着我赶紧摆手，"糟老头子了，那些帮我的都是跟你一样大的娃娃呢，平时干些什么不比在这里强。别来了，别来了。"

　　"怎么会，来您这我高兴，"我转身把给他带的礼物和汾酒给他拿过来，先把酒藏在后面，"这是三条中华烟，知道您喜欢，但是一天不能多抽只能抽三根啊。"六一高高兴兴地把烟攥在手里，我看他开心心里也挺美，把手背在身后握住了那瓶汾酒："叔，我还有个惊喜给您。"

　　他眨眨眼睛看我，眼神亮亮的："什么？"

"是给您带的汾酒！"我唰一下把装酒的盒子举高了。

"哎呀，"他看见这盒酒，整个人都高兴地站起来，脸上的皱纹都快活地向上飞去，"哎呀呀姑娘，谢谢你呀，谢谢你呀。"他抱着酒盒爱不释手地摸了一会，"你怎么这么贴心啊！"

"那还不是我应该的嘛，您高兴我就高兴了，就别客气了。"我想了想，又小心翼翼地对他说，"我刚刚听说阿姨走了，叔别太伤心啊。"

"罢了罢了，"六一的神色也有黯淡一些，他朝我勾了勾嘴角，"莫提了，莫提了。"

"嗯。"

"哦，对了，"他突然想起来什么，起身就推我走，"你先去看看另外几家。他们马上就要上去打工了，再晚就看不到了。"

"好好好，"我赶忙站起身拿上包，"那您等我啊，我见完他们就回来找您。"

"好嘞好嘞，"他笑眯眯朝我摆手，"快去吧，快去吧。"

另外几家人的确马上要走了。见到我都很惊喜，直说大姑娘差点认不出来，和那位老板娘一样。其中还有几个和我差不多岁数的孩子，只有一个上了大学，剩下的都去打工了。我便在后面拉着上学的孩子手跟她说："安顿好就跟我说一声，我找你去玩。"

那姑娘虽然腼腆，但我们也很熟了，就开开心心答应了。

等寒暄完，他们时间也快到了，就匆匆向我告别。正打算回去找六一，他却过来找我了。衣服没换，还是白背心外面套了一件洗发黄的衬衫，但是比起刚刚的邂逅，领口和袖口都明显整理过了。整体的精神确实好多了，腰背板直板直的，手里夹着一根烟，大老远朝我喊。

"姑娘，咱俩就不客气了，我给你唱一段啊。"

他唱的是什么我不知道。这种独特的感谢方式确是熟悉的。他到底是读过书的人，小时候就被教着要礼尚往来，家里实在没有多余的钱，唱支歌都是要一定把谢意传递出去的。

我听得眼泪直往下掉，又怕他看见，赶紧摸摸脸，等他唱完了朝他笑："好听，好听极了。"

"那就好，"他乐呵呵朝我走过来，"为了把这调唱好，我还特意用了藏着的半管针剂呢。"他想起来我不喜欢那东西特意补充，"不怎么用，姑娘放心吧。"

那歌声其实粗砾得很，我又听不懂歌词，听过一遍，就很难想起来了，可唱歌的这个人，我却是一辈子都忘不掉了。

我从兜里掏出身上所有的钱，塞到他手里："没事，买吧，买吧，"眼圈已经红了，声音也哽咽了，我努力继续说道，"多买两针，至少日子能过得快活些。"

你是要成为痛苦的苏格拉底还是要成为快乐的猪？

其实，我们就是人，仅此而已。

王鹏程

奥里斯姆

"它是不是做基因工程的时候出实验事故了啊……"

"嘘……声音小点……"

"可是他十一岁才复现严格微积分的建立，奥里斯姆早该放弃这种废品了吧。真是浪费了朗道的序列……那可不是所有项目都能装配上的。"

"你别说了，他都往这看了……"

陈云那时只是恰巧把目光转过去，如果需要的话，现在的他依旧能调出彼时彼刻的记忆：还有 2 分 12 秒的莫扎特要听，而占据一整块南极大陆的奥里斯姆对他来说安静如死寂。

现在，环绕南极大陆的太阳能板高墙像是镶在地球极地的金色指环，把夕阳轻柔地投射在奥里斯姆顶层的巨大平台上。在这里能俯瞰整个南半球的景象，和地球其他地方近乎浓稠的繁华相比，这里的造物简单得令人有些不适。

离进房间还有 10 分钟，陈云宁可回忆些别的东西。

奥里斯姆

浪潮的凝固

　　人类的新黄金时代开启于约 1500 年前，合成淀粉和太阳能转化技术的同时突破让大量的生产力和资源得以解放，更多的人有机会从事科研工作，而这又进一步推动了人类在科技上的突飞猛进。在那段新的辉煌时代里，人类证明了哥德巴赫猜想，攻克了癌症和艾滋病，合成了足以建造太空电梯的材料，掌握了可控核聚变，恒星际航行能力也让人类很快建立起了第一个和第十一个新的星球殖民地。技术几乎为人类生活的一切赋能，存量厮杀开始变得幼稚和无用——为了更新更强大的技术，人们开始走向更大的联合——而这又让更多的资源流向了学术界，科技的浪潮以前所未有的速度向前狂飙突进。

　　然后在某个瞬间，浪潮开始凝固了。

　　虽然这个瞬间难以界定，但每个人心中都有一个标志性的事件：或许是当斯坦福大学不得不将本科与研究生的学习时间调整为 25 年与 30 年，又或许是菲尔兹奖将它的获奖年龄限制放宽到了 60 岁——毕竟对于大部分数学家来说，此时他的研究才刚刚开始。

　　在人类向无穷智识的天空乐观地进发的时候，生死的闸门以一种突兀的方式出现，缓慢而不可阻挡地升起。

　　一开始它并没有那么可怕，毕竟通过知识的组织调整和教育科学上的新发现，那些真正开创时代的天才始终能在可接受的时间内到达人类认知的边界；如果政府和企业愿意将更多的资源倾斜到这里，那么他们完全可以得到足够的支持，从而全身心地投入到研究活动之中；或许再加上一些生物技术和合理的健康监控，他们为人类所做贡献的时间可以再长一点点。

确实如此。在无数个让人类隐隐感到不安的瞬间里，人类的认知依旧在通过一些零散的优化不断发展。但最终，这个浪潮还是以一种自下而上的方式彻底冻结了：能被称之为天才的人越来越少，即便是能在 50 岁之前终于能在某个领域学到人类前沿的奇才，或许也因为过长时间的学习丧失了创造的能力。学习的时间成本开始变得不可承受，知识创造者的规模也随之回落，甚至渐渐越过了新黄金时代前的比例，变成了某种"边缘化的中心群体"——人们都知道他们将是人类世界保持高速发展的关键，但是大家也对他们几乎创造不出任何新东西的事实心照不宣。

关于科研这个古老而崭新的议题，教育界不断产生着新的理念、组织方式、规划策略，学术界与工程界则不断给出技术向度的解决方案，都妄图用人造的方式来生产天才。对于在人类世界里冉冉升起的新星，两者都想在他们身上实验自己的新想法或新技术，护送这些人类认知的航天员前往更远的深空。在这些珍贵的发射任务中，每一个失败都会导致一场巨大的辩论，而世界也就在这样互相指责的吵吵闹闹里继续运转着。

在这样的吵闹里，陈云降生到了这个世界上。当三岁的陈云被带离父母身边时，随行的科学家还在不断确认脑测试仪器的示数是否出了问题——如果没有，那么这无疑是人类历史上潜在智力最为伟大的个体。世界政府的紧急决议很快通过了：将陈云冷冻，等到社会环境和科学技术都足够发达，再将其解冻——对于现在的人类社会，失去陈云这样的天才是不可承受的代价。

就像这个凝固的时代所保留的琥珀一般，尚幼的陈云在冷冻仓里开始了在无尽时间里的旅行。

机器嗡嗡响个不停，只有一线的工程师们依然像刚出生的孩子一样，在向这个世界不断地抛掷各种各样新奇的应用问题。但是在很多学者看来，曾以为会永恒奔涌的那个浪潮如今已经永恒地凝固了。

奥里斯姆的建立

之后在某个瞬间，浪潮松动了。

这个瞬间则没有什么争议：奥里斯姆的建立。

奥里斯姆并不是第一个在那个凝固的年代里提出集中人类当前所有力量与策略推进科学研究的人，不过同时作为一个行星天然气的开发商，只有他拥有实现自己野心的财力。

在寸土寸金的人类母星——地球上，奥里斯姆这所以创立者命名的研究机构从南极大陆上拔地而起。在短短两年内，和奥里斯姆的扩建同步进行的，是无数的教育学家、科学家和工程师汇聚到这里，共同进行着持续不断的研究与讨论。报纸与学术期刊的版面上一下子都清净不少，似乎整个人类世界认知前途的喧嚣都被压缩在了这片大陆上。

八年后，《奥里斯姆培养工程（第一版）》（以下简称《工程》）完成了。《工程》完成的一年后，第一批通过海选的受精卵就被送到了奥里斯姆的冷库。

孩子的父母都是人类中的佼佼者——运动员、企业家、政治家、科学家，等等。在预筛选阶段奥里斯姆就接收到了超过 20 万份受精卵样品，但光是依照《工程》对受精卵活力的要求，就只能留下千分之一。而后续对父母学历、身体素质等因素的筛查中又会筛掉将近半数，最终留下一百个左右的受精卵。

在第一次分裂前，预准备的序列在经过严格设计的流程中被编辑到指定的节点。它们根据作用被分为两类：一类是针对包括艾滋病、癌症等致命疾病的免疫基因，另一类则是来自历史上著名科学家的特定序列。在随后的胚胎发育阶段，它们还将频繁地出入冷库，用于在几个关键的时间节点对特定的序列进行修饰和各个发育时间段的基因存档——为此，完整胚胎发育流程的时间周期也被拉长到了一年。

一年后，新的一批受精卵准时来到这里，第一批孩子也在这里诞生，除了名字，他们还将拥有一个共同的编号——"1"。

孩子的抚养工作由奥里斯姆的研究人员承担。说是抚养，但他们的主要工作只是给予这些孩子最基本的爱抚，以及在孩子面前进行自己的学习或者研究作为演示——对于孩子基本的生活需求，奥里斯姆有能力实现完全的自动化。

在三岁前，复杂的测试已经被包装成游戏并安排在他们的日常生活中。用对应的胚胎干细胞制作的生物质信号收发器也已经在一岁左右被植入了所有孩子大脑的各个关键活动区域。这两方面的数据都将作为三岁时第一次分流的依据，在那时这批孩子将被粗分为自然科学和社会科学方向。此时，学习作为他们的终身课题也加入了他们的日程，测验的成绩将被作为第二次分流的参考，此时方向除了被更加具体地分为数学、物理学、化学、社会学、语言学等传统的科学分支外，还会有一部分人被分流到宗教与艺术之类的方向。

关于这件事情，在《工程》的编写阶段的第二年还进行过一场讨论：一个研究者应当拥有哪些知识？黄金时代及以前的共同经验认为适量的艺术知识乃至神学知识对于联想学习和创造能力都有巨大的作用。于是艺术家与大主教也来到了奥里斯姆，在一片吵闹里，艺术与宗教部也在奥里斯姆成立了。

由于奥里斯姆的使命，那些浪漫的要素不得不被纳入定量化的粗暴框架下：即便是决定学习一百首还是一百零一首诗都值得一天的讨论或是更久的模拟仿真。不过这些定量实验的结果也不是那么有效：在陈云获取阅读资料库的权限之后，他就偷偷读了远超委员会讨论数量的诗。如果中心委员会注意到这可能与陈云最终所到达的高度有些许关联的话，或许就会在"方向"议会上给艺术与宗教部多几个议席了——当然也有可能选择去组织更大数量、更高精度的仿真。

奥里斯姆的教学主要分为两个部分：理解与创造。

这里没有传统意义上的老师，对于只需要记忆的知识，都根据人类每个阶段大脑理解能力的理论上限、缓慢地传入每个孩子脑内的生物质信号收发器。某种意义上来说，这个信号收发器是一个独立于每个孩子的生物，而最终，这批孩子将学会与这个随取随调的生物数据库形成某种共生关系，完成当前所有电子元件都无法达到的信息读写效率。

但理解才是学习的关键。关于"理解"，传统认知科学认为它是一种"将事物拆分为简单构件"的能力，而《工程》则补充了另一个标准：联想。除了传统的考试题目，在奥里斯姆最常见的就是这类测试——最常见的练习类似于将给定的信息论谜题转化为染色问题，或是找到乐理和数理逻辑的等价关系。虽然基本的事实性材料是共享的，但是并非所有的孩子都能很好地完成这些任务，而其中的佼佼者也在后来向奥里斯姆证明了他们非凡的创造力。《工程》在对这项工作的描述中除了提到它本身重要的训练作用，还包括了一部分外界赋予奥里斯姆的期望——让外面的人至少能以科普的方式大致了解奥里斯姆在做什么——后来也证明了这是极有必要的。

虽然学习的时间将占去这批孩子人生的绝大部分时间，但创造才是他们人生的主题。对于历史上的关键理论，《工程》将它们以章节式的节奏安插在了学习任务之中。这是一种冒着极大风险的决策：这显然会拖慢学习的进度，但是这些尝试创造未知的练习对于在他们人生尽头的要做的那些工作来说是不可或缺的体验。如数学这一方向，经典的有复现近代严格积分理论的建立以及哥德巴赫定理的证明，较新的则有量子场论的数学基础。虽然这些都是比较基础的东西，但是编写《工程》时人们还是不免担心复现这些理论所浪费的时间会让奥里斯姆通过无数精巧细致的想法才从死神那里抢来的时间白白流失。

在关于理论选择问题的讨论上，奥里斯姆在第一版就做出了所有版本的《工程》中里最为激进的尝试：他们决定将一部分现存的知识人为地"公理化"。

在知识发展的历史上，被充分讨论的议题最终往往只是留下它的结论与最为精简的推导，至于探索过程的曲折，那是科学史的研究者才需要关心的东西。只要新的知识被发展起来，总可以在一层又一层的抽象与封装中变成常识——只要你能欣然接受它。好比远古时代的程序员不需要知道模拟电路的物理实现，现在成为一名光动力工程师也不需要知道它的底层原理——毕竟光能作为燃料是理所当然的事情。如果某些上层的知识足够坚硬，我们就应当允许他成为某种程度上的公理。

这个想法实现了横向的分工，它将真正允许知识创造的规模化：知识的清晰分层将允许对应的切割，知识的工作者们不需要相互理解或者了解学科的全貌，就可以在不同的层次上进行研究，而真正的天才只需要接受最上层的公理就可以拓展知识的边界，而不需依凭自己的理性去艰难地建立对人类成就的充分信任。理想的状态下，原本需要学习 100 年的知识量可以根据不同层次的公理化设计让四到五个人分别去掌握，人类当前面临的知识危机将被庞大的人类世界完美地消化，永远地留在历史里。

很快，这场讨论的主题变成了"哪些现存的知识可以被'公理化'"，而这也成为第一版《工程》编写的后四年整个奥里斯姆讨论的核心。奥里斯们的学者们很快开始对现存的定理进行全面整理和重复证明，希望能够找到足够基本、足够可靠、足够关键的定理作为奥里斯姆的第一批公理。不过由于学者们本身并没有完整掌握人类当前的知识体系——如果有，那么他应该赶紧去做知识创造——他们也只是在较低的层次上重新整合了人类那些经典的知识。

在后来的实践当中，"现存知识的人为公理化"被证明是奥里斯姆最为伟大的创造。在获得成功之后，兴奋的奥里斯姆学者们很快开始着手准备第二版的公理化清单，但最终，这个想法被奥里斯姆本人在临终前叫停了。作为一个私人的组织，这样粗暴的指令即便是世界政府也难以干涉，这项运动也随之结束。

而第一版公理化清单的体量也只够成为孩子们学习的一个跳板，节约了大约十五年的时间——对于它的提出者来说，这样的效果远远不及预期。

奥利斯姆本人并没有说明叫停的原因，而当人们站在奥里斯姆的余晖中，也总会争论他的创始人下的那道指令是否值得遵守，而那又是另一场讨论了。

在那之后

奥里斯姆为教育所建立起的系统性工程几乎在短期内就达到了人类同时代的巅峰级别，但陈云并没有在此时解冻——毕竟没人知道这些近似粗暴和纯功利的残酷设想将培养出什么样的人，或许现在还不是让陈云去冒这个风险的时候。

对于奥里斯姆之外的人来说，这些繁复的技术细节与努力在远景之下都太过模糊。它创建后的数十年里都过于安静，安静得让人们对它寄予的热情渐渐冷却，人类世界的目光也渐渐回到了日常世界。奥里斯姆的开始没有天才，也没有关注，只是在南极大陆上无言地对抗死亡。

但这场抗争的结局刻在奥里斯姆乃至人类的历史里：

那些先驱们用天才的智力乃至沉痛的血泪所换来的进步在奥里斯姆面前像打卡点一般被轻松越过。当所有的想法与技术以一种坚强的姿态联合在一起之后，人造天才的存在性命题以一种无可辩驳的构造方式得到证实了。

学术界最先注意到了奥里斯姆的巨大能量。

奥里斯姆建立的 50 年，一批科学家的名字突然集体出现在了人类世界的各个学术杂志上。在死气沉沉的学术期刊上，潮水般的文章涌了进来，而且几乎每篇文章都有那种在古典时代的天才上才能捕捉到的热情气质。而随后的第 51 年、52年，源源不断的"天才"出现了。凝固的浪潮不仅松动了，还在重新向前奔涌——学术界以每年一百余人的方式迎接着这批天才，他们在各自的领域里披荆斩棘，一系列被人们认为永远悬而未决的问题如同练习题般被解决了。

在整个学界还没有反应过来的时候，新的概念和理论开始被提出，一潭死水的学术界突然注入了一股年轻而有朝气的新力量。自奥里斯姆的第一批成果出现，他们就以远超业界理解的方式拽着人类的认知向前飞奔，整个世界又以黄金时代的面容出现在人类面前——广袤、深邃又迷人。

但很快，这个趋势就展现出了一些不可控的倾向。在奥里斯姆建立后的第 75 年，学术界已经开始无法理解奥里斯姆在进行的工作了：为了读懂他们发的新文章，或许还需要系统地阅读对应的作者在前五年出版的论文集。而又过了仅仅十年，学术界第一梯队的力量就被完全更新，人类寿命与认知上限间长久以来保持的那个微弱的平衡以一种不可阻挡的方式被冲破了——仅仅三十五年，世界上就只有奥里斯姆能够理解他们自己所制造出的知识了。

如果在奥里斯姆之前，人们只是能隐隐感受到这堵智识的高墙，那么如今，它已经在事实上建立起来了，并且比以往任何时候都更加不可攀登。

奥里斯姆垄断了学习。或许更准确但有些拗口的说法是——奥里斯姆垄断了为了知识创造而进行学习的意义。

但并不是所有人都在意这件事情，毕竟过强的求知欲对于大众来说已经不再是一种美好的品质，更像一种轻微的神经质。在一个理论和技术都发达过度的世界里，学会和身边的技术黑箱建立平衡才是美德。黄金时代那种求索的热情已经变为一种令人怀念的精神，人们可以理解，但绝不会尝试践行——就像没人会细看软件弹出的用户协议一样。尝试认知世界的渴望与让渡认知权力的行为同时在奥里斯姆的墙内与墙外有条不紊地同步发生着。

而工程师几乎是奥里斯姆存在的情况下，大部分人唯一合理的工作选择。对于年纪稍微大点的工程师来说，奥里斯姆产出的那些比过往的经验公式还要灵验的东西与其说是科学，不如说是咒语——不过比起那些过于神经质的科学家，工程师们总是可以更加心安理得地使用这些黑箱子。即便没有在基础科学上有本质的前进，那些抽象理论的应用价值还有待发掘，人类的疆域也在稳定地拓展：总有新的开采站需要建立、也总有数不清的基建任务清单。不管将来如何，至少现在的工程和应用还远远没有追上理论，日常世界的温暖灯火还在地表闪烁。

至于政治家，他们只关心人类这个巨大共同体内部产生的、无穷无尽的麻烦。如同大部分政治家所预期的，世界政治的中心以一种奇妙的方式转移到了奥里斯姆上。在被命名为"方向"的议会上，全人类的代表将通过投票的方式决定奥里斯姆里的天才将会看到哪些待解决的问题。而在奥里斯姆之外，这些所谓"亟待解决的问题"因为过强的专业性，根本超出了所谓"政治眼光"或"战略眼光"所能触及的极限，最终决定这些问题的往往也是科学家群体。虽然站在巅峰的依然是奥里斯姆，但超越国界的科学共同体很快在事实上对奥里斯姆之外的世界形成了一种智识上的暴政：即便他们也看不懂奥里斯姆的研究细节，但他们总是比一般人更有决定奥里斯姆的"方向"的话语权。

大众则关心一些更加无关紧要的事情——或许这是他们唯一能关心的东西。和奥里斯姆相关的真人秀一直是一个大IP，这个项目不仅通过镜头向全人类呈现着这座科研圣城的诸多技术细节，还让人们得以一窥天才的日常生活。层出不穷的影视剧也把想象力延伸到了奥里斯姆内部，陈云自己就看过一部关于自己反抗枷锁、炸毁奥里斯姆的动作片——甚至还有不少关于研究进度的博彩项目。还有不少人在质疑奥里斯姆的道德性：在《工程》的第三版编写完成时，奥里斯姆的"方向"上通过了向社会公开其细节的议案，随后潮水般的质疑涌向了《工程》的编委会，要求他们对"电椅""情绪拨号台"等"教育用具"做出回应。

但是奥里斯姆对外界的这些问题一概不做出回应，只是在例行的"方向"上接受命题，然后在两到三个月之内给出答案。

依旧是吵闹的世界，工程师们也依旧像最初的那个孩子。

在陈云解冻的那一年，一个想法也被提交到"方向"：实现人的数字化永生。

这个想法的理论基础很简单：根据贝肯斯坦上限对复制人脑所需参数的估计和不断发展的电子元件设计，人们有信心在将来把一个人的意识完全上传到一个以整个星球为体量的人造物里，实现意识上的永生。如果这个想法能够实现，人类世界将拥有一个不会老去的思考者。

不出两个月，诸多具体的数学细节和信息论设计从奥里斯姆来到了墙外，其中诸多的原创性想法将这个巨大的建造工程转化为了改造工程——通过对一颗半径约 500 千米左右的小行星进行彻底的电子化改造，应该可以承受一个人脑的完整参数化。

这个项目最终被命名为"星"。比起理论问题，"星"更像一个工程问题，它不需要天才，只是需要时间。至于谁的意识会被复制进这个星球，它又要研究什么问题之类的讨论，还离陈云这一代很远。

但在那之后，奥里斯姆就开始勇敢地向着那个不需要自己的未来前进。

陈云

"还有五分零一秒"，陈云盯着自己的脚。

回忆到这一段时，陈云轻轻地叹了一口气，然后听一遍耳机里给他的心率警告。陈云今年 143 岁，关于他寿命的动态预期会实时显示在他的眼镜上。陈云第一次使用它的时候尝试过故意生气，然后屏幕上的数字就会掉几分钟——而现在，上面还剩下差不多两三个小时的时间。

在这样的高度上能欣赏整片南极大陆上的建筑规划：奥里斯姆的巨大建筑群以平台为中心向四周辐射，环形的主路串联起所有的核心设施，最后在外围整齐划一地被太阳能板拼接成的高墙截断。在高墙脚下，是目前人类最完备的微型生态系统，陈云小时候特别喜欢在休息时间去那待着，等一只蝴蝶落在鼻尖或是完整地听一首贝多芬。除此之外，陈云还是地心实验室、深空观景台、化学农场等地方的常客——

按照陈云抚养者的说法，都是些数学家不该去的地方。

除了眼前的房间，143 岁的陈云几乎到过奥里斯姆的每一个地方。

房间外悬挂着一块巨大的显示屏，上面闪烁着许多命题与猜想，其中还有不少还是他在前几天的手稿学习中刚刚看到的、尚未证明的内容，旁边是几乎看不到头的房间。他从创造部那里听说过这些房间，所有学完当前知识的人都会被叫到这里，进去之后便不再出来了。陈云并不难猜到，里面或许就在进行着所谓的"创造性活动"。

在奥里斯姆的辉煌岁月里，这里的每个房间里都坐着一位无与伦比的天才。他们纯粹而热烈地投身于自己的领域。那时，白板上的问题一个一个被划掉，天才的灵感与想法变成文章飞到墙外，奥里斯姆闪耀着能概括人类全部智慧的光辉。

但现在，这里的上千个房间里都闲置着，像是奥里斯姆辉煌的无言记录，又像是对人类盲目乐观的无情嘲讽。

"还有五分钟"，陈云盯着自己的脚。

陈云被解冻于奥里斯姆辉煌的余晖。

奥里斯姆依旧是那个难以逾越的高峰，能和这个高峰对抗的只有他们自己。《工程》已经修改到了第十一版，但是在耗尽了集成的红利之后，奥里斯姆也开始展现出颓势。除了第二版冒着极大风险加入的通用生物编程技术和第七版将所有饮食升级成注射的想法具有足够的开创性，大部分被添加到《工程》里的想法都越来越琐碎、无效。

从第 263 代开始，每一代天才所拓展的知识如同调和级数①的每一项般让人绝望。

但它们的衰退又几乎是必然的，陈云在四岁的时候就能预见这件事情。

陈云在第二次分流中去到了数学方向，而和他一起长大的朋友们则有各自背负的责任。《工程》的第一版就注意到复合的知识结构还可以由团队的组成来代替，陈云所在的小组除了数学家、物理学家、程序员之外，还有一个心理学家、一个诗人、一个修女和一个贝斯手和一个女高音歌唱家。虽然陈云觉得这个设计在胡扯，但是他确实很喜欢那个女高音歌唱家。

陈云也很喜欢奥里斯姆——虽然他说不清楚为什么。即便在他的权限足以阅读《工程》之后，他还是没有去读《潜意识建立》那一章。就像最开始使用情绪拨号台的时候，陈云的身体在本能的反抗这种如洪水般涌入的快乐与精力，但是这种反抗也只能持续一瞬间。而现在，陈云觉得这种朦朦然的幸福感挺好的，他的求知欲在这里识趣地停下脚步，关于这方面的烦恼就让组里的心理学家与认知科学家去承担吧。

可能是因为类似的原因，陈云也很喜欢学习。在漫长而

---

① 调和级数形如 $A = 1 + \dfrac{1}{2} + \dfrac{1}{3} + \cdots + \dfrac{1}{n} + \cdots$。

平静的日子里，陈云就这样白天在电椅上学习与测试，晚上则躺在冰冻睡眠舱里省下睡眠里浪费的生命。每晚睡前，组内的成员都会聚在共振室里开一个短暂的组会。这里的接收器阵列能放大成员的脑波信号，并且以脑内的生物质信号收发器为中继，把所有人的思考过程在一个云平台上进行共享并记录。共振室里每天都会有这样沉默的十分钟，而陈云往往是最后一个陈述一天工作的人——毕竟没几个人能理解他在说什么，实在是很毁气氛——但是这不妨碍陈云享受这十分钟里宗教、艺术、科技、人文的头脑风暴。

陈云在获得古籍阅读权限之后的第一件事就是读诗——或许这是陈云复现微积分的进度如此之慢的原因之一——毕竟为了更早地进行创造，陈云的同辈几乎都在拼命地理解相关领域的文献。而在奥里斯姆之外，人类的目光已经彻底从万物收回到了过于庞大的自身：不断扩大的疆域呼唤着更细致的管理构架，边界上频繁发生的"第一次接触"催促着更完善的外交方式。光是处理人类这个巨大共同体里发生的故事就已经让人焦头烂额了。好像只有奥里斯姆的人以一种颇为滑稽的方式，执拗地仰望着更深的星空。在那个离日常世界过于遥远的世界里，还保留着一些远古人类愚笨的精神。

考虑他们仍在世的前辈还在持续不断地进行创造，陈云的学习生活还将持续一百一十年左右，如果他们配得上这些耗费在他们身上的资源和精力，或许这个时间能缩短到一百零五年（陈云出生时，近五年奥利斯姆的数学方向最佳纪录是一百零一年）。

不过或许是因为陈云的前辈们过于强大，这个估计出了点问题。陈云前后三十年内，奥里斯姆其他孩子的学习进度远远没有达到解决前沿问题的最低知识限度。即便是作为一个异常突出的离散点，陈云也只是在今天这样一个颇为尴尬的时间点来到了这个房间门前。

陈云要死了，奥里斯姆似乎在"星"到来之前也要死了。

MATH – 12 公理、
Alas-Que 猜想及其证明

五分钟到了，眼前的门应声打开。

房间的陈列很简单：一把椅子、一张桌子、一块触摸屏和一支笔。四周玻璃制的落地窗把晚霞折成精致的形状，安静地陈列在陈云四周。风在这样的高度上自由来去，让这个房间更像是一个纯粹意义上的空间，孤独地悬浮在南极大陆的上空。

南半球大陆的繁华与海洋都市的灯火在这里一览无余，但在这样高的地方，万物都沉默着。

陈云缓缓地走上前，缓缓地推开桌椅，缓缓地坐下。与此同时，通过房间里的接收器阵列，全世界都在共享陈云的视觉，注视着这缓缓的一切。作为奥里斯姆三十年来唯一一个来到这里的人，无数的人正屏息期待着陈云的创造。

"三十年了啊"，陈云感慨。

但他不知道的是，在三十年后和更远的未来，都没有人能再来到这里。

耳机里传来的声音提示陈云今天的必选任务是证明外面显示屏上的任意一个命题，之后可以研究他想研究的任何事情——如果他还有时间的话。

显示屏上跳出了所有的待证命题，陈云选了 Alas-Que 猜想——这是他昨天刚刚看到的名词。很快，对应的命题陈述出现在了显示屏上：

$$?\vartheta\blacksquare\ \dot{\ }.\dot{\ }.\dot{\ }.?*\omega\equiv\approx\cong\neg\neg\vartheta$$

陈云看着那个命题的陈述，照例准备开始过去一百四十三年来他不断重复的事情——学习、运用、创造。陈云很快想到了相关的命题和大致的证明思路，在显示屏上，无数定理开始进行复杂的排列组合，相关的证明过程很快占据了共享视觉的整个视野。

当某步用到 MATH – 12 公理时，陈云停下了。

陈云也不知道为什么要停下，可能是只是因为窗外的云让他想起了一首诗，但不论如何，他确确实实地是停下了。而当陈云尝试再次进入证明状态的时候，就彻底停住了。

他上一次认真审视 MATH – 12 公理的时候还是在 10 岁左右。这套被奥里斯姆人引以为傲的、以 MATH 为前缀的人造数学公理体系帮助他们节约了 15 年左右的学习时间，如果不是这 15 年，陈云将毫无机会走到这里，而奥里斯姆的生命也将随着陈云的死亡提前宣告结束。

陈云并不是没有怀疑过这些公理，他甚至尝试过自己给出一部分 MATH 体系公理的证明——如果被奥里斯姆的学者知道估计会气死——但是那时的陈云确实没看出这些公理有什么问题。但当他站在整个人类数学的山巅回头看，这条公理的陈述突然显得那么刺眼，以至于他的全部心魄都被勾走了。

陈云在脑子里小心翼翼地尝试证明 MATH – 12，最后用三条反例确定了它是错误的。

那些建立在 MATH – 12 上的所有结论被调用在了显示屏上：一开始只是几条简单的推论，然后就是在与其他公理缠绕中的定理，扩散在每一个上层结论的血液里。

陈云感到一阵轻微的晕眩，心率警告同时在陈云的耳机里和全世界的扩音器里播放。

在共享的视觉中，依旧是铺满整个屏幕的定理；而在陈云的视觉里，是他站在山巅向下看去，他曾深信不疑的土地正在崩塌，而他自己正在从奥里斯姆顶端的巨大平台一直落向十岁那年秋天的某个午后——在那天，他选择相信了 MATH – 12。

在那之后，他在数学中跋涉的漫长人生就一直踩在虚幻之上。

其实陈云复现微积分的过程和今天的事情差不多，但是那时陈云仍能感受到这些知识的客观与坚硬：那些符号不仅活在人的理念里，还在行星运转的轨道、胚胎的分裂和大型粒子对撞机里宣示着自己的生命力。他要做的不过是复现——让那些陈列整齐的真理以和谐的方式显露出来，剥去繁杂现象的外衣，触摸它纯粹无瑕的躯体——他不是在创造，而是在寻找。但他越是学习，就越觉得常识世界里的温暖灯火在离他远去。他站在那样高的地方往下望，就觉得脚下这片仅仅依靠少数人的理念构建起的奥里斯姆越不可相信，那些媚俗的繁华灯火反而显得可爱起来。

好冷。

即便算上历史，眼前可能也只有两三人能理解的符号与组合方式从未如此让陈云感到这样的孤独，这方栖身于物理世界的屏幕上只是显示着它所无法触及的、另一个世界的存在，作为无穷智识的一个投影忠实地陈列在陈云面前。从前陈云能在这样的孤独中能感受到某种悲壮的责任感，而现在陈云甚至不敢说自己理解这些符号，不敢确定自己是否真的在开拓人类认知的边疆，而在远离奥里斯姆的日常世界里的几乎所有人类一辈子都不会明白这些事情。

陈云打算用一次情绪拨号机，耳机里却传来拨号次数已经达到本月上限的警告。

摄像机里的他显得有些沮丧甚至有点绝望，而整个世界也因为他的表情继续屏息着。

在漫长的沉默里，陈云支起身子，最后写了点东西：

"￢≫?$\dot{\varepsilon}$?$\cdot\cdots\cdot$א$\prod^{\partial}_{\sqrt{}}$? = ∞，证毕"。

然后就靠在椅子上。

直到临近生命的最后一刻，陈云才注意到，即便全部人类耗费一生也根本无法理解这些新的理论，那些少数天才合力所构建起的高峰依旧会巍然矗立在各自的领域之中。而人们对这些理论奉若神明，只是因为这给了他们一种已然将问题解决的、虚假的安心感。毕竟已经是如同空气般的"常识"，没有人愿意从最基本的假设开始，借由自己的理性与判断，重走一遍人类认知的漫漫征途。在不可承受的时间代价面前，似乎有太多不平凡的事情值得被平凡地'公理化'，然后被平凡地接受，平凡地相信。

于是我们就可以傲慢又自卑地相信，自己不是无知的。

因为人类的生物限制，可知与不可知界限的哲学讨论中闯入了一个物质性的来客，它将那些明显包含着类似于真理的符号组合陈列在人类面前，然后又残忍地告诉他们："你们对此一无所知"——虽然事实的确如此。

陈云曾庆幸至少他真的知道，但他现在只觉得冷。

他合上眼睛，仿佛已经看到了整理人员带着它走到房间外将那块巨大显示屏上的"Alas-Que 猜想"熄灭，然后兴奋地向大家宣布"我们又解决了一个新问题！"；他仿佛看到，通过他的眼睛，世界上的数学家、流浪汉、家庭主妇和小学生都在看着自己的笔尖，当写下"证毕"的时候他们激动相拥，庆祝着人类在向无穷智识进发的路上又迈出了微不足道又弥足珍贵的一步。

即便他们连 Alas-Que 猜想是什么都不知道。

或许在将来的某一年，新的天才会来到这个地方，然后发现这堆符号等价于一段自然语言——"证不出来，就这样吧"。

想到这里，陈云就笑了。

尾声

在完成最后一遍机械结构检查后，CAS－121 的同步轨道太空电梯也运走了在上面工作、生活了近 300 年的人们。当他们恋恋地回望，似乎依旧能回忆起最早来到这里的祖辈们口中那颗荒凉星球的模样——而现在，这颗改造后的机械星球的金属光泽不仅在他们的眼睛里烙下回忆，也作为人类伟大的工程奇迹沉默地悬浮在这片虚空之中。

接下来的三个月里，这架电梯将同时作为一条巨型的数据线，将人格数据上传到这个星球里，人类世界也将出现第一颗拥有公民权的行星，而陈云也将以一个全新的身份重新回到人类历史——新奥里斯姆。

一如凝固时代里那颗封存肉身的琥珀在旧奥里斯姆的冷库里缓缓融化，人类世界所孵化的一个灵魂将在新奥里斯姆的晶体管里再次解冻。

作为人类认知的齿轮，奥里斯姆又开始了它艰难的转动。

周梦珂

制造特鲁斯

还有不到三个小时，一场前所未有的大灾难就要降临。在此，我必须痛心疾首地向所有读到这份手稿的历史后来人声明：我们的王国之所以落入今天这样孤立无援的荒谬境地，全是特鲁斯的骗局所致。

　　为了尽量客观地道明悲剧的来龙去脉，请先允许我，伟大的伊特纳尔王国最后一任首相，为您介绍我们王国的基本情况。

　　我生活于一个自动化技术高度发达的海滨小国。其中物产之丰饶、环境之优美自不必提！尽管在末日来临之际我已经意识到它们——自然独一无二的真实馈赠，其珍贵程度远远超过那些曾被视为文明结晶、实际上却不过是人力之虚伪造物的精密机械，但出于一个叙述者的理智，我不得不按捺住心中那种悔恨的狂热，重新将注意力集中到与主旨更为相关的、王国中的人上来。

　　无论如何，需得承认我们的国民与先哲所描述的城邦的理想公民已经相距甚远。由于机械化的全面实现，他们的肉体分外脆弱和娇贵——前者带来的便捷性曾使每一个人对社会进步无比自豪。而现在身处弥留之际，我不无讽刺地想到，假如让一个我们这时代的年轻人观看几个世纪以前人们生火做饭的录像，他内心的惊恐或许不亚于第一个见识到火焰威力的原始人。任何细枝末节上的轻微不便都可能构成身体的强烈不适，尽管如此，他们作为现代人的心灵却很难忍受现实生活的平淡无波，因为高度发达的大脑皮层时刻渴望着丰富刺激的到来。为了应对这种多余的激情，我们的科学家又巧妙地制造出大量能够精妙地模拟真实感受的体验机器。我如此不厌其烦地描述王国社会的景况实是出于一种满怀遗憾的反思：假如当初我们没有因为贪婪而过于自信地跨越真实与虚拟之间的最后界限，管理这样的社会本应是一桩轻松愉快之事。

回顾文明的进程，我们会发现重大的历史悲剧往往由一些看似无足轻重的意外昭始，特鲁斯的诞生也是如此。在我继任我父亲成为伊特纳尔首相四年五个月零二十八天后，国王陛下突然召见我，要我谈谈王国的重大新闻。

他对国事突如其来的关心使我摸不着头脑，而他提到"新闻"二字更是令我大吃一惊。要知道几个世纪以来社会现实的古井无波虽于民众有益，却几乎使我们这时代的新闻产业凋敝到不可思议的地步。毕竟与能够直接提供五花八门感受的体验机器相比，前者对于任何一个期待新鲜事件发生的人而言都只能说是"乏善可陈"。时代如此！

"尊敬的国王陛下，"思索片刻后我毕恭毕敬地说道，"倚仗您的英明领导，我们的社会一片光明，无有需要上报之事。"绝非我有意搪塞。事实上，尽管全国唯一一家纪实通讯社尚在战战兢兢地向我的首相府邸输送消息，但在我看来他们也不过是在翻来覆去地冲印前一天的翻版。

这下可惹了大麻烦。"岂有此理！"他暴跳如雷，似乎要冲下王座与我理论一番，实际上却只是稍稍挪动了一下屁股，"难道我的王国里都是死人吗？"

我保持着鞠躬的姿势，视线不自觉地从镜片上方越出去观察着这位年轻的统治者。他面色苍白，只有颧骨上方漂浮着两片鲜艳的红晕，肢体动作间显出疲乏，双眼中却流露着虚无缥缈的兴奋。为了平息他的怒火，我别无他法，只好努力在脑海中搜寻着通讯社发来的那些稿件，筛选出还算值得一提的部分。

我感到自己的声音轻微地颤抖，从喉咙里挤出怪异的变调，回荡在空旷的宫殿中。记忆的模糊使我的叙述显出一种古怪的抑扬顿挫，时间、人物和地点在其中不知不觉地被改头换面，并不断增添上可笑的细节。我告诉他：多伦郡三天前完成了新一届政府选举，"科学进步"党候选人以绝对优势击败"民族共进会"和"自然"党实现了第六次连任；斯特莱尔郡文化部门计划举办一次丰收节活动，届时全体市民将通过网络直播观看自动化农场的生产过程并远程品尝政府特别制作的苹果派一只……

制造特鲁斯

"首相先生"，他有些不满地打断了我，"我想我需要的是'新闻'。而您说的这些，不是每年、每个月、每天都在我的国度里进行着吗？"见我似乎还没有理解他的意思，国王陛下撇了撇嘴，继续说道："难道我们的社会就只有快乐没有痛苦吗？难道我们的历史能够只书写正义而不书写邪恶吗？首相先生，我想您应当明白，一个英雄的国王绝不能容忍自己所统治的是一个死气沉沉的国度！斗争是无处不在的。"

"因此，新闻是无处不在的。"

"无处不在。"

他喃喃地把最后四个字重复一遍，似乎很满意自己的论证。闪着光亮的眼神穿过眼周浓重的青黑直直地定在半空，仿佛斗争就在那里上演。

这还是一张沉浸在浪漫主义幻想中的脸，我对自己之前的看法做了一点补充。在这张脸上我捕捉到一种模糊而强烈的熟悉感，它让我感到自己细致入微的观察已经穿过对话本身而抓住了它的根本目的。尽管他是如此热切地同我探讨着新闻，但他发出这两个字音时轻微的犹豫和错误的小舌音都表明它们对他而言同样十分陌生。

为了验证我的猜测，接下来我大胆地用郑重其事的语气向他报告了某本十八世纪宫廷小说里编造的一桩地方政治斗争。故事冗长而复杂，而我只是为故事里勾心斗角的主人公简单穿上了我们这时代的外衣。而当我宣布"在那个年轻人的带领下他们高呼着'正义'砍下了作恶多端的行政部长的头颅"时，雷蒙陛下猛然站起来，拍手称快。

"应该封他做海岛总督！"他激动地说，似乎全然无视了故事血腥的复仇结局与他所处时代的不相称性，"现在这样的个人英雄太少，太少！"

他的脸上浮现出恍惚而陶醉的神情，仿佛某种追寻终于有了目的地。正是它使得我一下子抓住了此前那种熟悉感的本质——那是一种为我们这时代的人所共有的、隐藏在漫无目的的兴奋背后的极度无聊。

就在那时，制造特鲁斯的念头进入了我的脑海。尽管已经酿成了弥天大祸，但时至今日我依然坚定不移地相信，作为解决了困扰一整个时代的心灵难题的创造，特鲁斯是迄今为止人类文明史上最伟大的机械发明之一。必须声明，自动化浪潮中的机器并非高枕无忧地享受着对社会的全面胜利，在我曾描述过的那番其乐融融的场景之下，反对的暗流仍在不时涌动。几十年间，不断有社会学家提出，"国民对虚拟娱乐产业的过度投入正将他们引向危险的未来，他们正在面临一场失掉对现实和他人的知觉迟钝危机"——然而连他们也不能说出危机的本质究竟是什么。现实自身的平淡似乎无须改善，而我们一旦在虚拟世界中试图寻找反思的材料就会立刻陷入那些难以舍弃的、唾手可得的体验之中；事实是我们的知觉生成感官对刺激仍然敏锐，停滞的是思想的漩涡。而现在我突然意识到，解决这场危机只需要一台自动的假新闻制造机。

在谈话的末尾，国王批准了我建立一个覆盖全国的新闻系统、好让全民通晓刚才那种大有益处的英雄伟绩的提议。而为了叙述的简洁，我只能将漫长制造过程中的艰辛略去不表，着重讲述这一伟大计划的运作机理。

事实上，称特鲁斯为假新闻制造机是很不准确的。它被接入政府核心信息网络之中，掌握王国的人口、地理、政策、气候等全部知识，因此理论上来说任何公共影像系统记录到的能够被称为"新闻"的事件都将进入它的信息库。它的精妙之处主要在于写作部件上。特鲁斯严格按照新闻稿的格式写作，但却可以实现故事模式在不同世界观架构的移植——古典小说中那种严肃的、耐人寻味的人性可以被重新放入我们的时代背景中，荒诞小说也是如此。并且为了塑造更强的真实感，它还配备了先进的影像生成和编辑系统。这就是说，特鲁斯并非一开始就为谎言而生——相反，它是绝对真实（truth）的记录者，这也是我以此为它命名的原因。而报道的内容也绝非刻意的欺骗，它根本上取决于你想从社会中发现和放大什么样的真实。毕竟谁能断定，在自己尚不了解的社会领域里没有真的发生过一场血腥的政治斗争呢？

两个月以后，我怀着忐忑的心情向国民宣布我们的新闻系统已经建成。"它将每天为大家播报十条王国的重大新闻。"想到特鲁斯将要承担起的伟大使命，我不禁颤抖着呼吁道："重新去发现、思考、争辩吧——新闻是无处不在的！"

经过半年的试运转，特鲁斯的成功远超我的想象。为了吸引国民的注意力，我首先在特鲁斯的原始数据库里增加了冒险小说和推理小说的比重，很快那些新鲜事件就引起了社会各界的热烈讨论。下一步特鲁斯就将根据大数据所反映的整体阅览偏好和讨论热度自动调整各类新闻的比重，甚至能够选择是否发布某一事件的后续跟进报道。从算法上来说，特鲁斯是完美无缺的——唯一值得担心的就是有人对那些报道的真实性追根究底。但事实证明这完全是杞人忧天，国民从网络获取信息的习惯早已根深蒂固。他们几乎对身边的复杂的人和事物一无所知，而脆弱的、易于疲惫和厌倦身体也不再支持他们前往一个街区以外的地方验证事实。

只有一次，我们的新闻系统接到了一份投诉。他声称自己是特鲁斯所报道的 B 郡 X 社区 A 某谋杀母亲案件的当事人。"我母亲根本没事。"他愤怒地说，"这全是无稽之谈！"

"请问您知道自己邻居的姓名吗？"接线员问道。

"当然不——这两者有什么关系吗？"

"假如您不能排除 X 社区内的其他人都不叫 A 并且他们的母亲目前身体安好的话，您又是如何确定自己就是报道中的 A 呢？我想您大概是陷入了误会。"

在这样层层加码的细节中质疑者很快退却了，因为他们也无法确定自己所了解到的是否就是特鲁斯报道里所提到的那个社区、那条街道、那个人。一切视觉和名称上的特征都可能不是唯一的。就这样，讨论的重心被拉回了事件本身的意义。伦理学家和社会学家重新活跃起来，就一起虚构的事件展开论战；人们分成各种派别，加入各个并不存在的思想运动并成为其真正的发起者。他们不再像之前那样自我和暴躁，而是重新找回了人与人之间的认同感，变得理智和友爱起来。不同于此前那些虚拟娱乐设施对体验的直接模拟，特鲁斯不断为人们的思想制造出充满吸引力的反思材料，并且它绝不会像前者一样由于过程神秘性的丧失使体验降格为肉体感官上的刺激，而是不断让人们在自主的思辨过程中获得一种精神上的幸福。因此，尽管人们的物质生活仍然轻松而安逸，但精神却拥有了无限的活力。

我怀着对美好过去的怀念写下这些文字，我相信它们已经充分展现出了特鲁斯系统的成功之处。而接下来我将谈到它在运转过程中出现的一次巨大失误，它虽然看似一场无伤大雅的闹剧，却与今天的悲剧结局不无联系。

尽管我并没有把国际关系的相关知识从特鲁斯的数据库中移除，但由于伊特纳尔的富足已经持续了上百年，国民们几乎不关心与他国的政治来往，这一类新闻的出现往往是极小概率事件。然而就在半年前的某一天，特鲁斯突然宣称一个名为"帕洛尼尔"的国家正试图攻打我国。

就连最博学的地理学家也不知道"帕洛尼尔"究竟地处何方，因为它根本就是特鲁斯从某本骑士小说里得来的灵感！尽管如此，人们还是对此深信不疑。那封仿制得惟妙惟肖的帕洛尼尔元首信函更是在国内引起轩然大波——这下可好了，特鲁斯源源不断地报道起帕洛尼亚的攻城战略来，甚至以一个伪造的战地记者的名头公布了一大串压根不存在的伤亡。最为糟糕的是，愤怒的国王决定派我带领军队前去将他们逐出边境。

我被自己的谎言逼得无路可退，只好带着一小批人马和大量的重型机械武器朝着王城外某个据称是敌军驻扎点的树林开拔。我们的军用摆渡车沿着城中宽阔的街道穿行，一路上几乎看不见行人，只有自动化的交通工具们在来往运作。与士兵们激昂的心情不同，我有苦难言，时刻盼望着特鲁斯发布一条新闻宣布该死的帕洛尼尔军队撤退的消息。

只可惜事与愿违。我们长驱直入开进树林，却并没有见到所谓的敌营。在高耸入云的热带乔木里我们面面相觑，只好暂时停下了脚步。

他们告诉我或许是因为我们的重型武器过于引人注目才使得敌人事先转移了阵地，并建议分出一支步行小队只携带轻便武器先行寻找敌人。我们就这样稀里糊涂地在整片林子里打圈，一天又一天——这时我才意识到事情的严重性，特鲁斯仍然留在王城中，可失去了它，又该由来替我编造战斗胜利的假新闻呢？

长时间的森林生活对我们这些现代人而言毫无疑问是巨大的挑战，陷入绝望的士兵们开始草木皆兵，可结果仍然是一无所获。我感到自己已经快要难以忍受这种荒谬——不少士兵用一种神秘的表情向我宣布怀疑某位同伴是敌人的内奸，但即便如此他们还是坚定地相信素未谋面的帕洛尼尔军队就

制造特鲁斯

潜藏在这篇巨大的原始雨林中。

终于有一天我们偶然遇上了一伙儿偷猎者，他们大概以为这群身着军服的人是森林警察，冲着我们举起枪来。万幸为了躲避法律的追捕他们从来没享受过特鲁斯量身定制的新闻，我有些邪恶地想。我的精神和身体都快要濒临极限，于是我毫不犹豫大声喊道："你们这群无耻的侵略者已经被发现了，接受正义的审判吧！"

我的话无疑成了士兵们的救命稻草，他们用最后的力气冲上前和"敌人"搏杀在一起。天可怜见，由于我们这群惯于操作精密武器的士兵身体实在太过虚弱，竟和这群惯于野外活动的小贼打得有来有回。在这场微型战争里，我升起一种堂吉诃德的激情，感到自己忘记了怨恨特鲁斯。

我们将帕洛尼尔的"精锐部队"消灭殆尽，携带着一些可笑的战利品（野兽的毛皮、一些草药，还有几支步枪）凯旋。此时距离我们出城已经过去三个月，我迫不及待地想要回归安逸的现代生活，但在此之前还有一些问题亟待解决。

这三个月所经受的苦难让我下定决心将特鲁斯彻底修整一番，好在我还为自己保留了登进特鲁斯核心知识库的权限。首要任务是删掉所有的战争小说，但我仍然觉得有些不保险，于是又恶狠狠地移除了一大部分奇幻小说。我们的社会已经不再像之前那样急迫地需要新意见的产生，我想，是时候对新闻系统做出一些调整。

我宣布给予各地方政府管理特鲁斯系统的部分权力。很快，特鲁斯就从一个单核的巨大处理器分离为多个逻辑相连的小型处理器，后者用于制造地方新闻。然后是商业公司的加入——为了实现更加个性化的新闻推送。不过个体主义和享乐主义的倒行逆施并没有出现，因为最初的特鲁斯仍然存在。只是出于全国范围内的维稳考虑，我为它增加了一个内部信息筛选机制，不再发布可能造成巨大舆论恐慌的新闻。

时间在平静中流去。今天早上我照例检查草稿箱。

"【警报】国家气象局消息：11月20日9点11分检测到海底地震发生，震源距离东港口海岸线239.8公里，震源深度20千米，预计将引发海啸，请立即戒备！"

这并不是特鲁斯第一次制造关于天气的假新闻。在启用审查机制前，它还曾经错误地发布过冰雹预警和沙尘暴预警——不过所幸由于人们很少出门，这些错漏都没有引起很大的讨论。我皱着眉头将这条分外离谱的消息移入垃圾箱，顺便把删除处理器中的天气版块纳入了近期的工作计划。为了避免盘根错节的复杂线路网受到闲杂信号的干扰，特鲁斯的控制室被安置在王城中心的一座高塔上。在这样的隐秘而孤独的工作里我感到自己格外像一只兢兢业业的蜘蛛，小心翼翼地完善和修补着曾经织下的巨大网络。

我是在雷声中从午睡中醒来的。起身推开窗户的一瞬间，我看到远处有一条模糊的线，隔开了天空与连绵起伏的丘陵。雷声还在持续，风送来几滴雨，拍打在我脸上。

不，不是雨。我突然有了一个极其可怕的猜测。那条线似乎在逼近，带着越来越响的轰鸣一点一点显露出实体的水浪。我看到一些细小的蝼蚁在其中沉浮——那是我们引以为豪的机器们。

　　在强烈的混乱中，我冲回工作台。不，没有人比我更清楚特鲁斯，它绝没有预测未来的本事。我的手颤抖着，几乎控制不了触摸板。

　　"十、九、八……"我无意识地倒数着，删掉所有我赋予它的写作材料，把它再次变回一台单纯的数据收集器。我必须做最后一次确认。那种堂吉诃德式的荒诞力量似乎重新回到了我体内，驱使着我点开了公共影像文件夹。

　　我看到被浪淹没的人，尚在挣扎的人，仍然无知无觉的人，看到许多已经一片漆黑的屏幕。

　　绝望吞没了我。我知道城下的人们一定正在焦急地等待特鲁斯发出紧急通讯，但一切都已经来不及了。我拔掉它的电源线，借着屏幕的亮光看见自己的脸上有一种熟悉的、混淆了真实与虚幻的惶惑。我曾经妄图成为上帝，用自己筛选的真实为人们制造一个思考着的伊甸园，而现在我终于意识到，自己也早已被禁闭其中。

　　我是否真的造出过特鲁斯？是否曾经参加过那场荒谬至极的战役？或者它们也只是一个个被编制的无比巧妙的假新闻？我不知道。

　　唯一能够确定的水流仍在不断上涨——我关上窗，找来了羊皮纸和笔，决定把自己制造特鲁斯的始末记录下来。尽管我已经尽力保持客观的叙述态度，但末日的狂乱和对过去的幻想仍不断攫住我，使它倒向情感的宣泄。

我已经感受到生命的终点在不断逼近。现在我并不恐惧，因为它将是我能确凿无疑地抓住的、最后的真实。

胥职体

其实就是写论文的故事

一

太阳。

我静静地看着太阳。

赫拉克利特说世界是永恒的活火，万物皆是火的流变，除了太阳。太阳从不流变，它是永恒之神的瞳孔，永远静止地挂在正北方的天上。一群愚蠢的鸟飞过，投下的阴影短暂地将我和永恒隔开。

真正令我烦躁的是它们盘旋几下停在了我旁边，不知道多少个世代的适应让它们对城市和静止的人形已经没有畏惧。此刻我的身体正在休眠，椎体束以下的部分代谢缓慢、动弹不得，我的视觉听觉敏锐依旧，所以这些鸟对思考有很大的干扰。不过声带可以活动，最终用几个响亮的拟声词驱赶了它们。

每个循环的这个时候是我冗长的人生中周期性的愉快时刻——全脑期的前两个小时。锥体束开关被关闭，身体的大部分沉默了，进行必要的休息——除了我的整个头部，还有一刻不停的呼吸和心跳。此时身体代谢降到最低，循环系统几乎只为大脑供能，右脑处于清醒周期的中段，左脑则刚从沉睡中被唤醒。我睁开的右眼适应了一会儿光线，清晰的纵深图景又浮现在我的感知中。

我盯着太阳。

此刻精神从肉体和运动中解放出来，全脑期的思考速度能让时间都变缓慢。尽管人类对此没有统一的意见，但我愿意把这个时候视作一个循环的开始。

我在这个时候进行一切思考——理解我的知识，回溯我的记忆，漫无目的地发散思绪。

太阳只有一个，在世间的神是否一直是半脑状态呢。

如果神的全脑降临，人类漫长的杂乱的时间是否就要终结。

……

这是神的左眼还是右眼？

二

B 是我的室友。和我在一所大学念书，他修的是森林生态学和经济学双学位。

当时我刚从天台晒完太阳回来，有不少人和我一起。中国人的习惯，嗯。全脑期还会持续好几个小时。但我不同别人，我没有利用这段聪明的时间去做正事。

B在写东西，但已经停在这个标点很久了。

我要发明一个新学科，我说。什么？B放下笔，侧身向着我。历史学。"历史"是什么？B有些艰难地重复了一遍这个陌生的词。我说：上次还是费曼在用这个词，他用历史求和来描述量子过程。B没听懂：什么鬼？我说：是粒子在时空中的路径，随时间变化的一段经历，这就是历史，我的意思是除了基本粒子，人也应该有历史，我把它叫历史学。B还是没懂：这不是记忆吗？记忆学是很热门的领域，还可以再分为认知科学和时间性哲学，我有个朋友就在做脑科学方面的研究，我对此也了解很多啊！比如我们左右半脑是共有的海马体，它储存长期记忆，我们的半脑之所以要休眠也是为了将短期记忆搭建的突触结构给解开，就像释放缓存……

B有时候真的很能说，发散思维，不知道现在是他的哪个半脑在工作，因为他总是戴着一副防风镜，从外面看不到他的眼睛。B是从美国来这里留学的，每个循环的方式和我们大不相同。我打断他：

"不是一个人的记忆，是其他人的复数的记忆，过去的无数代人的记忆。不对，其实是他们在时空中的路径，就是完整的真实的过去人们的经历，属于过去的经历。"

"这不可能"，B摇摇头。我停了下来。B说：历史不可能。你没有时刻，除非你在做物理实验，规定了一个t＝0时刻，然后你可以拥有长达一段实验的历史，粒子有历史。但是人类没有时刻，所以人类没有历史。

B 是对的，人类几乎没有统一的时间表。毕竟我们找不到一个共同的节律性的事件，我们的世界是永恒的，静止的太阳一直在正北方的天空说明这一点。每个人的清醒周期——左脑—右脑—全脑的循环时间虽然大致在一个范围，但也不是准确一致的。循环的起点也是均匀分布——聚居会让局部地区的循环起点的分布收敛到一些时间，但总体上看仍然是均匀散乱的。这还只是这个国度的情况，其他有些民族其实根本不是三段式循环。有左右半脑两段循环，但在任意时刻可选地进入全脑期的人——只取决于脑子的休息情况，而且人类身体休眠的时间也并非都像华夏民族这样习惯于固定在全脑期的前两个小时，美国人是累了就找地方躺着。当然，现在华夏民族的人也不总是坚持传统。不管怎样，人类的时间就是一团混乱。

B 几乎是对的，但是……

我说："我的导师鼓励我的研究方向。"

我是人类学专业的学生，导师是这个领域的佼佼者，也对我青睐有加。

"他说他愿意管这叫'时间人类学'，不过带着玩笑的口吻，因为其实有成果就行，名字不重要。而我想把它叫历史学，以示独创性。"我对 B 说。但为了在一个叫学术的场域里开辟新的空间，甚至是争夺，名字有时又很重要。

现在我有一些时间不明的文本和资料，它们全都是历史，不过是没有时刻的历史，人类学其实早就在研究这些材料了，我们知道如何精心梳理文本，捕捉上面的线索和痕迹，确定它们的大致时间——一种距离。感知时间上的远近感，我们人类学的学生有这种官能。不过我们无法确定真实的时间间隔，因为这些文字和记录没有连续计时，有些帝国会有计时，但也无法统一到它的全部疆域，因为信息传递很慢，时间平整自身的企图被空间的距离肢解了。人类的时间被划分成了各个小区域，和小段落。秦皇在他的宫殿计时了上百万个小时，这是个大工程，我几乎想象出了一个每层都平行重复的巨塔从皇宫拔地而起，高耸入云，这是秦皇的时间建筑。那时和我们隔了不知道多久，也许数十万个循环吧，一个循环大约二十小时。最后塔断在了烧毁书卷、皇帝和宫人的火焰中。没烧毁的残余则落在了我的手里，成为一个使命。

小时这个计量单位是怎么出现的。皇帝为了让其臣属能在统一的时间好好拿全脑状态办事，进行粗暴地规定。这种规定他不是第一个，不过好在他权力足够大，一大片区域都能统一执行。最后我们的小时在丛生的诸多时间单位中以使用群体基数大的优势胜出。当然，还是没有时刻，只是取得了恒定的时间间隔而已。

新的封建朝代改了很多符号、标志、象征，但改不了始皇的单位，他建造了一个滴漏的庞大石制机器（含青铜），运转得比他的王朝更久，盛放着不会蒸发的白沙，消耗适度的人力便可以无限循环，在小时、十小时和千小时发出低沉的撞击声响，提醒宫人记录。

现在的铯原子钟比当时的沙漏可靠一些。其实现代国家也终于有自己的时刻，它们从一个约定好的 t = 0 开始计数，不过都太短了，还谈不上历史。尽管有永恒的阳光，人类漫长的过去依然晦暗难明。

有些地方的人类，他们还保持着独属于自己的循环节律、自己的世代，与现代社会错开、脱节。他们有不同于我们的时间流。我的导师说他们是人类交响曲中其他频率的乐声，因为循环周期和社会迭代的周期不同。

"……我决定不管时刻，人类学研究能够抵达不同的时间，也就能抵达过去，过去即是异邦。"

那你还不如叫时间人类学呢，这算什么历史，B 说。"我会研究先后次序，进而研究事物的演化和发展，也就是研究过去的经历，"我继续解释："我的时间是事件性的，事件就是刻度，所以这是历史。"

太难啦，作为外行，我也知道你根本无法确定长城建造的时间和巴别塔倒塌的时间哪个在先，又怎么知道谁对谁产生了影响，有怎样的联系之类的……B 越说越慢：其实是有办法的对吧？很少听到 B 有这种不确信的口气，我有点得意："有部分密切相关的，虽然是一团乱麻但也的确可以追溯出来，写论文够用了。"我关心的其实不只是我的论文而已，我觉得人类的未来掩埋在过去的废墟中，一直被迷雾笼罩。但这么文绉绉的说辞是不会出现在和室友的对话中的。

B转过身又开始写。B说：但我觉得人活着不能只是写个论文。

B写道：森林，首先是一个集合，一个把树木、灌木、下层植被、苔藓以及土壤、微生物、野生动物等一切物质包含在内的共同体。它几乎总是处于某种平衡之中，平衡是动态的。但这种平衡或许是一种准静态的缓慢变化过程中的一个截断面……

三

B出门的这段时间，我在思考。我很好地继承了华夏民族的一种气质，喜欢沉思。

这不能说是浪费时间，美国人把全脑期交给了最具活动性的活跃的身体，人们都兴奋、反应快速地做事，创造，发明，工作。而中国人，因为我们独特的稻草人般的两个小时冥想，B曾说：你们是属灵的。我说：也没那么高深啊，这个时间复习梳理你速成的知识点很有效果。所以我们比美国人更擅长考试倒是真的。

一种放纵的动物性的生活方式很有吸引力，人们甚至在酒精和药品中混乱地失去时间，变成了只有一个半脑支持不住了才唤醒另一个的状态，疯狂又陶醉。你在酒吧可以捡到很多这样的青少年。我思索的问题是为什么 B 也是这样。

B 几乎总是带着护目镜，在宿舍才偶尔取下来。所以不熟悉的人还不知道他好像一直都是半脑状态，昏睡太久让人脱力，就连喜欢酒精和大麻的青少年也不能坚持始终半脑的状态太多个循环。所以 B 很奇特。B 有秘密，像疾病一样我不便过问。我曾经调侃他：你这样有些大公司根本不招你。

公司。最近有一些游行示威，我问过 B 是怎么回事，他好像有在关注。"归还全脑期"，这是他们的口号，B 说。有些公司只雇佣员工的全脑期，这成了一种大趋势。很久之前其实还有半脑期和全脑期的时薪不一样的雇佣方式。但现在，大公司不再雇佣临时劳动力，需要和员工建立一个长期的契约关系，而这种关系贪婪地要求员工献出他们能力最出色、最有价值的时间。人们希望全脑期能留下一些供自身学习发展、做自己的兴趣爱好、进行社会交往，等等。但是 B 语气冷淡。经济学的学生，我心想。B 应该不会有独属于共产主义的那种激动。

"公司会监测你是不是双眼睁开地在工作。"我被这个念头惊讶了一下，这样也太侵犯隐私了。但由于实际工作时长可能大于全脑期，倒也不是只要闭上一只眼就违反公司纪律。也许会统计你的双眼在岗时长，用于评奖金。对上班毫无经验和兴趣的大学生继续推理着，渐渐地感到有点恶心。

四

出门吃饭。

全脑期消耗很快，我饿了。当然在此之前我除了空想确实还做了一些事，整理了阿兹特克民族研究的文献。他们在内陆，但离海也不算很远，海陆热力差异导致的西风在他们的地形里刚好非常稳定，显得像太阳一样一成不变，永恒之神的又一化身。

　　泰兹卡特里波卡是风的神明，从遥远的西方送来生命的两大要素：流动和水汽。富于探索精神的信徒们在想风的结构是什么，为什么会源源不断，并且方向恒定如常，他们觉得世界的尽头是一个风箱，神带着生命要素以风的形态前来，又以水的形态流回去，水流的冲力给风箱提供转动的动力，鼓动着风源源不断。

跋涉很久的朝圣者们看见大海的时候全体尖叫起来，祭司心力衰竭。

我在幻想。

历史学家必须具备的特质之一——想象力，我总结道。

　　海是神的阻隔，神在阻止人们前往祂神圣的居所。

其实就是写论文的故事

先知们开始这样说。阿兹特克人发现沿海的居民身上总有挥之不去的鱼腥气。

……

祭司把对风向的扰乱视作亵渎，片形城的建筑呈现出一种统一朝向的通风结构，俯瞰的话建筑结构或直线或斜线，整体都平行于风向。垂直于风向的分量总是极少，如果有，比如必要的表示区域边界的墙，也总是紧邻着一条更深的通风甬道。为了不挡住风，横向的墙永远只是突出一点，作为边界的线条的两端，而边界的其余部分则以暗示的形式存在，神明因此能轻笑着穿过，整个城市的结构，空气在其中轻轻振动，共鸣，居民沉静下来便能听到这种稳定的嗡鸣，"先知说是神的赞许"。居住其中的信徒能够永远亲近神，每天都沐浴在神的轻抚中。

饭并不好吃。摄食后容易疲倦，我左眼的眼皮有些沉了。

五

宿舍。我比 B 先回来。

再见到 B 的时候我的右脑在睡觉，左脑是清醒周期的中后段。

左右脑错开交替睡眠，交替清醒，后者有几个小时的重叠——那是人最聪明、反应最快、效率最高的全脑期。我永远清醒。我想到我遥远的祖先也永远清醒——只是为了防止被凶险又恒常的周遭环境杀死。但现在没有什么要杀死我。

我永远清醒，记忆却在褪色变形。人类永远清醒，人类的记忆却早就萎缩得要不见了，我想找到这些东西。

我喜欢在半脑期才来徐徐完成要到截止日期的无聊任务。冲了一杯咖啡，我确信它不会打扰到我的右脑。B 打开门进来。

新闻正在播报说有一支科考队要去极南边，南边是俄罗斯，占据了大片的苔原和针叶林的国度，但他们也对冰冷的极南探索有限。这次他们的科考队将继续往南……

"有个科学家说大地不是平的，" B 取下了他的防风镜，果然只睁着一只眼睛。现在我的右眼看着他的左眼。"是圆弧。很长一段时间，人们发现往南走太阳高度角下落得比理论上快，不符合地平模型的预测，你知道这事儿吧。"

我点点头，又摇摇头："圆弧是什么鬼？" B 自顾自地继续说："其实有一个可怕的推论，继续往南将有个地方太阳降到地平线下，那里永远黑暗，极冷。这次科考队就会去那里……"

我努力想象出一个弧形的弯曲的地面，那里是太阳光线的切点，但是——"怎么可能，那是个悬崖吧，他们不掉下去吗？"我叫道，"而且地面要是有倾斜坡度，俄罗斯人会感觉不到吗？南方的地面上的所有事物都会滑下去啊。"

其实就是写论文的故事

"这个理论说重力不是恒定向下的，至少不是你以为的那种……向下……"B边说边用双手打引号，"重力始终垂直地面向下，所以南方，以及圆弧上太阳光线照射不到的位置，人们都能稳稳站住。"

大地下面是个巨大的强力磁铁？我问。B说：可以这么说，但你不是铁磁质，重力当然是单独的一种基本力。我说：什么都会吸引，把一切都束缚在地面上，为了让我们不靠近神。B说：去他妈的神。B有时候会表现得很不喜欢神，我则是中立的、学术人的态度，大部分时候。但B说完我们都笑了。

六

美国离这里挺远的。直线行进的话是走陆路结合水路。水路是内陆的一个洼地，盐湖。盐湖实在是太咸了，海洋风越过山脉，水汽剩下得不多，但这一小部分依然在洼地这一侧不断积累，直到形成了足够大的蒸发面积，水的输入输出平衡了。但盐还在缓慢但稳定地提高浓度。盐湖是死水一片，没有生命迹象。因此它干净、宁静，是镶嵌在陆地的一块巨大蓝色玻璃。又是该死的永恒之神。绕不开它，因为北方是热带丛林，沼泽遍地，难以行进，不过从大湖南方经过西伯利亚平原到达美国的铁路也在修建。后来出现了飞机这种机器，人们离太阳更近了。

B不喜欢美国，B说一个原因是因为他讨厌生物学家帕森斯的终极生态系统理论。这在美国学界是主流的声音：生态系统经过生物进化、演化，最终形成了一个稳定的永恒的终极形式，这就是生命向永恒之神靠近、爬升，所能达到的最高点，神赐的最高幸福。

　　抱歉，时间还是混乱了，B死的时候飞机还没有诞生。那时南极科考队还是车队，他们发现极南之地确实是黑暗寒冷的冰原。"天是黑色穹顶，有很多发出光亮的点，"B说："而且有一片亮点大片地聚集成狭长的椭圆形，或者说是带状的。"中国人取类比象的能力一向可以，很快有传言说这是神的另一只眼睛。怎么？神还长着果蝇那样的复眼吗，B毫不留情地侮辱这种说法。而且是丹凤眼，我补充道。

七

　　B真的是个天才。

　　"我真的是个天才。"B说。我不想理他。

　　"道格拉斯冷杉树的种子无比坚硬，需要高温才会开裂，才能出芽生长。线索，我就知道。哈哈！"这种时候我会想起B还在同时修森林生态学的学位。

　　B突然说：资本主义和现代性在制造一种重复。嗯？他们制造了稳定的时间间隔，因为现代化的工作需要精确的时间表。我知道，所以你在说什么？这就是重复，他们以为资本增殖和异化劳动都是永恒的重复。资本主义企图以一种重复的循环暗示永恒，他们以这种方式靠近他们的神明。资本主义以为自己会成为终极生态系统，成为稳定的、永恒的、沐浴在永恒光芒中的最高形式。

我觉得 B 这次不是理性人的那种语气。

B 说：你的论文，不，你的历史学要继续下去。我说：我会的。B 说：现代社会单调的轰鸣声会碾过所有频率的曲调。我说：我想到人类学的交响曲那个比喻。B 点头。

我说：共产主义。B 轻轻摇头：终极生态系统。B 说：你不明白，你不知道社会主义。

"社会主义并不是一种替代性的社会样板，注定要取代当前的运作体系。社会主义是对于社会的挑战，始终不懈地质疑社会的道理，重审社会现状的替代可能。"齐格蒙特·鲍曼说。

B 说：社会主义是永远动荡不居的，自我革命的存在。永远反对自身，没有彼岸可达。

我说：为什么没有完美的社会形式。B 说：这就是完美的，是更好的。你知道森林吗，传统观点认为它会进入 mature forest，也就是终极生态系统，这通常意味着稳定的林层结构，最好的光线渗透和能量利用率，对灾害的抵抗能力达到最佳。我点头。B 说：这是错误的模型。森林严格遵循社会达尔文主义，占据优势的树木不断生长，处于劣势的持续受到压抑——the rich get richer and the poor get poorer。道格拉斯冷杉是优秀的树种，因此冷杉林这种情况最为极端，它们不断生长仿佛没有尽头。永恒的 mature forest 只是一个缓慢过程的片段。道格拉斯冷杉林分布很广，并且还在逐渐扩张，它们是更优秀的更富竞争性的森林形态。

我说：但这听起来很糟，就像人类。我是说，就像资本主义的增殖。B 说：错误的理论模型看不到社会存在结构性的问题。我说：这是什么意思？我指结构性。B 说：冷杉林的林层结构极不平衡，逐渐趋于扭曲和极端，但冷杉林在无数个世代的演化中占据优势，这里面有更深的普遍性。

我没听懂。

在那之后 B 参与了一次学生运动，他们如同潮水，如同风暴。

被镇压了。虽然现在有了时刻，但人类从未养成记录历史的习惯。对大部分人来说这件事就消失在萎缩的记忆里。只有历史学家记得。

八

我承认 B 是天才的，因为清河大学是中国录取分数最高的大学。不论是进入还是在这里学习都不容易，至少考试的时候需要用全脑期来对待吧。但 B 一直是半脑。他知道我好奇原因。于是他那天告诉我了，虽然这不能解释为什么之前那么久都没有告诉我。

"之前美国和苏联冷战的时候，为了培养强大的间谍，美国军方想出来了一个惊人的点子，"B左眼眨动着，"他们选一批小孩，从小时候就禁止他们进入全脑期。"

我露出不信的眼神，因为我感觉他在吹牛。

"左右半脑被告知不同的名字，当成不同的人来培养，灌输、教育不同的知识和技能。"

"可是海马体是两个半脑共用的。"我说，本来语气平静。

"而且只有半脑的间谍算什么强大，基础智力都比全脑者低。要是需要他全脑状态的伪装呢？一个无法进入全脑期的人怎么看都毫无潜入行动的隐蔽性吧！"越说我越觉得离谱。

"他们之后可以进入全脑期，那时候有两个意识同时在思考和操控身体。不过通常一个半脑进行了身体特化的训练，主要是他负责身体。"B说。

我：还是没感觉到非常有必要且合理。而且，海马体？

所以计划失败了，B说。但是这种传闻那个年代在美国无数个中产阶级家庭中风靡。这个计划是不是真的，科不科学，并不重要。关键是我父母相信这个故事，B说。

那个时候我看着B，我还没停止持续了好一会儿的笑容，但已经感到了一种痛苦，是从内脏深处传来的。

B的右眼也睁开了。

"很多小孩只是精神分裂，出现认知障碍。不过我产生了另一个我。"B继续说道。

海马体的确是共有的，长期记忆也是。两个我都能读取。

但是突触连接的结构是不同的，信号传进半脑，会经历怎样曲折的行进和变化，产生怎样复杂的意味着意识的神经活动，都是不同的。

B 的两只眼睛眨动着，但却是不同时的。"恶魔不能同时眨眼"，我突然想到圣经。

我们之中一个学森林生态学，一个学经济学，B 说：我开玩笑。其实知识我们都会。我说：你左脑似乎更加冷漠，新自由主义。B 说：一个负责作游牧式的主体，我只是在适应秩序，我得学会如何在秩序中暂时赢得游戏。

——所以 B 有时看见了一些事，但在几个小时之后才因愤怒而颤抖。

我问：另一个呢？B 说："人就是这个黑夜，就是这个空无。在黑夜中，这里在枪击一颗血淋淋的头颅，那里又有一个苍白的幽灵突然出现它的面前，然后又消失一干二净。"

我跟上 B 的停顿："人在注视人的眼睛时，在注视那个变得可怕的黑夜时，他就瞥见了这个黑夜。"

我说：我读过这段话，黑格尔的"世界的黑夜"。黑夜这个词比历史还令人陌生。它是作为"太阳下的世界"的反义词存在的，意思是黑暗虚无。夜这个词，词源是形容一些穴居的白化种族对太阳的厌恶和逃避。过去宗教审判常说异端是夜行者，躲藏在黑暗中，被恶魔控制，见不得光明。夜还有隐匿和消失的意思，引申出衰亡，也可作为永恒的反义词。

其实就是写论文的故事

我赶到时，来得及看见 B 的遗体，两只眼睛都睁开。他在学生运动的最高点死去，那时其实还没有暴力镇压，革命尚还没有流过血。B 在一个信号塔里广播他的宣言，无数人在共享这个瞬间——人类在现代才能避免让信号的时间跟随空间膨胀、延迟，多亏了麦克斯韦。但是广播故障了。B 爬上去调整天线。高处的风吹过他的卷发。他点了根烟，我几乎能看见他吐出烟团的画面，因为这是历史。一道耀眼的白光击中了他。

雷暴天气是导致信号故障的常见原因。

哭泣、愤怒，血和尖叫是从政府不允许他们为 B 哀悼开始的。

"Be realistic, demand the impossible." B 让他们说。

九

之后的时间过得很混乱，又很快，世界以我不理解的伟大、庞大的躯体缓缓转动着。

不理解的地方有很多，比如全脑期工作制的普遍化，比如冷杉林的大面积火灾，比如地圆说逐渐被人们接受了。不过其实电磁波的技术很成熟，我们早就能精确地测量地面的曲率。

我的论文成功发表，我成了历史学家，在学术界留下了一个名字。我成为我导师那样的人。但这几千个循环的时间里最引人瞩目的新学科不是历史，是天文学。开普勒说极南之地天上的亮点其实每一个都是太阳的同类，只是距离非常遥远。并且运行有复杂的规律，他观察了成百上千个循环，不过建立的模型还不完善。飞行器出现了，人们发现重力不是恒定的——它真的和磁力相仿，距离地面下方的地核越远，重力越小。

飞行器让人类深入南极的永暗。

他们发现了一个古代的遗迹。就在光滑的地表上——真的很容易发现。

他们觉得有必要让我来看看，因为人们一提到对古代遗迹的研究就容易想到我的名字。

我知道这是外行的看法，我打交道的其实主要是文字和信息，但我还是去了。交通不便，需要先走陆路到俄罗斯南境。当我的飞行器抵达的时候，让·弗朗索瓦·商博良已经在那里待了几十个循环了。

第一次真正脱离无边无际的无限的阳光，我快要落下泪了。

商博良在厚厚的防冻服的头盔下用左眼给我打了一个招呼，他罩着透明罩子的右侧半脸像圣洁的石像。理论上讲，他是我的同行，第二个杰出的历史学家，但和我的方法迥然不同，他是语言的天才。得知他破译罗塞塔石碑的时候我感到由衷的振奋心情。

遗迹是金属的，在里面发现了很多文字，但并非已知的任何一种语言。听到这句话我有种恶心反胃的感觉，就像雾霭中隐匿的什么要冲出来了。

巨型的设施，我看着他们考察后画出的模型，我能看到建造的人冷静而高效率，但隐隐有着某种急切，而且……

这种结构不属于人类建筑，我说。商博良说：您激进的想象力让我省去了太多措辞的麻烦，是的，我怀疑这个遗迹不属于人类，有很多证据支持这一点，都写在报告里。

我破译得很艰难，比圣书体更让人困惑，前几十个循环我一无所获。他们的语言只有动词和形容词，当我终于发现这一点：他们使用一系列形变的动词但其实是同一个东西的不同动作，后面的工作几个循环就完成了。

你真的是天才。

大部分是技术报告，我让科学家参与进了破译工作，结合对其中机械的调查，他们觉得这像是某种飞行器的发射站。非人文明的遗留文本每个字都极其重要，我都会整理好给您。不过我现在最想让您注意的是一个东西，写在他们弧形的类似大厅的结构的墙面上。

什么？

一排大字，是用破坏墙面的形式写上去的。我翻译为"escape eternal jailing"。

逃离永恒的监牢。

十

我站在烧焦的树干旁。

导师说我是灵感型学者，写论文比别人更多地依赖灵感。

的确，现在我受到命运的感召，我知道答案就在烧毁的冷杉林中，那个要冲破雾霭的东西。

B 死后不长不短的一段时间，没有良好的历史学素养的政府把他遗忘了。于是我联系他的导师帮忙把他写完的那篇对道格拉斯冷杉林的研究论文发表了。文中他提出了生态系统的全新定义。当然是他和我说的那样，渐趋极端的，所谓的稳定和永恒只是一个暂态。

他否定了自己初稿中构想的缓慢变化的准静态过程，这和庸俗的帕森斯论调差别不大。

　　道格拉斯冷杉林极端不平衡的形式却是更有竞争力的形式，它在扩张。其原因不是稳定平衡，不是终极生态系统最佳的林层结构、最强的抗干扰能力，不是永恒。而是——*disturbance*（断裂/暴乱）。冷杉林抗灾害能力会随着它极端化的生长降低，最后必然暴发大面积虫疫。林层结构彻底地异化，分化——顶端密不透风的树叶和底端不断累积的腐殖质。

　　然后——调查了过去几万个循环的灾情记录，我们知道——然后是，**火灾**。这就是生态系统的**断裂**。

　　道格拉斯冷杉树的种子无比坚硬，需要高温才会开裂，才能出芽生长。新一代的森林在火灾之后重生，并

其实就是写论文的故事

且扩张，从进化的尺度上讲，会发生新的变化，绝不是永恒。

我能读出他书写的是革命。道格拉斯冷杉林是资本主义的，更是社会主义的，断裂会发生。

我想出了历史的全新时间。B说：冷杉林的种子在基因里铭刻了它们的历史，并添上新的变化，所以它们会变得更好。我说：新的变化也是历史的一部分，历史由它们一节一节地构成。历史不是同质的空洞的时间，无断裂、无突变。历史是断裂的时刻，每一个现在的瞬间都有可能是这个断裂，过去的废墟突然发出尖厉的鸣叫，我们意识到此刻结构性的问题，有些事情永远地改变了。

废墟说：人类不是第一个文明。文明在这个永恒的监牢里不断上演，追求稳定和永恒的文明，就像帕森斯式的平凡森林，被大火所覆灭，又有新的文明出现。有文明逃离了地心的束缚，离开了此地的永恒，南极的黑色天空是开放的真空，无限遥远而广阔。

我预见到未来不是永恒不变的。人类会设法逃离，资本主义也不是最高形式的永恒，它的林层结构极端分化，会引发大火。

文明，社会，火焰，断裂。永恒之神什么都不是，我总结道。